GAROTA-PROPAGANDA

VERONICA ROTH

GAROTA-PROPAGANDA

Tradução
Fernanda Cosenza

Planeta minotauro

Copyright © Veronica Roth, 2022
Copyright © Editora Planeta do Brasil, 2023
Copyright da tradução © Fernanda Cosenza
Todos os direitos reservados.
Título original: *Poster Girl*

Esta é uma obra de ficção. Nomes, personagens, lugares e incidentes são produtos da imaginação da autora ou são usados de maneira fictícia, não devendo ser interpretados como real. Qualquer semelhança com eventos reais, locais, organizações, ou com pessoas, vivas ou não, é mera coincidência.
Nenhuma parte deste livro pode ser usada ou reproduzida sem permissão por escrito, exceto no caso de breves citações incorporadas em artigos e resenhas.

PREPARAÇÃO: Ligia Alves
REVISÃO: Andréa Bruno e Renato Ritto
PROJETO GRÁFICO E DIAGRAMAÇÃO: Nine Editorial
CAPA: Jaya Miceli
ADAPTAÇÃO DE CAPA: Beatriz Borges

Dados Internacionais de Catalogação na Publicação (CIP)
Angélica Ilacqua CRB-8/7057

Roth, Veronica
   Garota-propaganda / Veronica Roth; tradução de Fernanda Cosenza. - São Paulo: Planeta do Brasil, 2023.
   288 p.

ISBN 978-85-422-2152-7
Título original: Poster Girl

1. Ficção norte-americana 2. Ficção científica 3. Distopia I. Título
II. Consenza, Fernanda

23-1592   CDD 813

Índice para catálogo sistemático:
1. Ficção norte-americana

Ao escolher este livro, você está apoiando o manejo responsável das florestas do mundo.

2023
Todos os direitos desta edição reservados à
EDITORA PLANETA DO BRASIL LTDA.
Rua Bela Cintra, 986, 4º andar – Consolação
São Paulo – SP – CEP 01415-002
www.planetadelivros.com.br
faleconosco@editoraplaneta.com.br

Para Tera e Trevor, anfitriões do oásis pandêmico onde escrevi este livro e amigos tão queridos.

UM

Quando pensa no tempo de antes, é da sessão de fotos que ela se lembra. A mulher que fez sua maquiagem tinha cheiro de lírios-do-vale e spray de cabelo. Quando se inclinava para pincelar o blush em seu rosto, ou para cobrir uma manchinha com a ponta do dedo pintada de bege, Sonya ficava olhando para as sardas no colo dela. Quando terminou, a mulher passou óleo nas mãos e deslizou-as pelo cabelo de Sonya para deixá-lo bem liso.

Em seguida, levantou um espelho para que ela se visse, e os olhos de Sonya foram primeiro para o rosto da mulher, parcialmente oculto pelo vidro. Depois, para o halo pálido de seu Insight, um círculo de luz ao redor da íris direita. Ele brilhou ao reconhecer o Insight de Sonya.

Agora, uma década depois, ela tenta se lembrar de como era seu reflexo naquele momento, mas só consegue visualizar o resultado: o cartaz. Nele, seu rosto jovem está observando um horizonte que não se vê. Um dos slogans da Delegação a envolve na parte de cima:

O QUE É CERTO

E na parte de baixo:

É CERTO.

Ela se lembra do flash da câmera, da mão do fotógrafo estendida para o lado, mostrando a direção para a qual ela deveria olhar, da música suave do piano tocando ao fundo. A sensação de estar bem no centro de alguma coisa.

Ela solta um tomate cereja do caule e o coloca na cesta junto com os outros.

— Folhas amareladas são sinal de água demais — diz Nikhil. Ele franze a testa, olhando para o livro em seu colo. — Não, calma... Também pode ser de menos. Bom, qual dos dois?

Sonya se ajoelha sobre o cascalho no terraço do Bloco 4, cercada de plantas. Foi Nikhil quem construiu os canteiros. Toda vez que alguém no prédio morria, ele pegava os móveis em pior estado e os desmontava, separando pregos e parafusos e o que mais desse para aproveitar da madeira. Por causa disso, os canteiros são uma mistura de cores e texturas diferentes, uma ripa de mogno envernizado aqui, um pedaço de carvalho rústico ali.

Para além do terraço se estende a cidade. Ela não presta atenção na paisagem. Como se fosse o pano de fundo de uma peça da escola, um cenário pintado num lençol.

— Eu já falei que esse livro não presta — diz ela. — Quando se trata de planta, o único jeito de aprender alguma coisa é por tentativa e erro.

— Talvez você tenha razão.

Essa é a última colheita do ano. Logo eles vão remover as plantas mortas dos canteiros e cobri-los com uma lona para proteger o solo. Vão guardar todas as ferramentas no barracão, para que fiquem secas, e descer com os vasos de hortelã até o apartamento de Sonya, onde poderão mastigar as folhas durante o inverno. Em janeiro, depois de meses à base de comida enlatada, eles vão estar desesperados por alguma coisa fresca.

Ele fecha o livro. Sonya pega a cesta.

— Melhor a gente ir — diz ela. — Senão vão acabar todas as coisas boas.

É sábado. Dia de feira.

— Estou de olho naquele rádio quebrado há dois meses, e ninguém pareceu se interessar. Ele vai continuar lá.

— Nunca se sabe. Você se lembra de quando passei três semanas na dúvida sobre aquele suéter velho e acabei perdendo no último segundo para o sr. Nadir?

— Mas você ficou com o suéter, no fim das contas.

— Porque o sr. Nadir *morreu*.

Nikhil dá uma piscadinha.

— Todo fim é um recomeço.

Eles vão juntos até o topo da escada. Andando no ritmo de Nikhil – os joelhos dela já não são mais o que eram, e a descida até o pátio é longa. Ela pega um tomate da cesta e o leva até o nariz.

Nunca fez jardinagem quando era criança. Tudo que aprendeu foi fruto dos próprios erros – e do tédio. Mas ainda associa o aroma doce e terroso com o verão, e se lembra da aura de calor pairando sobre a calçada, das cordas tensionadas na raquete de badminton, da sangria vermelho-arroxeada que a mãe preparava, uma rara indulgência.

— Não vai comer o nosso produto — diz Nikhil.

— Eu não ia comer.

Os dois chegam à base da escada e atravessam o pátio. O lugar é verde e caótico, e as árvores pressionam o prédio que as cerca, arranhando as janelas daqueles mais sortudos por terem uma vista. Sonya tem inveja dessas pessoas. Elas podem fingir. As outras, como Sonya, cujas janelas dão para a cidade além da Abertura, são confrontadas diariamente com o fato de serem prisioneiras. Três andares abaixo da janela de Sonya há uma espiral de arame farpado. Em frente, a lojinha de esquina caindo aos pedaços anuncia cinco minutos com um binóculo por um valor fixo. Tinha prendido um cobertor nas janelas há dez anos e nunca mais tirara.

A sra. Pritchard está ajoelhada na beira do jardim, o cabelo grisalho preso num coque. Ela cava em volta das raízes de um dente-de-leão com uma pá feita de colheres amarradas. Suas mãos estão nuas, e a aliança de casamento ainda reluz no dedo, embora o sr. Pritchard tenha sido executado há muito tempo. Senta-se sobre os próprios calcanhares.

— Bom dia — diz ela.

O Insight no olho direito brilha quando ela faz contato visual com Sonya, e mais uma vez quando olha para Nikhil. Um lembrete de que, mesmo com a queda da Delegação, alguém ainda pode estar observando.

— Já é dia de feira? — pergunta a sra. Pritchard. — Eu perco a noção.

Mesmo ajoelhada na terra, a aparência da sra. Pritchard está perfeita, a camisa sem um amarrotado enfiada para dentro da calça. Ela já reformou algumas roupas para Sonya no passado, depois que Lainey Newman morreu e os pertences dela foram redistribuídos na Abertura.

— Bom dia — responde Nikhil.

— Bom dia — diz Sonya. — Pois é, Nikhil cismou que quer um rádio quebrado.

— Um rádio quebrado que Sonya vai consertar — diz Nikhil.

— Eu não entendo nada de rádios.

— Você vai dar um jeito. Sempre dá.

A sra. Pritchard faz um som abafado pelos lábios fechados e em seguida diz:

— Esses tomates valem mais do que um rádio. O que ia querer ouvir de... — Ela faz um gesto em direção à parede externa da Abertura. — Lá de fora?

— Ainda não sei direito — diz ele. — Acho que vou descobrir quando tiver um rádio.

Ela muda de assunto.

— Vocês falaram com o Bloco 1 sobre a organização das patrulhas para a visita?

— Anna me garantiu que eles estão cuidando disso.

— Porque a gente não pode ter outro *incidente* igual àquele de três anos atrás.

— Claro que não.

— Não podemos deixar que eles pensem em nós como um bando de animais selvagens...

Três anos atrás, quando os três líderes do governo *lá de fora* tinham visitado a Abertura, um monte de bêbados do Bloco 2 atirou garrafas neles. Durante semanas depois disso, as entregas para a Abertura foram suspensas. Algumas pessoas não tinham o que comer. É do interesse de todos manter a paz durante as visitas de fora – mas, devido à política de não intervenção dos guardas, cabe aos prisioneiros policiarem uns aos outros.

— Mary — diz Sonya. — Não queremos interromper seu trabalho. Nos desculpe.

Ela sorri. A sra. Pritchard dá uma fungada e pega a pá improvisada. Sonya e Nikhil seguem seu caminho.

Atravessam o túnel de alvenaria que os conduz ao outro lado do beco. Enquanto caminha, Sonya desliza o dedo sobre os nomes gravados no tijolo. Não existem túmulos para as pessoas que eles perderam; tudo que têm são os nomes. O piso do túnel está coberto de cera de vela, resquícios dos enlutados. Com frequência, ela pensa que a cera deveria ser raspada do chão e derretida para produzir velas novas, mas ninguém faz isso. Embora todo mundo ali na Abertura já tenha se acostumado a engolir o sentimentalismo, aquelas paredes são intocáveis.

— Obrigado — diz Nikhil. — Faz semanas que ela está me perturbando com isso.

— Tem sempre alguma coisa. Semana passada ela estava irritada por causa dos sacos de lixo acumulados perto da lixeira. Como se a gente tivesse algum controle sobre a frequência da coleta.

Antes de sair do túnel, Sonya estende a mão para o nome que ela mesma gravou ali, empunhando uma chave de fenda em cima de um banco empenado. *David*. As pontas de seus dedos ficam sujas de terra.

A Abertura tem duas ruas: a rua Verde e a rua Cinza, as cores da Delegação. Elas dividem a Abertura em quadrantes, e em cada quadrante fica um prédio de apartamentos idêntico. O deles é o Bloco 4, onde moram diversos viúvos e Sonya.

A feira fica no centro da Abertura, onde as duas ruas se cruzam. Sonya se lembra de como eram as feiras de verdade: fileiras de barracas de madeira com cobertura de lona para protegê-las da chuva. Aqui, todo mundo traz o que tem para trocar, e alguns espalham seus itens sobre mantas, enquanto outros ficam andando de um lado para o outro fazendo ofertas. Quase tudo é lixo, mas lixo pode ser útil, um conjunto de colheres vira uma pá, uma mesa bamba se transforma num canteiro de plantas.

Ela não se esqueceu de como era a sensação de bons produtos. O toque frio da seda deslizando nos braços nus. O barulho de sapatos novos sobre um piso de madeira. A unha vincando um papel de presente no Natal. A mãe dela sempre comprava papel verde e dourado.

Nem tudo o tempo leva embora.

Se aproxima de Nikhil quando eles cruzam com um grupo de homens de idade mais próxima à dela. Sonya sabe o nome de todos eles – Logan, Gabe, Seby, Dylan –, e justamente por isso finge não os ver. O grupo está espalhado, um deles apoiado na parede do Bloco 2, outro no meio da rua, outro agachado no meio-fio e o último com a mão encostada no poste de luz.

— Garota-*Propaganda* — cantarola Logan, girando no poste, segurando-se com a ponta dos dedos.

Mesmo antes de ir para a Abertura, as pessoas a chamavam assim. Em geral porque reconheciam seu rosto, mas não sabiam seu nome. Costumava soar como um elogio quando ela tinha dezesseis anos e estava finalmente saindo da sombra da irmã mais velha. Não soava mais.

— Não dá para fingir que não conhece a gente na Abertura, Sonya. É um mundo pequeno do cacete — diz Gabe, vindo para perto dela. Ele envolve o ombro de Sonya com um dos braços. — Por que não sai mais com a gente?

— Deve se achar boa demais para nós — diz Seby. Ele cutuca os dentes com a unha.

— E aí, você se acha? — Gabe pergunta com um sorriso. Ele cheira a bebida caseira e sabonete de lavanda. — Não é assim que eu me lembro.

Sonya afasta o braço dele e lhe dá um empurrão de leve.

— Vai encher o saco de outro, Gabe.

Os quatro riem dela.

— Boa tarde, rapazes — Nikhil intervém. — Espero que não estejam arrumando confusão.

— Claro que não, sr. Price. Só botando o assunto em dia com a nossa velha amiga.

— Estou vendo — diz Nikhil. — Bom, acontece que nós precisamos resolver um assunto, então vamos indo.

— Com certeza, sr. Price.

Gabe dá um adeusinho para ela agitando os dedos, mas não vai atrás deles.

O Bloco 2, onde foi parar a maioria dos jovens depois de serem presos, é o lugar mais caótico da Abertura. Logan estudava na mesma escola de Sonya, algumas séries acima dela. No ano anterior quase tinha botado fogo no Bloco 2 tentando cozinhar um tipo de droga com remédio para gripe. E o pátio do prédio está sempre tomado pelas nuvens que emanam da fermentação de bebidas alcoólicas caseiras. Antes ela conseguia identificar quem tinha feito cada lote pelo modo como o nariz queimava e a garganta ardia. A única coisa que o pessoal do Bloco 2 quer é matar o tempo.

A rua Cinza encontra a Verde num trecho de pavimento rachado, agora coberto de mantas velhas com aglomerados de todo tipo de coisa: montes altos de roupas manchadas ou rasgadas, pilhas de latas com os rótulos descascados, cordões com a ponta desfiada, cadeiras dobráveis, travesseiros empelotados, panelas amassadas. Em sua maioria, são refugos, doações de pessoas de fora da Abertura. A organização responsável pela coleta, Mãos da Misericórdia, vem todo mês com novos itens e sorrisos constrangidos.

Às vezes as pessoas vendem as coisas novas que produzem com as velhas, uma vassourinha improvisada com um monte de fios, fronhas costuradas com retalhos de tecido, bandejas feitas com livros de capa dura. São os objetos de que Sonya mais gosta. Parecem novos, e quase nada ali é.

— Olha, eu não falei? — Nikhil pega um rádio-relógio antigo. O display frontal é ladeado por duas caixas de som. Preto e compacto, lascado nas bordas. Os fios saem pela parte de trás. Georgia, residente do Bloco 1, está em cima de um engradado velho atrás do cemitério de eletrônicos.

— Não funciona — diz ela.

O papo de vendedora não é o forte dela.

Sonya pega o rádio das mãos de Nikhil e espia a parte de trás como quem confere o mecanismo interno.

— Sei não — diz ela para Nikhil. — Talvez não dê para consertar.

Ela não é formada em mecânica de rádios antigos. Nem em cultivo de tomates no terraço de prédios caindo aos pedaços, tampouco em se defender de homens vagabundos que já estão bêbados ao meio-dia. Aprendeu muitas lições ali na Abertura que não tinha interesse nenhum em aprender. Mas Nikhil parece otimista e gostaria que ela tivesse um projeto, então Sonya abre um sorriso.

— Vale a tentativa — diz ela.

— É assim que se fala.

Ele negocia com Georgia. Três tomates por um rádio quebrado. Não, Georgia retruca. Sete.

A alguns metros dali, Charlotte Carter acena chamando Sonya.

Ela parece uma personagem, com seu vestido de algodão, a trança longa e a pele pontilhada de sardas e manchas da idade. Seus olhos ficam vincados nos cantos quando ela sorri para Sonya.

— Sonya, querida — diz ela. — Pode me fazer um favor?

— Talvez. Do que você precisa?

— Meu irmão, Graham. Do Bloco 1. Sabe quem é?

É uma pergunta boba. Todo mundo se conhece na Abertura.

— Já nos vimos.

— Sim, isso. Então, a última boca de fogão dele parou de funcionar ontem, e agora ele não consegue cozinhar nada. — Ela franze os lábios. — Ele está usando o do meu apartamento.

— Tenho que ver se a gente tem alguma boca de fogão sobressalente — diz Sonya.

— Hoje à noite? — Charlotte parece ansiosa. Os tendões saltam de sua garganta. — Não quero te apressar, é só que em geral ele vai lá cozinhar e depois acaba... *ficando*.

Sonya prende o riso.

— Eu tenho uma festa hoje à noite. Mas posso ir de manhã.

— Ah, sim — diz Charlotte. — A festa de despedida, esqueci.

Sonya ignora a decepção no rosto de Charlotte.

— Amanhã de manhã?

— Sim, pode ser.

Nikhil e Georgia ainda estão discutindo. Sonya volta para junto deles a tempo de ouvir Georgia acusando Nikhil de ter lhe dado tomates podres da última vez que comprou alguma coisa, e em seguida pigarreia.

— Cinco tomates — diz Sonya. — É uma oferta generosa e não vou repeti-la.

Georgia suspira e depois concorda. Sonya lhe entrega os tomates.

Nikhil às vezes passa o dia na feira, conversando com todo mundo. Mas ela não. Sonya volta para o Bloco 4 com o rádio-relógio debaixo do braço, sozinha.

Ela pega o tomatinho que roubou e dá uma mordida, o gosto de verão se derramando na língua.

Sonya tem um único vestido bom. Aparecera numa pilha de doações das Mãos da Misericórdia dois anos antes, uma surpresa amarelo-clara. Ela notou que as outras pessoas olhavam para ele com anseio, e sabia que o ato mais generoso – aquele que teria lhe rendido DesMoeda na Delegação – seria deixá-lo para uma das meninas mais novas. Mas não conseguiu se desapegar dele. Dobrou-o por cima do braço e levou-o para casa, onde ficou pendurado na frente do cobertor durante semanas, feito um sol pintado.

Agora ele fica guardado debaixo da cama, numa caixa de papelão junto com o restante de suas roupas. Sonya tira o vestido dali e dá uma sacudida nele, levantando poeira no ar. Está amassado na cintura, onde ela fez a dobra, mas não há muito o que fazer. A sra. Pritchard é a única no prédio que tem um ferro.

Enquanto se veste, ela pensa na mãe. Julia Kantor sempre ia a festas. Para se arrumar, ela se sentava no banco da penteadeira com acolchoado botonê e torcia o cabelo num penteado alto. Derramava uma gota de perfume no dedo e dava batidinhas atrás da orelha. Remexia a gaveta de joias para encontrar os brincos ideais – de pérola, de diamante ou as argolinhas de ouro. Suas mãos eram tão elegantes que aquilo tudo parecia uma mímica elaborada.

Sonya leva a mão à própria nuca – nua, porque agora ela corta o cabelo com máquina, mas é difícil se livrar do hábito. Torce a mão nas costas para puxar o zíper para cima. O caimento do vestido não é perfeito, folgado demais na cintura, apertado nos ombros. Desce até os joelhos.

A festa é no pátio do Bloco 3. Ela vai ter que passar pelo Bloco 2 para chegar lá, por isso esconde uma faca pequena no bolso.

Dessa vez, porém, a rua Cinza está vazia. Ouve gritos e risadas que vêm de um dos apartamentos, uma batida de música, um barulho de vidro espatifando. O som arrastado dos próprios passos. Atravessa o centro da Abertura, onde já não há mais sinal da feira. Salta por cima de uma rachadura e pega o túnel que conduz ao pátio do Bloco 3.

Se o Bloco 4 é um lugar de lembranças e o Bloco 2 é um lugar de caos, o Bloco 3 é um lugar de fingimentos. Não de ignorar a existência do mundo externo, mas de fingir que a vida na Abertura pode ser tão boa quanto lá fora. O Bloco 3 abriga casamentos, jantares, jogos de pôquer; eles dão aulas; fazem ginástica em grupos pequenos, correm para cima e para baixo da rua Verde e da rua Cinza, sobem e descem as escadas do prédio.

Sonya não é boa em fingir.

O pátio não é tão bem cuidado quanto o do Bloco 4, mas são poucas as ervas daninhas, e alguém podou as árvores para que não encostem nas janelas que dão para a área interna. Há um fio com várias lâmpadas pendurado de um lado ao outro; apenas algumas estão queimadas. Uma mesinha foi posta do lado direito, e a luz dos tocos de vela tremula dentro dos potes de vidro.

— Sonya! — Uma mulher jovem pousa uma cesta de pães na frente das velas, bate as mãos para limpá-las e vai em direção a Sonya. Ela se chama Nicole.

Sonya dá um abraço nela, e a lata que levou fica pressionada contra suas costelas.

— Ah — diz Nicole. — O que você trouxe?

— Seu preferido — diz Sonya, mostrando a lata. O rótulo está meio apagado, mas a figura continua perfeitamente visível: pêssego em calda.

— Uau. — Nicole segura a lata com as duas mãos, e o gesto faz Sonya se lembrar de quando caçava borboletas na infância, de como espiava pela fresta entre as mãos para ver as asas delas. — Não posso aceitar! Chegam aqui o quê? Uma vez por ano?

— Guardei justamente para a ocasião — diz Sonya. — Desde que aprovaram o Ato.

Nicole abre um sorriso torto, meio satisfeito, meio triste. O Ato dos Filhos da Delegação fora aprovado meses atrás autorizando que os moradores da Abertura que tivessem entrado ali na infância fossem libertados de volta à sociedade. Nicole é uma das mais velhas a receber autorização para sair. Tinha dezesseis anos quando fora presa.

Sonya tinha dezessete. Não vai a lugar nenhum.

— Deixa eu pegar um abridor de lata — diz Nicole, mas Sonya tira a faca do bolso. Abre um círculo perfeito no topo da lata, depois dá uma batidinha para levantar um dos lados. Outras pessoas estão chegando, mas por um instante são apenas Sonya e Nicole, paradas lado a lado com os dedos grudentos de calda. Sonya engole uma fatia de pêssego doce, fibrosa e ácida. Lambe a calda dos dedos. Nicole fecha os olhos.

— O sabor não vai ser igual lá fora, né? — diz ela. — Porque aí vou poder comer quando quiser e eles não vão mais parecer tão bons.

— Talvez — diz Sonya. — Mas você vai poder comer outras coisas também. Coisas melhores.

— É justamente disso que estou falando. — Nicole pega outra fatia de pêssego com os dedos em pinça. — Não importa o que eu coma, nada nunca vai ter um gosto tão bom quanto esse de agora.

Sonya olha por cima do ombro de Nicole para as pessoas que acabaram de chegar: Winnie, a mãe de Nicole, uma mulher de olhos grandes e bondosos que mora no Bloco 1; Sylvia e Karen, as amigas de Winnie, com o mesmo penteado ondulado feito com latas de refrigerante; e algumas pessoas do Bloco 3, incluindo os outros que eram velhos demais para serem contemplados pelo Ato. Renee e Douglas, que se casaram dois anos atrás naquele mesmo pátio, e Kevin e Marie, que noivaram recentemente. Marie está usando o antigo anel de formatura de Kevin, preenchido com cera para caber no dedo direito dela.

— Bonito vestido, srta. Kantor — Douglas fala para ela. Da última vez que o viu, estava ficando meio calvo, mas agora a cabeça dele está raspada e a barba cresce de forma densa. — Surrupiou de alguma viúva?

— Não.

— Foi uma brincadeira — diz ele.

— Percebi.

— Então tá. — Douglas faz uma careta para Renee. — Plateia difícil de agradar.

— Você não sabia? A Garota-Propaganda agora é uma estraga-prazer do cacete — diz Marie.

Ela vai até a mesa e enfia a mão na lata de pêssegos. Também está usando um vestido, composto por uma camisa e uma saia costuradas juntas na cintura. No pulso, a tatuagem borrada de um sol.

— O Bloco 4 é o lugar onde o bom humor morre. Às vezes literalmente.

— Marie — diz Kevin, numa voz abafada. — Não vai...

— Pois é, eu lamento muito não participar de toda a diversão que rola no Bloco 3 — diz Sonya. — Esse clube de ginástica matinal que vocês começaram parece mesmo um arraso.

Os lábios de Marie se crispam, mas Renee dá uma risada.

Nicole levanta os olhos, em seguida aponta para o alto quando um avião sobrevoa a Abertura. Todo mundo para e observa. É um evento raro a ponto de chamar a atenção até mesmo daqueles que não fazem questão de sair da Abertura. Evidência de outros setores, outros mundos além do deles. Viajar entre setores era algo quase inconcebível sob a Delegação, e não parecia ter se tornado muito mais comum sob o Triunvirato.

— Você está na patrulha de amanhã? — Winnie pergunta para Douglas. Os olhos dela estão afetuosos e preocupados. — Tive a impressão de ter visto seu nome na lista de voluntários.

— Eu não ia querer ficar de fora dessa animação toda — diz Douglas.

— Espero que não tenha animação nenhuma — diz Winnie. — Não gosto da ideia de vocês, rapazes, terem que assumir essa responsabilidade.

— Política de não intervenção — Douglas diz, dando de ombros. — Os guardas servem para manter a gente aqui, não para garantir o nosso bom comportamento.

— Parece até que eles querem ver o circo pegar fogo aqui dentro.

— A alternativa é pior — diz Sonya, um pouco alto demais. Todos olham em sua direção, e ela endireita a postura. — Eu não ia querer que *eles* decidissem o que significa "bom comportamento", vocês não acham?

Na Abertura, há aqueles que ainda confiam no antigo regime sob o qual viviam, a Delegação, como parâmetro do que é bom. Outros simplesmente não se importam com a noção de "bom". Qualquer que seja o caso, o acordo tácito entre todos é não confiar no governo externo, o Triunvirato. Ninguém que os mantenha trancafiados ali, que tenha participado da execução de tantos de seus entes queridos, poderia ser capaz de alguma bondade. Mesmo quando Sonya não tinha qualquer interesse em seguir as regras da Delegação, continuava odiando o Triunvirato – os supostos justiceiros que mataram sua família, seus amigos, Aaron.

— Bom — diz Winnie, fungando. — Acho que não.

O vento começa a soprar no pátio. O céu escurece, e as luzes cintilam acima deles. Sonya pega outro pêssego discretamente, pergunta a Sylvia como vai o joelho ruim, explica a Douglas o que fazer para consertar o ventilador velho. Nicole circula de uma pessoa a outra, falando sobre a nova identidade designada pelo governo e todas as coisas que pretende fazer na primeira semana lá fora. Não vai morar ali perto; vai pegar um trem para Portland, recomeçar a vida com um novo nome. Comprar um litro de leite, sentar-se na margem do rio e beber até a última gota. Sair para dançar. Andar por aí a noite toda, sem motivo, só porque ela pode.

A certa altura, Renee dá uma cutucada em Sonya com o cotovelo.

— Tem uma galera indo para o terraço fumar um cigarro. Quer vir? — pergunta ela.

— Eu quero dormir cedo — diz Sonya.

Renee dá de ombros e se junta ao grupo. Sylvia e Karen estão indo embora. As velas já queimaram até o fim. O rosto de Nicole está brilhante de lágrimas. Sonya dá mais um abraço nela.

— Não acredito que eles não vão deixar você sair — diz Nicole, seu hálito quente e forte contra o ouvido de Sonya.

Sonya estica os braços e afasta Nicole para poder olhar para ela, pensando que este é um bom jeito de se lembrar dela: sob a luz fraca, com o cabelo bagunçado pelo vento, os olhos marejados, sentindo raiva em defesa da amiga.

— Vou sentir saudade — diz ela.

Nicole lhe dá a calda dos pêssegos para beber. Ela vai dando pequenos goles enquanto volta devagar até o Bloco 4, saboreando.

Sonya acorda naquela noite com um som alto e seco, como um chicote estalando. Fica sentada na cama e, pelo brilho do Insight, vê que o baú que ela deixa atravessado contra o batente da porta – a única "tranca" que conseguiu providenciar – ainda está no lugar.

Descalça, vai até a janela e puxa o cobertor que estava usando para cobri-la. A rua lá embaixo está vazia. O vento faz uma folha de jornal voar sobre a calçada esburacada. As portas de metal cobrem a vitrine da loja na esquina feito pálpebras fechadas.

Ela pensa no vídeo que o pai lhe mostrou quando era criança, projetando-o de seu Insight para o dela. Imagens de uma rua enfumaçada onde um conflito se desenrolava. Carros atravessados, postes de iluminação tombados. E, vindo de todas as direções, o som agudo e cortante de tiros.

Ele ficou sentado ao lado de Sonya no sofá enquanto ela repetia o vídeo várias vezes com o implante. *O mundo era assim*, disse ele, *antes da Delegação*. Mostrar o vídeo lhe custara duzentas DesMoeda... crianças não deveriam assistir àquele tipo de coisa. Mas o sacrifício valera a pena para ele, uma resposta às perguntas dela.

A lua crescente está alta, quase cheia. Mais um mês se passou. O tempo segue sua marcha.

Ela volta a dormir.

No princípio, quando alguém morria na Abertura, eles ficavam feito abelhas que desertam da colmeia e abandonam a cera e o mel – ninguém pegava o que o morto havia deixado para trás. Mas logo as regras de propriedade tiveram que mudar por força das circunstâncias. Agora, quando alguém morre, todo mundo no prédio invade o local e vasculha os pertences da pessoa até que a única coisa que resta é o favo de mel destruído. Quando Sonya precisa de alguma peça, consulta o mapa do prédio que fica na escadaria sul, onde os apartamentos vazios estão marcados com um X vermelho, e escolhe em qual unidade procurar refugos.

Este – o apartamento 2C, antes pertencente ao sr. Nadir – cheira a comida queimada e gatos. Não existem gatos na Abertura, então deve ter sido algum aroma que o sr. Nadir trouxe com ele. Ela já estivera ali antes. Passara ali algumas vezes para consertar as luminárias de teto dele – a parte elétrica do apartamento do sr. Nadir sempre tinha sido problemática. Uma única vez, para jantar. E outra vez, após a morte dele, para buscar a pequena geladeira, que arrastou sozinha por quatro lances escada acima.

O fogão está quebrado, mas as bocas do fogão, quatro serpentinas frias de metal, ainda funcionam. Ela retira uma delas e guarda na bolsa a tiracolo, depois vai até o banheiro. Ninguém o limpou após a morte dele, então a pia ainda está cheia de respingos secos de pasta de dente, e o espelho está coberto de digitais. Ela se aproxima para olhar uma delas – uma marca de dedão, talvez, com as curvas que eram só dele.

Em seguida, desce a escada até o pátio para encontrar Charlotte.

Dessa vez Charlotte não está usando um vestido de algodão, mas de linho marrom, acinturado. O céu está limpo, e o ar ainda conserva um pouco do calor do verão. Charlotte joga a longa trança por cima do ombro e abre um sorriso para Sonya.

— Bom dia — diz ela. — Dormiu bem?

— Bom dia — responde Sonya. — Ouviu aquele barulho de noite?

— Ouvi — diz Charlotte, e as duas começam a caminhar juntas em direção ao túnel. — Não sei por que estão soltando fogos nesta época do ano, mas podiam pelo menos ter a decência de não fazer isso no meio da noite.

— Não me pareceu barulho de fogos — diz Sonya.

— E o que mais seria?

Sonya balança a cabeça.

— Não sei. Alguma outra coisa.

— Bom, vai saber o que está acontecendo lá fora — diz Charlotte.

Por força do hábito, Sonya olha para o nome de David ao atravessar o túnel. Foi o quarto nome que ela gravou num tijolo na Abertura, mas os nomes de seus familiares estão no túnel que leva ao Bloco 2, onde ela morava antes, então nunca os vê. *August Kantor. Julia Kantor. Susanna Kantor.* Todos mortos.

— Graham trabalhava no necrotério da Delegação — diz Charlotte. Era o gerente, na verdade. Aquela amiguinha sua, Marie, trabalhava para ele. O homem era meio... esquisito. Até quando a gente era criança.

— Vocês não são próximos? — pergunta Sonya.

— Não muito — diz Charlotte. — Eu sei que isso parece horrível. Tenho sorte por ele estar aqui.

Às vezes Sonya se pergunta como teria sido ter a irmã com ela na Abertura. Susanna era quatro anos mais velha e vivia como se Sonya não fizesse parte de sua vida, uma filha única que por acaso tinha uma irmã. Era mais falta de interesse do que maldade. Susanna não precisava de ninguém. De todas as qualidades que Sonya invejava na irmã, essa era a principal.

Ao cruzar a rua Verde na companhia de Charlotte, Sonya olha para a entrada da Abertura. O nome do lugar se deve ao portão. Quando ele se abre, placas sobrepostas se afastam de um ponto central, e o efeito é como o de uma pupila dilatando no escuro.

Nicole e Winnie estão paradas bem em frente a essa pupila, se abraçando. A bolsa de Nicole está pousada no chão. O guarda no portão, um homem robusto de uniforme cinza, aguarda a alguns metros de distância enquanto elas se separam.

Nicole limpa o rosto, pega a bolsa e faz um aceno para a mãe. Atravessa o centro do portão, e a pupila se contrai atrás dela. Winnie leva a mão à boca para sufocar um soluço.

Charlotte troca um olhar com Sonya.

— Vamos dar um pouco de privacidade a ela — diz Charlotte, e Sonya se vira para o outro lado.

Ela já assistiu a três amigas cruzarem aquele portão: Ashley, Shona e Nicole. Tanto Ashley quanto Shona tinham catorze anos quando foram presas na Abertura – pouco depois de ela ter sido criada, logo após a insurreição, uma década antes. Ambas eram de Portland, então Sonya não as conhecera antes, e só ficou amiga delas depois de mais velhas, quando as duas tinham idade suficiente para sair do apartamento dos pais na Abertura e se mudar para o Bloco 2. Sonya não sabe como foram os primeiros anos delas ali; nunca perguntou. É preciso ter cuidado com as perguntas. Todo mundo ali dentro tem um passado marcado por tragédias.

Agora Sonya pode acrescentar mais uma à lista: é a pessoa mais jovem que sobrou na Abertura.

As duas passam pelo túnel e entram no pátio do Bloco 1. Ela não frequentou muito o Bloco 1 nos anos que passou ali dentro. Se os moradores do Bloco 3 vivem em estado de negação, os do Bloco 1 aceitam a realidade. Um estado de rendição. É a parte da Abertura que mais se parece com um presídio.

Para chegar até a entrada, ela pisa nas ervas daninhas que crescem sem controle, já pendendo sob o próprio peso. A porta range quando Charlotte a empurra. Elas sobem em silêncio até o terceiro andar, onde o corredor cheira a cigarro. Há sacos de lixo amontoados na porta de um, caixas de papelão desmontadas na porta de outro. O carpete está desfiado de um dos lados, soltando-se do piso.

Charlotte bate no apartamento 3B. Em algum lugar tem alguém gritando. Em outro, alguém ouve um solo arrastado de violão.

Graham abre a porta. É um homem de aparência comum: pouco mais alto que Sonya, o cabelo curto e grisalho envolvendo a coroa da cabeça como um xale, pálpebras levemente caídas. A pele embaixo do queixo ficou mole com a idade.

— Srta. Kantor! — diz ele. — Quanto tempo. Olá, Charlotte. Podem entrar, podem entrar.

O apartamento parece um ferro-velho. Ao redor das paredes, caixotes cheios de cacarecos: um com maçanetas e puxadores; outro com caixinhas de papelão; um terceiro com garrafas de vidro vazias. Ela se lembra de que toda semana ele estende sua manta na feira com uma seleção de objetos descartados. Deve ser bastante útil para os residentes do Bloco 2, com a demanda constante que têm por recipientes vazios. Para armazenar a bebida caseira, claro.

— Vejo que vocês já se conhecem — diz Charlotte.

— Eu conheci o pai de Sonya — diz Graham. — Não se lembra do August? Ele era do meu ano na escola. Treinamos juntos na equipe de natação.

— Desculpe, a minha memória não vai tão longe — diz Charlotte.

— Ele vinha almoçar comigo de vez em quando, no necrotério. Bom, não *no* necrotério. Seu pai sempre teve o estômago meio fraco. Ele tampava o nariz quando a gente passava pelas lixeiras atrás do mercado. Os garotos ficavam rindo dele por causa disso, August Kantor, tão delicado... — Ele levanta a cabeça e prende o nariz com o dedão e o indicador para mostrar a ela.

Sonya sorri.

— Ele teria se definido como *meticuloso* — diz ela. — Mas é bem a cara dele mesmo.

— Como ele morreu? Foi executado? — pergunta Graham, e o sorriso de Sonya desaparece.

— Graham! — Charlotte lhe dá um tapa no braço. — Não pergunte uma coisa dessas para ela.

— Não fiz por mal, eu só...

— Não, não foi — responde Sonya. — Charlotte me falou que o seu fogão está quebrado, né?

Graham a conduz até a cozinha e Charlotte vai atrás, com as bochechas vermelhas. Ele mostra as bocas do fogão com defeito, tentando acender uma depois da outra, mas as serpentinas continuam escuras e frias mesmo quando ele mexe nos botões. Sonya pousa a bolsa no chão e vai até a parede dos fundos, onde o quadro de luz fica escondido atrás de uma porta cinza. Localiza o interruptor da cozinha e o desliga.

— Como você aprendeu a fazer essas coisas? — pergunta Graham. — Uma boa garota da Delegação como você, eu sei que não ensinaram isso na escola.

— Você ficaria surpreso com o tanto de coisa que dá para aprender com um manual e algumas tentativas frustradas — diz Sonya.

— Ela é jovem — diz Charlotte. — Os jovens sempre levam jeito para descobrir essas coisas. Ainda mais num prédio cheio de velhos, onde ninguém sabe fazer nada.

— Você não é velha — diz Sonya.

— Eu disse a mesma coisa quando ela decidiu se mudar para o Bloco 4 — diz Graham. — Mas ela insistiu.

— Posso até não ser velha, mas sou viúva — diz Charlotte. — Eu me sinto em casa ali. Assim como Sonya, depois que...

Ela limpa a garganta.

— Bom — continua ela. — Estamos todos familiarizados com a perda no Bloco 4.

Sonya não está prestando muita atenção. Trocar uma serpentina não é tão difícil – basta soltar a antiga e encaixar a nova. Já fez isso uma dezena de vezes, mas ainda tem gosto pela sensação de saber o que fica onde, de ser a pessoa que põe as peças no lugar.

Ela não tinha muitas habilidades quando era criança, pelo menos não em comparação com a irmã. Susanna era engraçada; sabia dançar; tinha um ouvido musical; tirava notas boas sem ter que se dedicar muito. Sonya era mais bonita, e houve uma época em que isso parecia ser a coisa mais importante de todas. Mas beleza não servia para nada na Abertura, então ela teve que descobrir outras formas de ser útil. Não levava jeito com elétrica, tecnologia, ferramentas, nem qualquer uma dessas coisas que os moradores do Bloco 4 estavam sempre chamando-a para resolver – mas era esforçada, e às vezes isso bastava.

Ela gostava de ser útil.

— Quem você perdeu, Sonya? — Graham lhe pergunta assim que Charlotte vai ao banheiro. Ele é um homem solitário. Sempre fora, e por isso a ideia da perda o fascinava. Afinal, é preciso ter tido uma coisa para conhecer de verdade a sensação de perdê-la.

Ela liga a energia e tenta girar o botão do fogão. Fica com a mão acima da boca do fogão para ver se está esquentando.

Não sabe por que responde à pergunta. Não pretendia fazer isso, mas faz.

— Todo mundo — diz ela a Graham.

Sonya desliga a boca do fogão.

— Prontinho. Obrigada por ter contado a história sobre o meu pai.

— O prazer foi meu — diz ele.

No dia em que ela perdeu todo mundo:

Eles estão sentados à mesa no chalé, nos lugares de sempre: August numa ponta, Julia na outra, Susanna à direita do pai, Sonya à esquerda. August serve um copo d'água para cada uma delas. Julia cantarola enquanto August tira os comprimidos do vidro: um, dois, três, quatro.

Sonya recita a letra mentalmente.

Você cuida de mim
E eu cuido de você

Cinco, seis, sete, oito. August dá um comprimido para Susanna, um para Julia, um para Sonya e fica com um para si.

Um passo, depois outro...
Nós vamos vencer.

O comprimido é amarelo vivo na palma da mão de Sonya.

DOIS

Tem um homem no apartamento dela.

A mão de Sonya desliza até a faca que está no bolso. Ela sabe o que é ser pega desprevenida, ter que enfrentar as consequências de se estar sozinha entre pessoas que não têm nada a perder.

Mas as portas não têm tranca na Abertura, de modo que não há nada que ela possa fazer para garantir a segurança do pequeno apartamento quando sai. Não que faça muita diferença – não há nada para roubar. E ele não está ali para roubar nada.

Está sentado à pequena mesa, em uma das cadeiras de dobrar. É uma mesa de verdade, deixada no apartamento por quem quer que tenha sido o ocupante dele antes da insurreição. Há um nome gravado na parte da frente, BABI, escrito numa caligrafia infantil, em letras maiúsculas. Ela inventou uma história sobre Babi – uma garota de uns onze anos, desobediente, que leva bronca por ficar balançando as pernas quando se senta por nunca conseguir sossegar. Desesperada para encontrar um modo de permanecer, desenhou as letras com a faca enquanto os pais estavam distraídos.

Sonya conhece o homem. Ele se chama Alexander Price. É alto, e seus joelhos batem no tampo da mesa baixa. Seus olhos são tão escuros que parecem pretos. A barba está aparada, mas não rente, e desce pelo pescoço, irregular em algumas partes.

— Sai daqui — ela diz para ele.

Sonya segura a boca de fogão velha de Graham na frente da barriga como se fosse um escudo.

— Epa, epa — diz ele —, essa não é a hospitalidade da Delegação de que eu ouvi falar.

— Ela é reservada para convidados, e você é um intruso — diz ela. — Sai daqui.

— Não.

— Só porque eu sou uma prisioneira aqui, você acha que pode entrar na minha casa na hora que bem entender?

Ela pousa a serpentina do fogão no espaço da bancada onde prepara a comida. Os olhos dele faíscam em direção às mãos tensas dela, depois em direção ao rosto. Ele parece despreocupado.

Num gesto automático, ela busca o anel luminoso em volta da íris direita dele. Mas não está ali.

Todo mundo que ela já viu antes da insurreição – e mesmo depois, com raras exceções – tinha um Insight. A ausência dele é tipo um dedo a menos, ou uma orelha faltando; o homem parece assimétrico sem ele. Ou inacabado, como se alguém não o tivesse desenhado até o final.

— Você não mudou nada — diz ele. — Tirando o cabelo. Me admira que os coroas aqui tenham deixado você cortar tão curto. Esse cabelo não vai render nenhuma DesMoeda.

Ela se vira para a porta do apartamento e a abre toda. O ar frio do corredor entra no cômodo. A vizinha de porta, Irene, não está em casa – ela passa a maior parte do tempo no andar de baixo com a sra. Pritchard e outras três viúvas, as mais respeitáveis. Mas Sonya quer que ele saiba que, se ela gritar, sua voz não vai ser abafada pela porta.

Quando ela volta a se virar para ele, o homem está franzindo um pouco a testa.

— Eu não vou te machucar. Você acredita mesmo que eu faria isso?

— Passei a acreditar em muitas coisas sobre você — diz ela.

Esse é o homem que contou à insurreição onde estava a família dela quando tinham tentado fugir da cidade. Se não fosse por ele, talvez tivessem conseguido escapar. Se não fosse por ele, talvez tivessem sobrevivido. Ela não estava preparada para aquela dor, a dor de vê-lo outra vez.

Sonya espera, porque não confia no que vai sair de sua boca se a abrir.

— Bom — diz ele, depois que o silêncio se instala entre os dois. — Vou direto ao ponto.

Ele tira alguma coisa do bolso. É um aparelho retangular, no formato de uma palma. Um Elícito. Ela o reconhece, não por experiência, mas das aulas sobre a história do Insight – é uma tecnologia antiga, anterior a ele. Assim como o Insight, o Elícito foi desenvolvido para acompanhar uma pessoa a todos os lugares, para aumentar a realidade e transmitir o comportamento dela para uma rede.

O sistema hoje lhe parece tosco – por que carregar alguma coisa na mão quando você poderia carregá-la dentro da cabeça? Se você passar o tempo todo segurando uma coisa, cuidando dela, sentindo seu calor... ela acaba se tornando uma parte do seu corpo, tão integrada a ele quanto um olho.

Ele segura o Elícito pelo canto inferior direito, descuidado. Apesar de não saber como usá-lo, ela sabe que é valioso; se pegasse o objeto dele agora, poderia trocá-lo por qualquer coisa que desejasse na Abertura, só pelo fato de ser raro.

Mas não há nada a ser desejado na Abertura.

O Elícito se acende, e o reflexo dele nos olhos do homem quase faz parecer que ele tem um Insight. Quase lhe dá a mesma aparência de antes, limpo e arrumado, com um sorriso sempre relutante. Alexander, o irmão mais velho que tentava seguir os passos do caçula.

Quando era adolescente, ela estava prometida ao irmão mais novo dele, Aaron. Aaron e Sonya eram o par perfeito da Delegação, o futuro perfeito da Delegação. Mas Aaron fora morto na insurreição, no meio da rua, junto com centenas de outros.

Alexander lhe mostra a tela. Uma reportagem que ela já viu antes. Sob a Delegação, havia apenas um veículo de notícias que transmitia informações sob demanda para todos os Insights; você podia ler enquanto olhava pela janela do trem. Mas, com a queda da Delegação, os jornais pareciam ter voltado à moda – meia dúzia deles compete entre si, cada um com uma interpretação diferente da mesma informação. Pelo C elaborado no topo da página, ela percebe que esse é um artigo do *Crônica*, e essa edição em particular já circulou na Abertura meses antes. FILHOS DA DELEGAÇÃO, diz o título, numa fonte em negrito na parte de cima. O texto é assinado por *Rose Parker*.

— Já li essa — diz Sonya. — E daí?

— Já leu? — Ele levanta as sobrancelhas. — Pelo visto Rose contrabandeou a reportagem para cá. Não quis que seu grande trabalho ficasse sem o devido reconhecimento.

Ele põe o Elícito em cima da mesa, ainda aceso.

— Então você sabe que, graças a essa reportagem, nós temos o Ato dos Filhos da Delegação. Todos que eram crianças quando foram trazidos para a Abertura, responsabilizados pelos crimes da própria família, agora são elegíveis para a libertação. Pessoas iguais a você. — Ele inclina a cabeça. — Bom, não *exatamente* iguais. Você era um pouco mais velha, não era?

— É curioso que você finja não saber — diz ela.

Ela e Aaron tinham a mesma idade, afinal de contas.

A boca de Alexander se torce.

— Você pode ter reparado que muitos dos jovens da Abertura foram libertados recentemente. Receberam novas identidades e a chance de viver uma vida que vale a pena, em vez de... — Ele faz um gesto com a mão. — Disso.

Ela observa o velho conjugado como se o visse pela primeira vez. A cama com lençóis remendados, a coberta desfiando. A frigideira arranhada secando ao lado da pia em cima de um pano manchado e esfarrapado. Os itens que ela usou para decorar o espaço: as plantas alinhadas no peitoril acima da pia da cozinha, crescendo em latas; a estampa que ela pintou com tinta preta no cobertor que cobre as janelas da sala, para protegê-la dos observadores; o amontoado de luminárias com lâmpadas fracas que juntou num caixote perto da cama. Alexander, porém, se lembra de onde ela morava antes.

Vai se foder, ela pensa, uma das muitas frases que nunca disse em voz alta - no passado porque teriam lhe custado DesMoeda, e agora porque seriam um sinal de que ela está regredindo, voltando a ser a garota que vivia num poço de luto e que conhecia o gosto da bebida caseira. Mas pensa mesmo assim: *Vai se foder, eu te odeio, espero que você caia morto...*

Alexander está esperando, como se aguardasse uma reação. Vendo que não há nenhuma, ele continua:

— Você levantou um problema peculiar. Não é jovem o suficiente para ser uma boa candidata à libertação, mas não é tão velha a ponto de a gente se esquecer de você.

— Foi isso que vocês fizeram com as pessoas daqui? Se esqueceram delas?

— Em linhas gerais, sim. E você nem imagina o alívio.

— Bom, se pensa que gastei um segundo sequer pensando em *você* — diz ela —, está enganado.

— Estou devastado. — Ele enfia a mão no bolso e tira um pedaço de papel dobrado em quatro. — Como eu ia dizendo. Nós tivemos a ideia de fazer uma troca...

— Nós?

— Vamos te dar uma oportunidade de corrigir um dos erros da Delegação. Se você tiver sucesso, recebe a sua liberdade. Se falhar, vai continuar apodrecendo aqui.

A palavra *apodrecendo* a faz estremecer. Era assim que David falava, perto do fim – como se ele fosse um pedaço de carne abandonado no balcão da cozinha para estragar. Ela nunca conseguiu encontrar as palavras para discordar dele. Nem tinha certeza de que discordava.

— Não sou uma formiga que você pode queimar com a sua lupa no sol — diz ela. — Não vou ficar me debatendo para o seu entretenimento.

Ele faz uma pausa, o papel ainda dobrado ao meio.

— Não vai ouvir o que queremos que você faça?

Ela aperta a borda do balcão com tanta força que os dedos ficaram dormentes.

— Não — diz ela. — Sai daqui.

Alexander guarda o Elícito de volta no bolso. Fica de pé. Apesar de haver tanto espaço entre os dois quanto é possível, ela tem a sensação de que ele está perto demais.

— Como quiser. Por enquanto — diz ele. — Mas eu volto daqui a alguns dias. Espero que até lá você tenha colocado a cabeça no lugar.

Os três representantes do Triunvirato visitam a Abertura uma vez por ano, acompanhados por um pequeno batalhão de jornalistas e policiais. O propósito oficial da visita é um encontro com os líderes da

Abertura – cada bloco elege dois –, mas Sonya não cai nessa. O Triunvirato está ali para mostrar que eles não se esqueceram. Para fazer um gesto de misericórdia – mas também para lembrar ao público que os filhos e filhas preferidos da Delegação permanecem seguramente trancados.

David dizia que os visitantes da Abertura o faziam se sentir um animal no zoológico. Antes de sua morte, eles passavam os dias de visita bebendo até apagar. Às vezes botavam para tocar músicas antigas de propaganda e cantavam aos berros, na esperança de que o Triunvirato conseguisse escutar através das paredes. Mas na maior parte do tempo eles simplesmente capotavam na cama de David e dormiam a tarde toda.

Este ano, uma alvoroçada sra. Pritchard encontra Sonya logo antes da chegada dos representantes e pede a ela para trocar as lâmpadas queimadas no corredor de manutenção. Os representantes vão visitar o térreo, e, como a sra. Pritchard sempre diz, "Não queremos que eles pensem que não nos cuidamos". A sra. Pritchard vive num estado permanente de constrangimento, sempre ciente de qualquer desvio de norma com que só ela se importa. É mais fácil concordar do que discutir com ela.

Sonya carrega uma escada e uma sacola com lâmpadas até o corredor da manutenção. Uma a uma, ela desenrosca as lâmpadas queimadas dos soquetes e as substitui pelas novas, depois leva a escada alguns metros adiante e repete todo o processo. Já está no fim do corredor quando a porta na outra extremidade se abre, e os representantes do Triunvirato entram.

Ela não os conhece de rosto, mas, com aquelas roupas, só podem ser eles. Uma delas usa um vestido vermelho na altura do joelho, o cabelo bem liso e quase tão curto quanto o de Sonya. A outra está com um conjunto de calça e blazer azul, os dedos adornados com pedras preciosas verdes. São Petra Novak e Amy Archer, embora ela não saiba dizer qual é qual.

O terceiro, um homem alto de terno cinza-claro, é o primeiro a reconhecê-la. Ele se chama Easton Turner. Foi eleito nos anos mais recentes. David tinha ouvido em algum rádio.

— Ora, ora — diz ele. — Mas que surpresa.

Sonya termina de enroscar a lâmpada e desce da escada. Nikhil e a sra. Pritchard estão logo atrás dos representantes do Triunvirato, e alguns metros atrás deles há um grupo de jornalistas com microfones esticados e Elícitos levantados, provavelmente filmando. Sonya se endireita.

Deseja estar usando uma roupa mais arrumada do que uma calça larga e uma camiseta velha com a barra desfiada. Deseja não se parecer tanto com a adolescente de que todos se recordam.

Easton diz:

— Não está reconhecendo, Petra? É a garota dos cartazes de propaganda.

— Uau — diz a mulher de vestido vermelho. As unhas dela são longas e lixadas num formato quase pontiagudo; precisas e afiadas. — É ela mesma. Como você se chama, afinal?

— Kantor — responde Sonya. — Sonya.

— Esqueci que você estava aqui dentro, Sonya — diz Easton. Seu tipo de beleza sugere que ele tinha traços infantis demais quando jovem, e que só agora o rosto se acomodou. O cabelo escuro com alguns fios grisalhos é grosso e curto, cortado rente na nuca.

— *Por que* está aqui dentro? — pergunta a mulher de terninho azul, Amy Archer. Seu tom é o de uma agente de segurança que pegou alguém invadindo algum lugar. — O Ato dos Filhos da Delegação não concedeu a sua liberdade?

— Não — diz Sonya. — Fiquei de fora do limite de idade por pouco.

— Mas a gente não chegou a aprovar algum ato relacionado a você? — diz Easton. Ele dá uma batidinha com o indicador na lateral do nariz e depois aponta para ela. — Sim, foi isso. Uma exceção especial, se você desempenhar um ato de serviço.

— Ouvi alguma coisa nesse sentido — diz Sonya.

Petra abre um sorriso.

— Ah, foi mesmo? — Ela ri. — E aí?

— E aí — diz Sonya, colocando a sacola com as lâmpadas no ombro — que eu não sei direito o que acho disso.

— O que você acha disso... — repete Petra.

— Tenho a impressão de que não é obrigatório — diz Sonya. — Existe uma escolha.

— É claro — diz Amy Archer. — Só achamos que ficaria empolgada com a oportunidade.

— A não ser, é claro, que esteja... — Os olhos de Petra pousam na sacola com lâmpadas no ombro de Sonya. — Satisfeita com a situação atual.

Sonya tensiona a mandíbula com tanta força que os dentes rangem.

— Bom — diz Easton. — Espero que você tome a decisão certa.

Petra dá um risinho para Easton.

— Afinal, "O que é certo é certo".

Todos eles – Easton, Petra, Amy, os jornalistas e os seguranças atrás deles, até mesmo a sra. Pritchard – riem.

Sonya tenta pensar numa resposta, mas não lhe ocorre nada. Chega para o lado com a escada quando o grupo cruza com ela, e Nikhil lhe dá uma apertadinha no ombro ao passar. Os jornalistas apontam Elícitos em sua direção. Ela reconhece Rose Parker no grupo, a mulher que escreveu a reportagem dos Filhos da Delegação.

Quando o corredor volta a ficar vazio, o silêncio é cortado apenas pela respiração curta de Sonya.

Naquela noite, ela vai jantar no apartamento de Nikhil e o encontra de roupão e chinelos, segurando uma xícara de chá. Mary Pritchard planta camomila em casa e seca a erva no balcão da cozinha. Ele deve ter trocado tomates ou vagens pelo chá.

Ela mostra a lata de feijão que trouxe, e ele aponta para a cozinha, onde uma panela de arroz já cozido aguarda em cima do fogão. Nikhil pega uma segunda xícara e serve metade do chá de camomila nela.

— Ouvi dizer que você recebeu uma visita hoje de manhã — diz ele, entregando-lhe a xícara.

Ela despeja os feijões numa panela e liga a boca do fogão, depois se senta à antiga mesa de jantar do sr. Nadir. Depois que o sr. Nadir morreu de insuficiência cardíaca, Nikhil foi até o apartamento dele soltar as pernas da mesa e carregar o tampo quatro andares escada acima, até a própria sala de estar. A essa altura, o apartamento já tinha sido revirado e totalmente esvaziado. Sonya prendeu as pernas de novo para ele – do lado errado, mas Nikhil disse que tinha gostado daquele jeito, então deixaram assim.

Encontraram uma surpresa na parte inferior do tampo: uma foto de Priya adolescente, a filha do sr. Nadir, fixada com fita bem no centro. Durante a insurreição, Priya traiu o pai em troca da própria liberdade.

Nikhil e Sonya deixaram a foto onde estava.

— *Visita* não é bem a palavra. Eu diria que tive um *intruso* hoje de manhã — diz ela. — Como foi a sua reunião?

— Boa. Inútil — diz Nikhil. Ele se apoia na bancada. — Conte o que houve com o seu intruso.

Apesar da proximidade entre suas famílias antes, ela só via Nikhil de vez em quando logo que foram presos. Mas então David morreu, e uma noite ela chegou em casa e encontrou um homem esperando por ela no apartamento vazio que era dos dois. Ela o conhecia, mas só da maneira distante como conhecia muitas das pessoas na Abertura. Ele a atacou, e ela enfiou o polegar com toda a força no olho dele. Depois disso, não se sentia mais segura, por isso Nikhil convenceu os moradores do Bloco 4 a deixarem que ela morasse ali.

Ela ainda vê o homem de vez em quando. Agora ele usa um tapa-olho. Sonya dá de ombros.

— Um capanga da resistência estava sentado no meu apartamento quando cheguei em casa hoje de manhã.

— Um capanga da resistência.

Ela hesita por um segundo antes de responder.

— Isso.

— E ele te ofereceu uma saída.

— Se eu jogar o joguinho deles, sim.

— Mas você não aceitou.

— Não.

Nikhil olha para ela de um jeito demorado e inquisidor.

— Por que não? — pergunta ele.

— Você viu como aquelas pessoas do Triunvirato me trataram — diz ela. — Mesmo que eu conseguisse realizar qualquer que seja a tarefa que me pedissem, que vida eu teria lá fora? Houve uma época em que o meu rosto estava estampado em tudo que é lugar.

— E vai haver uma época em que ninguém mais vai se lembrar disso — diz Nikhil. — Você só vai ter que aguentar até lá.

— Estou cansada de aguentar as coisas — diz Sonya.

Ele retruca:

— Eu não aceito isso.

Durante a maior parte do tempo ela esquece que não é uma velha. Se o luto é capaz de desgastar uma pessoa, ela está tão acabada quanto o resto do Bloco 4. O lugar dela é junto das viúvas, com uma longa espera pela frente. Mas, agora que vê as sombras projetadas nas rugas de Nikhil, ela se lembra da idade dele, e da própria idade.

— Isso é uma dádiva, Sonya — diz ele. Ele pousa a mão em seu braço com suavidade. — Só pense no assunto.

Ela recebe a notificação na manhã seguinte. A luz constante do Insight pulsa uma vez, em seguida uma frase se desenrola diante de seus olhos como uma faixa. `Exame Médico Obrigatório.` Por um segundo, as palavras ficam sobrepostas ao que ela está vendo, a espuma na pia, a esponja em sua mão. E então desaparecem.

É uma sensação ao mesmo tempo familiar e estranha. Os pais implantaram o Insight em seu cérebro quando ela era bebê, seguindo tanto a lei quanto o costume. Era um processo brutal, em certo sentido – uma agulha grossa espetada no canto do olho de um recém-nascido. Mas diversas culturas adotaram hábitos brutais a serviço de um bem maior, às vezes por mais tempo do que eles seriam necessários. Batismos por imersão. Circuncisões. Ritos de iniciação.

Sob a Delegação, o Insight ficava sempre ativo, garantindo que a pessoa tivesse acesso a todas as informações possíveis e imagináveis. Quando criança, ela perguntava tudo a ele, coisas que os pais talvez não sabiam responder: *Por que o céu é azul? A pessoa mais rápida do mundo corre em que velocidade? Como os carros funcionam?* Ele dava as respostas com auxílios visuais ou auditivos, dependendo da preferência dela. E o Insight fazia outras coisas também. Conectava-a com as pessoas – então ela podia assistir a um episódio de sua série preferida com a amiga Tana tarde da noite, quando deveria estar dormindo, ou escutar a nova música da irmã apenas segundos depois de Susanna gravá-la. O Insight a acompanhava pela vida.

E, quando a Delegação caiu, ele ficou mudo.

O novo governo conectou todos os prisioneiros da Abertura a um sistema fechado, de modo que, se quisesse, o Triunvirato podia enxergar através dos olhos deles a qualquer momento. E o Triunvirato podia enviar mensagens aos prisioneiros, como essa que ela acaba de receber. Mas não havia mais música, vídeos, programas de TV. Nada de fazer chamadas de voz, nem de pesquisar uma informação no meio de uma conversa para confirmar, nem de se sentir mais segura quando se estava perdida ou em perigo.

Ela pisca quando a mensagem some. Termina de lavar a louça, deixa tudo secando num pano de prato em cima da bancada e enxuga as mãos. Dá uma olhada no espelho, arrasta o baú da frente da porta do apartamento e sai de casa.

Os exames médicos acontecem todo ano, a menos que você tenha um problema de saúde ou que faça uma requisição especial. Dr. Hull para os homens, dra. Shannon para as mulheres. Durante um tempo eles não tinham um lugar para atender na Abertura, mas, quando Alan Dohr do Bloco 3 morreu de intoxicação alcoólica, transformaram o apartamento dele em consultório.

Na saída, ela vê a sra. Pritchard sentada em um banco no pátio com a sra. Carter, as duas tricotando. Novelos de lã são uma raridade, então, quando a sra. Pritchard e as outras tricotam, em geral precisam desmanchar alguma coisa que fizeram antes.

— Olá, Mary, Charlotte — diz ela ao passar pelo pátio.

— Está indo aonde? — pergunta a sra. Pritchard. Ela gosta de saber das coisas.

— Exame anual — diz ela.

A sra. Pritchard balança a cabeça.

— É uma coisa horrível o que fazem com vocês garotas.

Sonya não responde. Atravessa o túnel até a rua Cinza e vira à direita. No centro da Abertura, um grupo de seis pessoas está jogando com uma bola de futebol velha. Improvisaram um gol em cada ponta da rua Verde usando baldes. Gabe e os outros estão parados perto do muro externo, fumando cigarros, conversando com um dos guardas lá em cima. Provavelmente fechando algum esquema, ela pensa, mas não sabe o que Gabe teria a oferecer para um guarda da Abertura além da bebida de qualidade duvidosa.

Quando passa pelo túnel até o Bloco 3, vê Renee, Douglas e Jack, um escritor grisalho que mora no segundo andar, os três reunidos em volta de alguma coisa. Ao se aproximar, vê que é um jornal, aberto sobre uma mesa baixa no canto do pátio.

— Sonya! — diz Renee. — Vem dar uma olhada. Jornal de ontem.

Sonya chega mais perto e se inclina por cima do ombro de Renee para ler a manchete de primeira página. ARMADA ANALÓGICA REIVINDICA AUTORIA DE ASSASSINATO. Embaixo aparecem duas fotos lado a lado: na primeira, um jovem com uma mecha de cabelo castanho sorri. A legenda: *Sean Armstrong, 32, encontrado morto em seu apartamento na noite de terça*. A segunda mostra um bilhete rabiscado num pedaço de papel, com um alfinete preso na parte de cima. E a legenda: *Bilhete assinado com a insígnia da Armada Analógica estava preso ao peito da vítima*. A foto está desfocada demais para ler a maior parte do que está escrito. Sonya pega algumas frases soltas: *criação da tecnologia dos implantes... restabelecimento da estrutura de armazenamento em nuvem...*

— É uma lista dos supostos "crimes" que ele cometeu — diz Jack, acompanhando a direção do olhar dela.

— Armada Analógica — diz Sonya. — Não é o grupo terrorista que jogou uma bomba naquela empresa de tecnologia ano passado?

Por um período, eles tinham acesso frequente às notícias por causa daquela jornalista, Rose Parker, que estava trabalhando na reportagem sobre os Filhos da Delegação. Geralmente ela trazia apenas um exemplar, mas as pessoas o passavam de mão em mão pela Abertura como se fosse uma folha de ouro ou uma porcelana fina. À noite, Nikhil lia o jornal em voz alta para o Bloco 4 – ou pelo menos para aqueles que estavam interessados. Muitas pessoas, como a sra. Pritchard, não queriam saber o que estava acontecendo do lado de fora da Abertura. Sonya não as culpava. Afinal, aquilo não tinha mais nada a ver com elas. Com ninguém ali.

— Esse mesmo — diz Jack. — Queria conseguir uma cópia do manifesto deles.

— São um bando de psicopatas que odeiam tecnologia — diz Douglas. — O que mais tem para saber?

Jack olha friamente para Douglas, como se nem soubesse por onde começar.

— Só porque você não tem um pingo de curiosidade sobre nada, não significa que o resto de nós também não tem — diz Renee, virando para a página seguinte do jornal. — Eu queria saber quem é que cria a logo de uma organização terrorista. Será que eles contrataram um designer?

— Aquela logo? — diz Sonya, olhando para os dois *A*s sobrepostos. — Não, isso com certeza é um trabalho de amador.

— Artista Amador da Armada Analógica — diz Renee, rindo.

— Mas onde foi que você arranjou isso? — pergunta Sonya.

— Rose Parker veio com aquele grupo grande de jornalistas ontem — diz Jack. — Ela que deu. Parece que aqueles "fogos" que a gente ouviu umas noites atrás na verdade eram tiros.

— Tiros — diz Renee. — Como foi que a Armada Analógica conseguiu arranjar uma arma?

— Menor ideia.

— Você pode levar o jornal para o Bloco 4 mais tarde? — diz Sonya. — Com certeza Nikhil vai querer fazer uma leitura aberta.

— Pode deixar — diz Jack. — Deixo na casa dele.

— Valeu — diz Sonya. — Vou indo nessa. A médica está esperando.

Renee faz uma careta. Ninguém gosta de ir ao consultório.

O APARTAMENTO É IGUAL A TODOS OS OUTROS DA ABERTURA: um cômodo maior com uma cozinha e um banheiro preso a ele como um furúnculo. No lugar da cama, o pequeno espaço é ocupado por equipamentos médicos: uma maca para exames clínicos, um armário cheio de suprimentos, algumas máquinas enfileiradas. É a única unidade da Abertura autorizada a ter uma tranca, do contrário todo o material já teria sido roubado há muito tempo.

A dra. Shannon é uma mulher mais velha, de ar severo, com o cabelo curto feito o de Sonya, mas branco como neve. De vez em quando, as mãos tremem quando ela usa o estetoscópio. Nunca consegue pegar a veia de Sonya quando vai colher sangue, e todas as vezes chama atenção para isso com um tom acusatório, como se Sonya estivesse fazendo as próprias veias encolherem de propósito. A médica olha para o relógio quando Sonya entra.

— Recebi a mensagem numa hora ruim — diz Sonya. — Vim o mais rápido que pude.

— Bom, tudo bem, acho que você em geral não demora muito mesmo — diz a dra. Shannon. — Pode se sentar na maca que vou medir a sua pressão.

Sonya executa todo o ritual: tirar o cardigã, arregaçar as mangas, sentar na maca fria de metal que a dra. Shannon higieniza após cada visita, estender o braço para a braçadeira que o comprime para medir a pressão sanguínea, subir na balança que declara que seu peso está "suficientemente saudável", espiar a pasta de papel que a dra. Shannon folheia para se lembrar do histórico médico de Sonya.

— Você parece bem — diz a dra. Shannon. — Hora da vacina.

Sonya vira o braço.

A injeção faz efeito por um ano, apesar de Sonya não precisar de nenhum método anticoncepcional desde a morte de David. É obrigatória para todas as pessoas na Abertura em condições de gerar filhos.

Ela conhecia David em sua vida de antes, mas só de nome e de vista, nada mais que um rosto no fundo da sala de aula. Certa noite, logo no começo da pena na Abertura, dançou com ele numa festa – ele era o único ali que sabia dançar foxtrote. Mais tarde, com a boca ardendo da bebida caseira, foi até o apartamento dele e tirou toda a roupa para deixá-lo olhar para ela. Naquele momento, ele era apenas um corpo. E ela só queria ser tocada por alguém.

Ele não era Aaron, e não foi tão difícil quanto ela esperava. Aaron havia sido inevitável, e ela o desejava na mesma medida em que desejava que a infância acabasse e o resto de sua vida começasse. Mas, sob a Delegação, ficar com David teria lhe custado DesMoeda – e isso era tudo que ela queria logo que foi trancada na Abertura: torrar o máximo possível de DesMoeda agora que a Delegação chegara ao fim. Bebia, fumava, xingava, falava palavrões, ficava nua, permitia-se sentir desejo e esperava que isso significasse alguma coisa, que *mudasse* alguma coisa.

E então David morreu por escolha própria. De vestido preto, ela organizou um funeral para ele no centro da Abertura, onde falou muito pouco, só pousou um dente-de-leão no chão para observar as sementes sendo espalhadas pelo vento.

— Tem algum jeito de simplesmente eliminar a possibilidade de gravidez para sempre? — diz Sonya, enquanto a dra. Shannon prepara a seringa. — Quer dizer, sem cirurgia.

— Tecnicamente, sim — responde a médica. Ela passa um quadradinho de algodão embebido com antisséptico na parte interna do braço de Sonya. — Mas eu não recomendaria.

— Por que não?

— Você ainda é jovem. As coisas podem mudar...

Sonya dá uma risada.

— Aqui dentro? Não, não podem.

— O Triunvirato já libertou alguns de vocês — diz a médica. — Algum dia, pode ser que eles libertem todos vocês. E, quando isso acontecer, talvez você queira ter um filho.

A agulha espeta, e depois acabou. A maca não fica mais quente embaixo das pernas dela. O ar fede a mofo e terra. Talvez o residente anterior – não Alan Dohr, mas o que morou ali antes que aquela parte da cidade fosse tomada pelo Triunvirato e transformada na Abertura – guardasse equipamento de jardinagem no apartamento. Pás apoiadas num canto. Sacos de terra empilhados ao lado da porta. Um lugar para fazer coisas novas em vez de cuidar das que estavam morrendo.

Provavelmente não.

A dra. Shannon pressiona uma bolinha de algodão no lugar da injeção e a prende com um esparadrapo usando a mão livre.

— Avaliação do humor na última semana? — pergunta ela, como sempre faz.

— Numa escala de zero a cem?

Todas as vezes, numa escala de zero a cem. Cem, um delírio de felicidade. Zero, uma tristeza esmagadora.

— Cinquenta — diz ela, sem esperar a resposta da médica.

— Você nunca me falou nenhum outro número na avaliação.

— Porque eu sempre me sinto bem.

A dra. Shannon tira as luvas e joga no lixo.

— A maioria das pessoas não se sente bem o tempo todo, Sonya — diz ela. — Ainda mais se tiverem vivido algumas das coisas que você viveu.

— O que isso tem a ver com a minha saúde?

A dra. Shannon tira uma lanterna do bolso. Sonya conhece esse ritual também. Ela endireita a postura quando a dra. Shannon aponta o feixe de luz para o olho direito dela, examinando o Insight.

— Muitas pessoas na Abertura tomam uma medicação que ajuda a estabilizar o humor — diz a dra. Shannon. — A vida de vocês não é fácil, e deveriam ter ferramentas para lidar com isso.

Sonya abaixa as mangas.

— Sabe o que poderia ajudar a gente a lidar com isso? — diz Sonya. — Frutas e verduras frescas. Mais de um jogo de roupa de cama. Alguma atividade para passar o tempo além de ficar chutando uma bola murcha de futebol em cima do asfalto.

A dra. Shannon suspira.

— Infelizmente não estou autorizada a oferecer nenhuma dessas coisas. Já a medicação...

— Acha que tenho cara de quem tem instabilidade de humor? — pergunta Sonya.

— Não — responde a dra. Shannon — Você é bem controlada, srta. Kantor, e sempre foi.

Sonya veste o cardigã.

— Então qual é o problema? — diz ela, e se levanta para sair.

TRÊS

Ele está de volta.

Parado na cozinha dela com um copo d'água na mão, o que significa que mexeu no armário para encontrá-lo. A mão grande esticada para tocar o tomilho que cresce atrás da pia, no quadrado de luz que entra pela escada de emergência. Está usando uma corrente no pescoço. Na ponta, um anel com uma pedra roxa que ela reconhece como sendo da mãe dele.

Ao ver que ela olha para o anel, ele o enfia para dentro da gola da camiseta.

— Acho que fui muito clara — diz ela. — Você não é bem-vindo aqui. E isso quer dizer que você também não tem permissão para mexer nas minhas coisas.

Ela deixa a porta aberta atrás de si.

— Não tem muito em que mexer — diz ele. — Mas, se eu precisar de um monte de fios velhos e arrebentados, você vai ser a primeira pessoa que vou procurar.

Ela olha para a fileira de caixotes de madeira, como uma trilha conduzindo à cama. Assim como Graham Carter, ela também tem uma coleção de coisas. Um caixote para ferramentas – até as velhas e enferrujadas têm uso – e outro para fios; um com pregos e parafusos de tudo quanto é tipo e tamanho; um para peças soltas, plugues e tomadas, alto-falantes sem a caixa de som, antenas, interruptores, isolantes de fios. E, numa mesa baixa perto da cama, o ferro de solda, um dos maiores achados da última década.

— Eles devem estar desesperados mesmo para deixá-la ser encarregada do suporte técnico — diz ele. — Antes da queda da Delegação, você não sabia nem pendurar um quadro.

— Antes da queda da Delegação, você não tinha traído a sua família inteira — diz ela. — As coisas mudam.

A mandíbula dele se move como se ele estivesse mastigando alguma coisa. Ele põe o copo em cima da bancada da cozinha e tira um pedaço de papel dobrado do bolso.

— Estou aqui para dar outra chance de você conquistar a sua liberdade — diz ele.

A lembrança do rosto cansado de Nikhil é a única coisa que a impede de mandá-lo ir se foder.

— Tem uma garota — diz ele. — Ela era uma segunda filha ilegal no governo da Delegação. Quando eram descobertos, os segundos filhos ilegais eram tirados das famílias originais e entregues a membros extraordinários da comunidade que não conseguiam ter filhos.

A voz dele fica azeda ao dizer isso. *É para o bem de todos nós*, Sonya pensa de modo automático, umas das principais frases da Delegação. Responder com essa frase teria rendido a ela pelo menos trinta DesMoeda. O bastante para um almoço no Al's – que agora está fechado, obviamente.

Ele continua:

— A Delegação ficou trinta anos no poder, então infelizmente nem todos vão ter a chance de ser devolvidos. Mas nós estamos localizando as crianças que ainda são menores de idade, e até agora devolvemos todas à família biológica, exceto uma. Essa garota é a última. Ela tinha três anos quando foi separada dos pais, mas não conseguimos descobrir para onde foi levada. No caso das outras, bastou cruzar o relato dos pais com os registros de adoção. Colocamos fotos de Grace em todos os jornais pedindo informações, mas ninguém entrou em contato. É muito estranho.

Ele desdobra o pedaço de papel enquanto fala. Maneja-o com delicadeza, como se fosse uma gaze prestes a rasgar com qualquer pressão.

— Nossa oferta é simples — diz ele. — Encontre a garota ou descubra o que aconteceu com ela, e você ganha a sua passagem para fora daqui.

Sonya faz um gesto amplo abarcando o apartamento.

— Talvez você tenha notado que sou uma prisioneira aqui. Não estou exatamente em condições de encontrar ninguém.

— Você vai receber autorização para entrar e sair da Abertura enquanto estiver conduzindo as investigações — diz ele. — Vamos "monitorá-la" ou "te monitorar", obviamente, pelo seu Insight.

— Muito conveniente que vocês nunca tenham deixado a gente removê-lo — diz ela. — Mesmo depois de terem tornado o aparelho ilegal para todas as outras pessoas.

— É mesmo, não é?

— Você é do *governo* e não conseguiu encontrar a garota — diz ela. — O que te faz achar que vou conseguir?

— Sou um administrador, não um investigador — diz ele. — Não tive autorização para dedicar muito tempo a isso. Já você... tem todo o tempo do mundo.

Ela ouve uma porta se abrindo no fim do corredor – o sr. Teed saindo para a caminhada da tarde. Ele toca a aba do chapéu para cumprimentá-la e segue em direção à escada.

Nikhil disse que era uma dádiva. Nicole também via assim. Ficou tão aliviada quando aprovaram sua libertação que caiu no choro. Passou dias pensando na nova identidade. *Eu tenho mais cara de Victoria ou de Rebecca?* Falava que sempre tinha mesmo sonhado em morar em Portland; que não se importava nem um pouco de trabalhar na nova fábrica da Phillips; melhor fazer um trabalho braçal do que ficar vendo o tempo correr na Abertura.

Mas o futuro de Sonya parece vazio. Uma parede de luz branca.

— E me fala uma coisa — diz ela. — Por que eu ia querer o que você tem?

— Como assim?

— Você chega aqui com roupas reaproveitadas — diz ela, um palpite justificado pelo pesponto irregular da camisa, remendada por mãos inaptas —, um emprego ingrato de lacaio do Triunvirato, sem aliança de casamento no dedo, e me diz que eu deveria querer me livrar deste lugar. Bom... para quê? O que vai ter para mim lá fora? Ser perseguida na rua pelas pessoas que me reconhecem de um cartaz de dez anos atrás? Um emprego numa fábrica? O quê?

Ele estica o papel sobre a bancada entre eles.

— Você é... — Ele dá uma risadinha. — Porra, você é uma figura, sabia? Quer ficar aqui comendo feijão frio da lata e assistindo a um bando de velhos morrendo um por um? Fica à vontade.

Ele pega o copo e bebe o último gole de água. Sonya olha para o papel na bancada.

Na parte de cima há um nome escrito:

Grace Ward

Embaixo dela, uma foto da família Ward, granulada em preto e branco. Estão enfileirados na frente de uma parede branca. O sr. Ward é alto e magro, e a sra. Ward é pequena e atarracada. Os dois parecem ser pessoas de riso fácil, as linhas do rosto marcadas de alegria, embora nenhum dos dois esteja sorrindo na imagem. Não há nenhuma foto de Grace.

Alexander bate com o copo e dá a volta na bancada, indo em direção à Sonya e à porta.

— Tudo bem — diz Sonya.

Ela olha para o nome no topo da página.

— Tudo bem *o quê*? — pergunta ele, de cara feia.

— Eu topo.

O endereço de Grace, data de nascimento, descrição física, está tudo anotado no papel. Sonya o dobra ao meio e o enfia no bolso de trás, em seguida dá um passo para o lado, liberando o caminho para a saída de Alexander.

— Você... o quê?

— Não sei como ser mais clara que isso. Eu aceito a sua oferta.

— Certo — diz ele, prolongando a palavra. — Eu vou... deixar o seu cartão de segurança com os guardas. Pode ir buscar amanhã de manhã.

Ele desliza os dedos pela parede no caminho até a porta, deixando linhas suaves marcadas na cobertura de cal. Seus dedos não estão sujos de poeira branca quando ele afasta a mão. Vira-se para ela quando chega ao corredor.

— O que fez você mudar de ideia? — pergunta ele.

— Bom — diz ela —, eles ainda fazem aquele biscoito amanteigado? Sabe aquele que vinha no pacote vermelho com um cachorrinho? Tinha um formato de osso.

— Da marca Arf. A embalagem agora é azul — ele responde.

— Isso, esse mesmo. Nossa, como eu sinto falta daquele biscoito.

Sonya fecha a porta entre os dois.

No dia seguinte, ela precisa ir costurando o caminho por uma pequena multidão para chegar até o portão. As notícias correm rápido na Abertura, e por algum motivo essa é mais quente do que a libertação dos prisioneiros jovens - porque Sonya vai voltar no fim do dia. Ela desvia dos homens grogues do Bloco 2, e de Jack com seu caderninho; Renee de robe e camisola fumando um cigarro; Graham com os polegares enfiados nos passadores do cinto.

O guarda que fica na guarita bem à direita do portão é familiar, mas ela não sabe o nome dele. Ele trabalha ali há um bom tempo, mas ela nunca se aproxima dos guardas. Não precisava que ninguém lhe avisasse sobre eles. Mas muitas mulheres na Abertura avisaram mesmo assim.

O guarda - o nome no crachá é Williams - compara o rosto dela com a foto no cartão de segurança. A foto tem uma década, de quando ela tinha dezessete anos. Na imagem, o cabelo escorre pelos ombros, e as olheiras estão escuras feito hematomas. Mas ainda se parece com ela. Ele lhe entrega o cartão, que ela guarda no bolso da jaqueta.

— Você tem que dar notícias em até doze horas depois de sair — diz ele —, ou a gente vai ter que suspender os seus privilégios até você resolver colaborar mais.

— Tudo bem — diz ela, e se posiciona em frente à entrada da Abertura.

Sonya está tremendo. Por mais de uma década, a rua Verde e a rua Cinza, os Blocos de 1 a 4, a feira, os pátios - têm sido todo o seu mundo. Um planeta reduzido a um globo de neve. Sem escolhas, sem estranhos, sem espaços abertos. Mas agora ela se lembra da imensidão do mundo, e parece tão opressivo quanto a atmosfera dentro de um armário.

O portão, largo o suficiente para que um caminhão passasse, é encimado por espirais rígidas de arame farpado. O guarda empurra uma alavanca, e as placas de metal diante dela rangem ao se afastarem umas das outras. Por um segundo, ela fica parada no centro dessa pupila que se dilata. Poucos metros depois do portão, contida por alguns policiais, uma aglomeração de pessoas segurando cartazes.

E, atrás dela, uma aglomeração de prisioneiros se esforçando para dar uma olhadinha no mundo exterior.

Ela atravessa o portão e mergulha num mar de sons: cliques de câmeras fotográficas e pessoas de todos os lados, todos os lados, gritando seu nome:

Srta. Kantor, qual é a sensação de sair pela primeira vez em...
Sonya, qual é a sua opinião sobre o Ato dos Filhos da Delegação que...
Garota-Propaganda! Aqui!

Há placas presas em cabos de vassoura, réguas e galhos. Algumas são simpáticas:

BEM-VINDA DE VOLTA, FILHA DA DELEGAÇÃO

Outras não:

AQUI SE FAZ, AQUI SE PAGA!

A maioria delas, porém, mostra a mesma imagem: o rosto dela, no mesmo cartaz que a Delegação espalhou por toda a cidade no passado, mas com uma única palavra riscada e substituída.

O QUE É C̶E̶R̶T̶O̶ ERRADO
É C̶E̶R̶T̶O̶ ERRADO

Ela vê os próprios olhos, num tom de cinza-claro por causa da coloração preta e branca, encarando-a de volta por entre as palavras. Não sabe em que direção deve ir, para que lado está olhando. Tem vontade de gritar; lembra-se do som agudo e cortante da própria voz quando enterrou o polegar no olho daquele homem em seu apartamento, mas aquilo ali não é o vácuo escuro do Bloco 2, aquilo ali *é lá fora* e está *em toda parte* e tudo que ela pode fazer é seguir em frente.

Alguém segura seu cotovelo, e ela dá um empurrão em resposta. Mas o rosto da mulher tem aquela expressão de urgência bondosa, de alguém que está tentando ajudar. Sonya a reconhece como Rose Parker. Quando os braços de Rose deslizam para os ombros dela, Sonya permite. Abaixa a cabeça em direção ao corpo dela e observa os sapatos de ambas se movendo em sincronia.

Os sapatos de Sonya estão tão gastos que ela sente cada pedrinha através das solas. Os de Rose são tênis cor-de-rosa, na tonalidade de uma melancia que ainda não amadureceu direito. Elas caminham tão rápido para longe da multidão que quase correm. Quando o barulho fica mais distante, Sonya está ofegante. Ela se separa do enlace de Rose e se apoia numa parede de tijolos.

Estão num beco, em frente a uma lixeira transbordando. O beco em si também parece transbordar, cheio de cadeiras com o assento quebrado, sacolas plásticas rasgadas, sofás afundados com a espuma saindo, jornais amassados, caixas de papelão mofadas. O cheiro é forte. Na frente dela, as pichações se misturam em diversas cores sobre o tijolo.

FODA-SE A DELEGAÇÃO chama sua atenção, mas há outras frases que ela não compreende.

ARMADA ANALÓGICA
DESMEDICALIZAÇÃO JÁ
ABAIXO AS FRONTEIRAS

— Você está bem? — pergunta Rose, em um tom afiado.

Quando ela veio até a Abertura fazer as entrevistas para a reportagem dos Filhos da Delegação, seu cabelo estava preso em dezenas de trancinhas miúdas, mas agora está solto num mar de cachos, arrematado por um lenço florido na testa.

— Estou — diz Sonya. E acrescenta: — Obrigada. — Porque essa é a coisa a ser dita. O Insight dela brilha com seu halo incessante; alguém, provavelmente Alexander Price, está observando.

— Não sei se você se lembra de mim — começa Rose. — Não cheguei a falar com você antes.

— Eu me lembro.

Rose queria entrevistá-la junto com os outros. Estava na feira empunhando um gravador, abordando todos os jovens que conseguisse encontrar na Abertura. Era como um ímã de polaridade uma força repelente em torno de si. Chamara Sonya pelo nome. *Srta. Kantor, se tiver um minuto para falar sobre...*

Sonya não tinha um minuto.

— Bom — diz Rose. — O sr. Price disse que talvez eu conseguisse negociar a sua cooperação em troca disto.

Ela enfia a mão numa bolsa que carrega a tiracolo e tira uma caixa azul estreita onde está impresso Arf, com o desenho de um dálmata em cima do *F.* Biscoitos amanteigados.

Sonya franze a testa. Não aceita a caixa, mesmo querendo. Consegue até sentir os biscoitos se desfazendo na língua.

— Minha cooperação... — diz ela.

Rose saca um aparelho preto com um microfone na ponta, revestido por um abafador felpudo do tamanho de uma noz.

— Eu tinha a esperança de escrever uma matéria sobre você, um dos rostos famosos da Delegação, e...

— Não — interrompe Sonya.

— Eu poderia falar sobre a sua missão para que todo mundo saiba que está tentando fazer a coisa certa...

Sonya ri.

— Bancar o fantoche do seu novo governo numa tarefa impossível não é "tentar fazer a coisa certa" — diz Sonya. — Agora, se você me der licença, por favor.

Ela anda até o fim do beco. Não sabe onde está, os pensamentos confusos demais para se lembrar da geografia da cidade. Mas precisa sair dali.

— Espera. — Rose lhe oferece um cartão de visita. Com nome, telefone e endereço. — Para o caso de você mudar de ideia.

Com frequência, Sonya sente que sua mente é igual a uma peça de argila que endureceu no sol, exposta por tempo demais para poder assumir uma nova forma. Mas ela pega o cartão mesmo assim.

A CIDADE É BARULHENTA. POR TODOS OS LADOS, O SOM ESTRIDENTE DO Trem Suspenso sobre os trilhos, os ônibus buzinando para os pedestres saírem da frente, os sinos de bicicleta tilintando atrás dela, ao lado dela, na frente dela, e as vozes – gritando, conversando, rindo, reclamando. Sonya leva meia hora para entender que está com os ouvidos atentos em busca de outra coisa: o som deslizante dos pneus dos carros, veículos pessoais pertencentes só àqueles com a maior pontuação na escala de Desejo. Não há nenhum à vista.

Ela sobe os degraus até uma plataforma do Trem Suspenso, não para embarcar nele, mas para olhar um dos mapas. O Trem Suspenso foi construído durante uma fase de incentivo ao transporte público muito antes de ela nascer. Não é tão rápido quanto o Estalo, um metrô a vácuo que conecta todos os segmentos da megalópole, mas funciona melhor para distâncias curtas. Ela puxa o capuz para cobrir o olho direito. O brilho do Insight chama a atenção ali fora.

Olhando para o mapa, ela começa a lembrar onde está. A Abertura fica no meio do braço de Seattle na megalópole, onde a linha irregular dos arranha-céus dá lugar a prédios mais moderados. Ali perto, ao longo de todo o paredão que represa a beira-mar, ficam os bairros onde as pessoas costumavam lutar para residir. Era um privilégio estar longe do barulho do centro da cidade, um emblema de lealdade e serviço.

Ela está a poucos bairros de distância de Washington Park, onde sua família morava. O pedaço de papel com o nome de Grace Ward está no bolso, dobrado em quatro. Ela fica parada na plataforma observando a chegada do Trem Suspenso, com as rodas assobiando no trilho. Um grupo de pessoas aguarda na beirada da plataforma. As roupas cobrem todo o espectro de cores, do neon berrante ao bege sem graça. Uma garota, adolescente, está usando um macacão justo respingado de tinta. O cabelo pintado de rosa. Sonya não consegue parar de olhar para ela, estourando bolas de chiclete entre os dentes e quase quicando na ponta do pé, ansiosa para a abertura das portas do trem. Uma roupa dessas teria custado pelo menos quinhentas DesMoeda por um dia – uma punição por perturbação da ordem. A maioria das pessoas não se dava ao trabalho.

Quando as portas se abrem, todo mundo se amontoa. Eles não têm Insights para serem escaneados na entrada, e Sonya começa a se perguntar se *ela* poderia andar no Trem Suspenso. Costumava custar DesMoeda. Pelo visto, não custa mais nada.

Ela espera o trem seguinte, parada atrás de uma mulher que tem uma sacola de compras apoiada entre os pés. Aberto entre o polegar e o indicador de uma das mãos, um livro de capa mole. Sonya lê por cima do ombro dela. É poesia:

*Você se lembra de como era
desviar os olhos —
desviar a mente?*

A mulher percebe que Sonya está olhando; ela pega a sacola e se afasta. O Trem Suspenso se aproxima da estação, e Sonya se junta aos outros, em parte esperando que algum alarme dispare quando ela passar. Mas as portas apenas se fecham atrás dela com um estalo e o trem se afasta da estação com um impulso, deslizando como um barco na corrente.

Sonya fica de pé, ao lado da porta. Os demais passageiros se acomodam nos assentos com manchas e rachaduras. Um menino que não deve ter mais que doze anos bebe uma latinha de Coca-Cola; Sonya resiste ao instinto de repreendê-lo por não cumprir as regras, só para acrescentar algumas DesMoeda à própria conta. Um homem dá um leve empurrão numa mulher mais velha para conseguir mais espaço; ela olha feio para ele, mas recolhe o braço para mais junto do corpo. Uma mulher com a roupa esfarrapada cambaleia ao longo do corredor. Sonya olha fixo para o mapa na parede do Trem Suspenso. Apenas duas estações a separam da Trinta e Quatro, onde ela precisa descer.

Lá fora, a cidade está encoberta pela neblina – não uma neblina pesada de poluição, mas o orvalho típico da manhã. As ruas estão movimentadas, e há sinais de falta de manutenção por toda parte, como se nada tivesse sido consertado desde o dia em que ela entrou na Abertura. Talvez não tenha sido mesmo. Um sinal de trânsito pende de um poste de forma precária, com a luz falhando. Um buraco na pista ficou tão grande que seria capaz de engolir um homem; uma mulher ajuda o filho a desviar dele. A Delegação era boa em manter as coisas arrumadas, mas o Triunvirato, ao que tudo indica, não é.

O trem freia, e uma voz robótica anuncia a parada de Sonya. Ela sai sozinha para a plataforma envergada. Já esteve ali tantas vezes... Pegava o Trem Suspenso até a escola todo dia de manhã; até a casa de Aaron dia sim, dia não; até a casa da amiga Tana nas tardes de sábado, quando as duas assistiam a filmes infantis no cinema que ficava ali perto. Isso a fazia se sentir adulta, andar sozinha de trem; ela fingia que estava a caminho do trabalho ou indo buscar as crianças na escola.

Agora ela se sente muito velha. Um fantasma assombrando um cemitério.

Desce os degraus até o nível da rua. Em todos os outros lugares, a bagunça da cidade parecia causada por mau comportamento; ali, é questão de negligência. As lojas – no passado uma fileira de butiques e cafés charmosos – estão fechadas com tábuas de madeira. A grama nos estacionamentos cresce alta e fora de controle; os galhos das árvores se enroscam nos fios elétricos e ficam pendurados por cima da rua. Ela desvia de um poste de luz caído no chão, esmagando os pedaços de vidro com os pés.

Sonya se lembra de crianças em carrinhos, usando chapéus para proteger o rosto do sol; ela se lembra de casais caminhando lado a lado, os nós dos dedos se tocando quando os braços balançavam; lembra-se de cachorros cheirando os portões das casas e os cantos das cercas. Mas aquele não é mais um lugar de banalidades. Ela dobra no cruzamento seguinte e desce a rua em que sua família morava.

Há destroços ali também, mas de um tipo diferente. Passa por cima de uma vara de pesca quebrada, uma sacola com material de tricô cheia de agulhas brilhantes saindo pelos lados, uma bicicleta de criança sem os pneus. Reconhece a estrutura esfarrapada de um sofá de brocado da casa dos Perez, de cabeça para baixo no quintal da frente, que agora serve de moradia para pequenos mamíferos. Ela para no meio da rua e olha para as portas da frente arrancadas das dobradiças de ambos os lados, as janelas quebradas, os resquícios chamuscados dos andares de cima.

A família dela fugiu logo no começo da insurreição. Uma noite, bem tarde, o pai mandou que todos fizessem uma mala com uma muda de roupa e uma escova de dentes. Eles dirigiram pela rua de faróis apagados, só com o brilho do painel do carro e de seus Insights...

Sonya continua andando.

A casa dos Kantor é de tijolos vermelhos. Dois andares, com abetos na beirada do terreno. O lado direito da casa está parcialmente desabado, com o segundo andar ruindo sobre o primeiro. O quarto de Sonya e o quarto de hóspedes desmoronaram.

Dois pilares brancos emolduram a porta da frente, que está apoiada contra a lateral da casa, onde ficavam os arbustos de lilases. Há móveis quebrados caídos pelo gramado, como as entranhas saindo da carcaça de um animal. Ela fica na ponta do pé diante da porta da frente e tateia o batente em busca da chave reserva. Está lá, coberta de terra, com a tinta do batente grudada nela. Ela guarda a chave no bolso.

Os tapetes não estão mais ali, as paredes estão rachadas e descascando, os móveis desapareceram ou estão quebrados. Ela não confia nos degraus que conduzem lá para cima. Entra na sala de jantar, à esquerda, onde o tampo da mesa quebrou, espalhando caquinhos de vidro por todo o assoalho de madeira. A estrutura de metal continua no lugar.

Todas as gavetas do armário embutido que cobre a parede foram abertas. Mas algo dentro de uma delas reflete a luz – um dos anéis de guardanapo que a mãe guardou do primeiro jantar que deu, um simples aro de plástico amarelo. Parece um mordedor para bebês. A mãe sempre falava sobre a importância de deixar as coisas "arrumadas", mesmo quando eles eram jovens e pobres – anéis de plástico, guardanapos de poliéster em vez de papel, pratos de melamina combinando. *Se merece ser feito, merece ser bem-feito*, ela gostava de dizer, uma das frases que Sonya repetia para si mesma quando via pessoas descuidadas ou bagunceiras.

Ela continua andando até chegar à porta do escritório do pai. Não tinha permissão para entrar ali, nem quando era adolescente. Mas agora o lugar não passa de um monte de destroços. Os livros estão jogados por todo lado, apodrecendo no piso de madeira. A mesa está destroçada, arquivos espalhados, prateleiras quebradas, objetos pessoais estilhaçados. O prato de argila que tinha feito para ele no primário, uma cesta de folhas verde-escuras para combinar com a pintura da parede, está no chão em pedaços. Ela se abaixa e recolhe os cacos, um por um.

Perto da beirada da mesa está o cartaz, protegido por vidro. O QUE É CERTO É CERTO. Ele o deixava pendurado bem à sua frente para que Sonya o observasse trabalhando – ou pelo menos era isso que ele dizia. Agacha por um bom tempo, segurando as peças do prato, seu próprio rosto adolescente em preto e branco olhando sério para si mesmo. Alguém fez um X no vidro com spray vermelho, mas ela ainda consegue ver através dele.

Foi o pai quem pediu que ela posasse para o cartaz. Susanna não gostou. Passou dias resmungando. Mas Sonya dera gritinhos de empolgação ao pensar em seu rosto estampado por toda a cidade.

Ela se levanta e sai do escritório. Os cômodos são dispostos num quadrado, ligados por corredores, então ela atravessa a cozinha, com azulejos quebrados e armários derrubados, até a lavanderia, parcialmente soterrada por entulho, embora a máquina de lavar esteja intacta.

Vai recolhendo coisas pelo caminho: uma colher dos destroços da cozinha, uma palheta de violão de Susanna presa entre as tábuas do piso, uma tampa de garrafa que o pai guardou do primeiro encontro com a mãe dela. Sonya repara na enorme tela do lar – um painel grande de vidro que sincronizava com todos os Insights dos moradores – bem no meio da sala de estar, golpeada repetidamente com algum objeto pesado, e na tinta spray na parede do vestíbulo, onde se lê LIXO DA DELEGAÇÃO. Ela passa um bom tempo olhando para isso.

Os pequenos objetos de valor sentimental que Sonya guardou no bolso vão tilintando enquanto ela caminha de volta pela rua, afastando-se da casa de sua família.

O PAPEL COM O NOME DE GRACE WARD INFORMA O ENDEREÇO DA FAMÍLIA Ward, mas Sonya não vai até lá. Em vez disso, pega o Trem Suspenso em direção ao centro de Seattle, onde os pilares dos prédios se amontoam ao longo da orla. Ali, apoiada de forma irregular na descida de uma ladeira, fica uma estrutura de vidro sólida e assimétrica que no passado funcionou como uma biblioteca pública, na época em que livros impressos eram mais abundantes, e que agora voltou a esse uso original. A Delegação a usava como um espaço para encontros comunitários, os livros trancados em armários de vidro, como se fossem relíquias de museu.

Sonya já estivera ali antes, apesar de só ter lido livros projetados pelo display do Insight dentro do olho. É na biblioteca que ficam guardados os registros da Delegação. Essa parte ela ficou sabendo pela reportagem de Rose Parker.

Ela segue uma fila de pessoas até o brilho azulado da portaria. Tem a mesma sensação de quando era criança, como se fosse um peixe pequeno num aquário grande, os painéis angulares de vidro refratando a luz acima dela. À direita ficam os assentos que descem até o chão, um auditório; à frente, escadas rolantes de um amarelo vivo. Ela vai até uma mesa próxima, atrás da qual há um homem de meia-idade com um crachá de identificação. JOHN.

— Olá — diz ela para o homem. — Poderia me dizer onde eu encontro os registros da Delegação?

Os olhos de John se fixam no Insight dela. Ele hesita com a caneta stylus pairando sobre a tela do Elícito; parece tão embasbacado com a presença dela que esqueceu o que estava fazendo. Mas Sonya sabe que existem tipos diferentes de espanto, com e sem alegria. Trata-se do segundo caso.

— Para que finalidade? — diz ele.

— Como assim?

— Para que finalidade — repete ele, dessa vez mais devagar — você precisaria dos registros da Delegação?

— Isso é uma pergunta de praxe? — diz ela. — Ou você só está perguntando para *mim*?

Ele tem uma cicatriz perto da raiz do cabelo. Não é a primeira que ela vê, embora seja mais evidente do que muitas outras, porque o cabelo dele está rareando, com fios grisalhos espalhados entre os castanhos. Ela conclui que foi da cirurgia para remoção do Insight. Tem uns dois ou três centímetros de comprimento, mais pálida que o restante da pele.

Ela tira as informações sobre Grace Ward do bolso, desdobra o papel e o estica sobre a mesa na frente dele.

— Não estou aqui pelas boas lembranças — diz ela. — Estou atrás de informações sobre esta garota desaparecida. Beleza?

John olha para o nome no topo do papel. A postura dele se encolhe um pouco.

— Fica no último andar — diz ele. — Você vai precisar de um cartão. Espere um segundo.

Ele pega um quadrado de papel colorido com laminação plástica. *REGISTROS DA DELEGAÇÃO* está escrito com caneta permanente.

— Obrigada — diz ela.

Guarda o papel de Grace Ward de volta no bolso e se dirige à escada rolante.

Enquanto Sonya está subindo até o último andar, alguém descendo do outro lado aponta para ela e cutuca a amiga com empolgação. As duas acenam, e por um segundo Sonya se pergunta se as conhece, antes de ouvi-las gritando:

— Garota-Propaganda!

Os registros da Delegação ocupam quase todo o último andar. Fileiras e mais fileiras de estantes marrom-acinzentadas com uma pasta fina de arquivo para cada pessoa que morava na megalópole de Seattle – Portland – Vancouver Sul. Ela fica parada entre as prateleiras com o cartão laminado nas mãos, sem saber para onde ir. Acima dela, o teto de vidro com padronagem de diamante sobe numa inclinação até o ponto mais alto. Através dele, ela vê as estruturas de pedra e vidro que cercam a biblioteca, bloqueando parte da luz que entra.

Por instinto, Sonya fixa o olhar no teto para descobrir mais sobre o prédio – o arquiteto, o ano em que foi construído, o estilo. Mas o display do Insight, obviamente, está inerte; o aparelho não lhe mostra nada. Ela se pergunta se Alexander Price está observando e rindo dela por causa desse velho hábito.

No topo da escada rolante há uma placa explicando como funciona a sala dos registros:

> Pode parecer estranho que a Delegação – confiando no Insight para localizar, recompensar e punir seus cidadãos – guardasse registros impressos. De fato, durante sua permanência no poder, eles mantinham informações sobre seus cidadãos arquivadas tanto em formato digital quanto analógico, sendo que os arquivos analógicos continham somente os dados que a Delegação considerava mais pertinentes. Os arquivos digitais mais completos foram eliminados durante a insurreição por um oficial não identificado do governo, mas soldados da liberdade

conseguiram recuperar a totalidade dos registros impressos da sede da prefeitura de Seattle, que agora tornamos disponíveis de forma gratuita a todos os frequentadores da biblioteca. Acreditamos que manter contato com a nossa história nos torna capazes de evitar os piores erros cometidos ao longo dela.

Sonya lê o texto com a boca curvada numa careta, demorando-se na expressão "soldados da liberdade". Pensa no pai cobrindo sua boca a caminho do carro durante a fuga, a palma da mão dele com cheiro de sabonete de limão; nas linhas vermelhas deixadas em seu pulso pelos lacres plásticos depois que ela foi presa; nos três sacos pretos dispostos sobre o musgo em frente ao chalé...

Ela puxa uma pasta da estante e lê o nome no topo. TREVOR QUINN. Devolve a pasta e puxa outra da prateleira de baixo. REBECCA RAND. Está sozinha naquela seção, sem supervisão. Poderia se perder ali, enterrar-se nas histórias do passado. Os objetos que pegou na casa de sua família sacodem dentro do bolso enquanto ela anda até os fundos do cômodo, onde encontra os Ws.

Tem uma fileira de Wards, mas nem todos são parentes. Estão organizados em ordem alfabética. Alexander, Anna, Anthony, Arthur. Até chegar a George, Gertrude, Gloria, Grant, Greg. Nenhuma Grace. Uma garota ilegal não tem um registro da Delegação.

Mas os nomes dos pais de Grace estavam no papel que Alexander lhe deu: Roger e Eugenia Ward. Então ela pega a pasta de Eugenia e se senta no chão entre as estantes. As páginas estão cobertas de texto. LOCAIS DE PREFERÊNCIA é o título de uma delas; COMPRAS FREQUENTES é o título de outra, com uma quantia de DesMoeda associada a cada item. Sacos de lixo, zero DesMoeda; absorventes, quatro DesMoeda; um fardo de cerveja, cinquenta DesMoeda. Os pais de Sonya haviam discutido certa vez sobre o valor dos absorventes, a mãe questionando por que não eram um item de categoria zero, dada a necessidade que se tinha deles, e o pai argumentando que nem todo mundo usava absorvente, e que nem tudo poderia ter custo zero, e que em vez disso ela poderia comprar um tipo inferior de absorvente por duas DesMoeda...

Ela passa os olhos pela lista de rendimentos dos Ward – grifados em amarelo e com a classificação MEDIANO. Em termos simples, Roger parecia ganhar pouquíssimas DesMoeda, o que sugeriria uma deficiência dele em participar da sociedade, e Eugenia perdia as suas com atitudes descuidadas, pequenas transgressões como atravessar a rua fora das zonas permitidas, embarcar no trem antes que os outros tivessem saído, falar palavrões na frente da filha. Mas nada digno de nota. Sonya passa para as compras recentes, em busca de algum sinal de que eles pudessem estar escondendo uma segunda criança ilegal, mas tiveram cuidado com isso. Deviam ter planejado um segundo filho com antecedência, separando fraldas, comida e brinquedos da primeira filha para sustentar a segunda. Era um empreendimento elaborado.

Sonya mastiga a unha. O relatório observa alguns pontos suspeitos, basicamente que Eugenia Ward tinha preferência por certos produtos não perecíveis de luxo, como castanhas, balas e mostarda – algo que não era muito comum para uma pessoa de seu nível, e que não condizia com algumas de suas outras compras. Mas isso tampouco ajuda Sonya – ela não vai conseguir achar uma Grace Ward adolescente seguindo pistas de compras de mostarda.

Ela põe a pasta de Eugenia de volta no lugar, e já está voltando pelo mesmo corredor central por onde veio quando vê a etiqueta do *K* e muda de direção.

Seus dedos deslizam inseguros até August e Julia, mas ela puxa SONYA KANTOR da prateleira.

Pula as primeiras páginas – INFORMAÇÕES BÁSICAS, LOCAIS DE PREFERÊNCIA, COMPRAS RECENTES. Ela era muito nova nessa época, com poucas compras registradas. Ingressos de cinema, salgadinhos na loja da esquina, material escolar. Seu histórico de DesMoeda a faz sorrir – ela sempre teve um número alto para alguém de sua idade, o que significa que ganhava bastante DesMoeda por comportamento e comprava apenas itens com uma pontuação alta na escala de Desejo – ingressos de filmes apropriados, lanches saudáveis, roupas modestas. As entradas estão grifadas em verde – segundo a legenda, verde significa ACIMA DA MÉDIA.

Perto do fim há uma página intitulada AVALIAÇÃO DE CONTRIBUIÇÕES:

> Sonya Kantor é uma segunda filha legalizada (Autorização #20692) de August e Julia Kantor. Não apresenta sinais de doença mental fora da norma, embora tenha uma propensão a flutuações de humor acima da média para a idade. Apresenta inteligência moderada, abaixo do nível do restante da família. Isto posto, o desempenho mediano na escola pode ser atribuído a falta de interesse ou de habilidade – ela fica entediada com textos difíceis e parece conquistar notas aceitáveis somente para ganhar DesMoeda. Seus interesses extracurriculares são relativamente superficiais, e, apesar de ser competente no piano e no canto, não mostra um talento especial em nenhum dos dois. É complacente quanto aos protocolos da Delegação, com forte desejo de agradar e boa memória para regras e regulamentos. Confia com facilidade e não é dotada de grande senso de curiosidade. Embora por vezes demonstre um ligeiro interesse pelo mesmo sexo, parece ser comprovadamente heterossexual, e será uma parceira adequada para um funcionário promissor da Delegação. No entanto, ela própria não é uma candidata viável a funcionária da Delegação.

Sonya para de ler. Fecha a pasta e a coloca de volta na estante, entre as pastas da mãe e da irmã – havia apenas uma família Kantor na megalópole, de modo que não há outros nomes. A caminho da saída da biblioteca, o cartão laminado abandonado no carpete, ela pressiona as mãos contra as bochechas para esfriá-las.

Desce a escada rolante passando os dedos pelos objetos dentro do bolso – a tampa de garrafa, os cacos do prato feito por ela, a palheta de violão. Em seguida, põe o capuz sobre a cabeça, escondendo o olho direito, e caminha de volta até o Trem Suspenso.

QUATRO

Alexander Price está parado na janela, onde o cobertor bloqueia a vista da rua fora da Abertura. Ele segura o cobertor para conseguir olhar a loja da esquina lá embaixo, onde ela já viu as pessoas com binóculos espiando as janelas do Bloco 4 feito observadores de pássaros. O cabelo dele, agora que está mais longo, é grosso e ondulado, escuro como petróleo. Quando se vira na direção dela, um cacho cai em sua testa, e ele já não parece tão ameaçador. Está mais parecido com o garoto que ela costumava olhar de soslaio do outro lado da ilha da cozinha, enquanto deveria estar ouvindo o que Aaron dizia.

Ela continua deixando a porta aberta atrás de si.

Havia uma multidão na entrada quando ela voltou, esperando por seu retorno. Sonya teve que abrir caminho acotovelando as pessoas. Um homem gritou bem na cara dela, com o hálito quente e rançoso. Outra pessoa cuspiu em seu casaco; ela limpou assim que conseguiu entrar, com um lenço de pano que tinha guardado na manga. Alguns outros tentaram tirar fotos dela com seus Elícitos ou pedir autógrafos em pedacinhos de papel. Ela se afastou da guarita com um passo firme, e então desmoronou contra a parede externa do Bloco 4 para recuperar o fôlego.

Agora está pensando na parede da casa dos pais, com a pichação que dizia LIXO DA DELEGAÇÃO.

— O que você está fazendo aqui? — diz ela para Alexander, num tom que teria lhe custado duas DesMoeda, se ainda existissem.

— Pelo visto você teve um dia e tanto — diz ele.

Ele vira a cabeça para o lado. Há uma cicatriz em sua têmpora, de um tom mais escuro que o resto da pele morena clara, meio torta, como se o cirurgião que removeu seu Insight tivesse escorregado de leve com o bisturi.

— Andei assistindo ao seu material gravado — diz ele.

— Então você viu que não tem como eu encontrar essa garota — diz ela. — Não tenho nenhuma pista. Nem sequer uma menção nos registros dos pais dela.

— Eu vi que você não tem um interesse especial em encontrá-la. — Ele solta o cobertor e se afasta da janela. — A julgar pela primeira coisa que fez quando saiu da Abertura.

— Vai me dizer que você nunca voltou à sua antiga casa? — diz ela.

— Duvido que os pais de Grace Ward vão reparar na hora a mais que eu gastei lá.

— Isso não tem nada a ver com o tempo; tem a ver com as suas prioridades. Uma família está sem ver a filha há uma década. Se você acha que não tem problema em...

— O que eu acho é que o seu Triunvirato não espera que eu a encontre — diz Sonya. — Então é melhor eu aproveitar todo o tempo que eu puder fora da Abertura.

— Porra, isso é a sua cara! Você nem pensou em tentar ajudar essas pessoas, né?

— Claro que eu pensei. Mas eu também pensei que a pessoa que me mandou resolver um caso frio de dez anos atrás em troca da minha liberdade não tinha tanto interesse em que eu *conseguisse* a minha liberdade, só queria uma jogada publicitária para fazer o Triunvirato parecer piedoso.

Alexander chega mais perto e fica olhando para ela por um bom tempo antes de falar outra vez.

— Esvazie os bolsos.

Vai à merda, ela pensa. *Seu babaca do caralho, seu...*

— Não — diz ela. — Sai do meu apartamento.

— Isto aqui não é o *seu apartamento*, é uma cela que pertence aos cidadãos deste setor, financiada pelos impostos que eles pagam, e eles têm a generosidade de permitir que você more aqui em vez de ir para a prisão de segurança máxima.

Ele se aproxima mais, e desta vez ela não se afasta. Pensa na faca dentro da gaveta da cozinha, com o cabo preso por fita adesiva.

— Esvazie os bolsos — repete ele.

Ela costumava achar que não tinha nada a perder. A mesma filosofia da galera com quem ela e David andavam. E eles têm razão – afinal de contas, estão todos cumprindo sentenças de prisão perpétua na Abertura; nenhuma consequência mais severa os aguarda em função de qualquer coisa que façam uns aos outros. Poderiam até ser transferidos para a prisão junto com os assassinos e os ladrões do Triunvirato, quem sabe, mas isso nunca aconteceu, então eles pensam *Fiquem aí assistindo de camarote*, e vão desafiando todas as regras da detenção. *Quero ver quem vai me impedir.* E ninguém impede, nunca impediu.

Agora Sonya tem algo a perder. Por isso, reúne os fragmentos que guardou no bolso. Os cacos do prato que fez para o pai, a palheta de violão de Susanna, o anel de guardanapo de Julia, a chave reserva da casa, a tampa de garrafa de August. Despeja tudo em cima do balcão da cozinha ao seu lado, fazendo barulho.

Vendo aquelas coisas pelos olhos dele, parecem lixo. Ela poderia ter encontrado tudo aquilo num beco qualquer.

Ele solta uma bufada de desprezo, recolhe os objetos em uma das mãos e os joga no bolso do casaco.

— Você não deveria ficar sofrendo pela sua vida antiga — diz ele. — Tudo de que gostava nela vinha à custa de outras pessoas.

— Eu não fiz nada. Não fiz nada com ninguém.

Ele bufa.

— Não tenho nada da minha família — diz ela. — Isso é tudo que me restou deles.

— É um monte de *lixo*, Sonya. — Ele a repreende com uma careta. — Quer saber se nunca voltei à casa da minha família? Claro que voltei. Mas não levei comigo nada que eles compraram com o sofrimento dos outros.

Ele está bem perto. Cheira a chiclete de menta. Com os dentes brancos e cerrados.

— Eu ajudei a insurreição a queimá-la — diz ele.

— Eu... — Ela tenta não chorar. Olha para ele. — Eu desejava que você tivesse morrido no lugar dele. — Dá uma risadinha. — Meu Deus, eu tinha fantasias com isso toda noite... inventando todo um mundo onde ele estava vivo em vez de você. Onde nós dois estivéssemos juntos na Abertura, ou onde ele tivesse se salvado por algum motivo, e estivesse livre, casado com alguma outra mulher, dois filhos, uma casinha...

Ela se lembra do brilho do Insight projetado no teto rachado de seu primeiro apartamento na Abertura, uma luz que nunca se apagava, ainda que a energia elétrica ali fosse cortada às dez da noite.

Ela continua:

— Mas agora espero que você continue vivo por muito tempo. Espero que pense nele a cada minuto. Espero que sinta a dor da saudade quando inspira, e a culpa pela traição quando expira.

Ele e Aaron tinham os mesmos olhos escuros. Cílios longos. Ele fica olhando para Sonya, depois dá alguns passos desviando dela. Os fragmentos da vida antiga dela tilintam no bolso enquanto ele anda.

Ela se vira para vê-lo indo embora. Por cima do ombro dele, vê Nikhil, congelado no meio do corredor, agarrando um punhado de tomates junto ao corpo.

Os dois homens ficam parados, encarando um ao outro. Então Alexander empurra a porta que dá na escada e desaparece.

Eles comem os tomates crus, inteiros, nem cogitam assá-los. Isso significaria não sentir a tensão da pele cedendo, e metade da alegria de comer um tomate consiste nisso. Não são os únicos vegetais prontos para o consumo – agora eles têm repolho e vagens, e cenouras e rabanetes para os meses mais frios. Teve um ano em que tentaram plantar pimentões, mas as plantas definharam debaixo do sol.

Sonya aquece arroz e feijão, cozidos na outra noite e conservados em sua pequena geladeira, uma das únicas do Bloco 4. Ela havia se perguntado, enquanto arrastava a geladeira escada acima do apartamento do sr. Nadir, se um ato daqueles teria lhe rendido DesMoeda, pela reciclagem, ou lhe custado, pela pilhagem do morto. Assim como em muitas outras situações em sua vida atual, era difícil dizer.

Ela deixou o papel com o nome de Grace Ward em cima da mesa. Nikhil o desdobra e lê.

— Quem é? — pergunta ele.

— Então você não sabe quem é — diz ela. — Pensei que talvez você reconhecesse o nome. Os pais dela devem ter passado pelo seu escritório quando foram pegos.

Antes da insurreição, Nikhil trabalhava para a Delegação, assim como o pai de Sonya. Ele definia a sentença para os culpados de violações sérias de protocolos da Delegação – pessoas que tinham mais de um filho sem autorização, ou que tinham adulterado seus Insights, ou contrabandeado bens Indesejáveis ou ilegais nos mercados clandestinos. Era um milagre que ele tivesse escapado vivo da queda da Delegação. Muitos dos foras da lei que haviam passado pelo escritório dele para receber suas punições se tornaram dissidentes na insurreição.

O fato de ele não ter fugido pode ter ajudado.

— Muita gente passou pelo meu escritório — diz Nikhil. — É gente demais para eu conseguir reconhecer todos os nomes. Mas sempre tive pena dos que violavam o Protocolo 18A. De todos os crimes que uma pessoa podia cometer, querer um segundo filho não é tão horrível assim.

Sonya levanta a sobrancelha.

— Mas é um ato extremamente egoísta — diz ela. — O Protocolo 18A foi instituído para garantir que tivéssemos recursos suficientes para todas as crianças. O seu desejo de replicar o próprio material genético não deveria estar acima do bem comum...

— Não acredito que você ainda tem isso tudo decorado — responde ele, com um sorriso irônico.

— Eu não tenho isso *decorado*, eu só... — Ela pensa na avaliação em sua ficha, na parte que dizia que tinha uma boa memória para regras e regulamentos.

— Grace não tinha uma pasta — diz Sonya, dando batidinhas no papel. Já está todo amassado e surrado de tantas vezes que ela o dobrou e desdobrou. — Fiquei surpresa com isso, porque achei que a Delegação fosse manter algum registro, mesmo ela sendo ilegal.

— A Delegação devia ter mantido. — Nikhil franze a testa para o papel. — Talvez existisse apenas a cópia digital.

Sonya suspira.

— Você conhece aquele conto de fadas sobre a bela Vasilisa? — pergunta ela. — Meu pai leu para mim uma vez. A madrasta odeia Vasilisa por causa de sua beleza, e porque a menina não é *dela*. Então ela manda Vasilisa conseguir fogo na floresta com Baba Yaga, uma bruxa que ferve e come as pessoas. — Sonya fica olhando para as próprias mãos, entrelaçadas frouxamente em cima da mesa, os dedos curvados. — Ela não espera que Vasilisa retorne. Espera que morra. Uma tarefa daquelas... era só um jeito de se livrar da menina. — Ela abre um sorriso discreto.

— Você acha que eles estão mandando você conseguir o fogo. — Nikhil pega o papel amassado e mastiga um tomate. — Bom, talvez você tenha razão. O Triunvirato cedeu ao clamor público com o Ato dos Filhos da Delegação, só que provavelmente eles não estão empolgados com a ideia de libertar um *símbolo* da Delegação. Só que, se você não conseguir encontrar nada no registro oficial... talvez devesse pensar em consultar o não oficial.

Nikhil deixa o papel de lado e cruza as mãos em cima da mesa. As mãos dele estão manchadas, murchando como figos debaixo do sol. Ele ainda tem cabelo, branco e fino feito pena. Ela pensa nas suas sementes de dentes-de-leão, só aguardando uma brisa.

— Muitas das pessoas que eu condenei cometeram Evasão, o que significa que elas pagaram alguém para desativar temporariamente a transmissão de dados do Insight. Isso basicamente as deixava invisíveis por algumas horas — diz ele.

— Eu nem sabia que isso era possível.

Ele faz que sim com a cabeça.

— Difícil, sim, e caro... mas possível. A maioria usava esse tempo para dar vazão aos seus piores impulsos. Tudo que você puder imaginar, e mais.

— Quem?

Nikhil faz um gesto vago apontando para a cidade além do cobertor na parede de Sonya.

— Todo mundo, qualquer um. Dentro ou fora da Delegação. Existe gente depravada em tudo que é lugar, mas algumas pessoas disfarçam melhor do que outras.

Ela pensa em como a Abertura escancarou isso. As moças e rapazes civilizados da Delegação hoje cozinham substâncias eufóricas e venenosas no porão, brigam na rua e roubam uns dos outros nos apartamentos destrancados, entre outras coisas. Até o sr. Nadir mantinha a pequena geladeira escondida atrás de uma placa de compensado para ninguém saber que ele tinha uma.

— O que isso tem a ver com Grace Ward? — pergunta ela.

— Ah — diz Nikhil. — Nos últimos dias antes da insurreição, conheci uma mulher impressionante que havia facilitado muitas dessas Evasões. Ela se chamava Emily Knox, mas era conhecida só como Knox. Não sei se vai saber quem é essa garota, mas, se eu estivesse em busca de qualquer tipo de informação *não oficial*, falaria com ela.

Sonya assente com um movimento de cabeça.

— Qual foi a sentença que você deu para ela?

— Não me lembro — diz Nikhil com um suspiro. — Mas não costumava ser muito piedoso com aqueles que eram pontos focais de atividades Indesejáveis.

Os tomates acabaram, os caules estão empilhados na mesa como arames. Gritos ecoam da rua do lado de fora da Abertura, como acontece todos os dias ao entardecer, quando fica mais fácil espiar dentro das janelas do Bloco 4. A multidão é mais esparsa nessa esquina do que perto dos Blocos 1 e 2, onde é frequente que os moradores da Abertura joguem lixo nos observadores pela janela. Nessa noite, na loja da esquina do outro lado da rua, trata-se mais de uma conversa alta, pontuada por risadas. Sonya sente – e reprime – a vontade de abrir a janela para poder ouvir o que estão dizendo.

Nikhil pigarreia.

— Você não me disse que Alexander era o seu contato no Triunvirato. — Ele fala como se estivesse tirando um peso das costas, e ela se dá conta de que ele passou a conversa inteira esperando para tocar no assunto.

— Eu falei que era um capanga da resistência — diz ela. — E é isso que ele é.

Nikhil balança a cabeça concordando.

— Você não precisa me proteger do meu filho — diz Nikhil.

— Não penso nele como seu filho.

Sonya desliza a palma sobre a mesa e recolhe os caules de tomate na outra mão.

— Como ele está?

Nikhil tem os mesmos olhos de Alexander e de Aaron, mas os dele são mais úmidos, como se estivesse sempre à beira das lágrimas. Ela só o viu chorar no aniversário de morte de Aaron e Nora. Sentia verdadeira devoção por ela, por Nora; até assumiu o nome dela quando se casaram, uma coisa incomum.

Ela sempre se pergunta por que Alexander se virou contra eles, contra todos eles. Certamente não foi por falta de amor dos pais.

— Igual — diz Sonya. — Ele está igual.

Ela se levanta e joga os caules de tomate no lixo.

Mais tarde, os dois ficam sentados em silêncio, Sonya na cozinha e Nikhil na cadeira ao lado da cama, com uma pilha de meias no colo. Ele as remenda para todo mundo no prédio; diz que é bom para um velho ter suas responsabilidades.

O rádio está sobre a mesa na frente dela. Sonya removeu a caixa plástica da parte de trás, de modo que as peças estão expostas, como se ela estivesse fazendo uma dissecação na aula de ciências. Retirou os fios gastos e está tentando encontrar substitutos num segundo rádio sem chance de conserto, que ela encontrou no apartamento do falecido sr. Wu, no segundo andar.

Ela dispõe do ferro de solda e de uma variedade de chaves de fenda que trocou por uma colcha cinco anos atrás. Não sabe o que está fazendo, mas o método de tentativa e erro já funcionou antes.

Sonya olha com atenção para os fios embolados dentro do rádio, hábito de uma vida inteira usando o Insight na capacidade máxima. No passado, aquele tipo de olhar teria feito o implante apresentar informações no display ocular. O Insight teria dito a ela como consertar o rádio.

Mas agora o Insight apenas a observa, sem ajudar. Ela descasca o isolante plástico da ponta do fio, expondo os filamentos torcidos de metal na parte interna. Começa o delicado processo de reconectar tudo ao rádio novo, filamento por filamento, com o ferro de solda.

Nikhil começa a assobiar. As primeiras notas fazem Sonya levantar a cabeça de repente, com a coluna rígida. As mãos congelam sobre os fios.

A canção se chama "O caminho estreito", uma música da Delegação.

— Nikhil — diz ela.

Ele levanta os olhos.

— Não.

Ele fica olhando para ela por um longo tempo, depois assente com a cabeça, retomando seu trabalho em silêncio.

Era a música que a mãe dela estava murmurando, logo antes.

— Espera, espera, eu tenho uma boa — disse Sonya para David certa vez, quando estavam sentados no chão do apartamento dele.

Estatuetas esculpidas em madeira estão espalhadas pelo chão entre os dois. Alinhadas entre os joelhos deles estão cinco xícaras pequeninas, de um jogo de chá de brinquedo, e uma garrafa de bebida turva que tem gosto de cola.

Ela estende a mão, toca o nariz dele e recita:

Quatro Delegados e o mundo acabando.
Quatro comprimidos, quatro copos transbordando
Quatro, três, dois, um, os copos vão virando.
Uma Delegada e o mundo acabando.

As brincadeiras que eles fazem, às vezes, são como cavar um buraco. Quem consegue ir mais longe, quem consegue ir para um lugar mais escuro. Se você for capaz de rir enquanto se afoga, David costuma dizer, quem pode garantir que você não está só nadando?

Dessa vez, os olhos dela ardem com as lágrimas. Ela tenta rir, mas em vez disso seu peito sacode. David estica os braços, puxando-a para si. Uma das estatuetas de madeira espeta o quadril dela. Ela enterra o rosto na camiseta dele e respira seu cheiro de sabonete até conseguir se acalmar.

CINCO

No dia seguinte, Renee está esperando por ela em frente ao portão na hora de sair. O cabelo preso no topo da cabeça com um pedaço de toalha velha. O rosto ainda marcado pelos lençóis.

— Oi — diz ela.

— Bom dia — diz Sonya. — Tudo bem com você?

— Sim, tudo. Eu estava só pensando... — Ela olha para o portão. — Você consegue comprar coisas lá fora?

— Não — diz Sonya. — Eles não estão me dando uma ajuda de custo nem nada. Não sei nem que tipo de moeda eles usam hoje em dia.

Renee suspira.

— Bom, se você encontrar algum jornal largado por aí — diz ela —, pode pegar?

Sonya aprendeu a maior parte do que sabe a respeito de Renee em meio a uma nuvem de fumaça de cigarro numa festa. Ela trabalhava para a Delegação; tem uma irmã mais nova fora da Abertura. Sempre quis uma festa grande de casamento no jardim da casa dos pais, e dois filhos, se conseguisse uma autorização para o segundo. Meninas. Ela queria meninas. Vive tentando convencer os líderes da Abertura a exigirem o fim do controle de natalidade compulsório, e Nikhil diz que o pedido é sempre jogado para o fim da lista. É difícil convencer as pessoas a contestarem o controle de natalidade, ele diz, quando elas ainda não têm o suficiente para comer.

— Claro — diz Sonya. — Vou ficar de olho.

Renee se afasta quando o portão começa a abrir.

Nesse dia há menos manifestantes na entrada. Eles abrem caminho para Sonya como a água ao redor de uma pedra, mas seus olhares, que a seguem pela rua, estão famintos. Assim que ela está longe o bastante na multidão, baixa o capuz sobre a cabeça para esconder o Insight.

Ouve algo se mexendo atrás de si, mas, quando se vira, não há ninguém.

Com o indicador e o polegar, segura o cartão que Rose Parker lhe deu no dia anterior. O endereço impresso na parte de baixo fica a uma boa distância a pé da Abertura, mas Sonya decide não pegar o Trem Suspenso. Sente as pedrinhas do chão através da sola gasta do sapato, o cascalho da calçada. Vai caminhando pela rua, com as mãos nos bolsos e a bruma do ar umedecendo o rosto.

Faz um desvio pelo parque, seguindo a borda de concreto do reservatório, o museu de arte com a fachada ondulada de pedra, o metal angular nas janelas. A grama está descuidada, crescendo por cima da calçada, e pequeninas flores brancas desabrocham por todos os lados – são ervas daninhas, mesmo assim ela pensa em arrancá-las com as raízes para poder plantá-las no pátio. A sra. Pritchard talvez não aprovasse.

Mais uma vez, ouve algo se mexendo, e olha por cima do ombro. Um homem está andando atrás dela, com as mãos nos bolsos da jaqueta azul, o rosto voltado para o céu, como se estivesse saboreando a bruma. Ela aperta o passo, pega um caminho que a conduzirá de volta às ruas mais movimentadas. Flexiona a mão, vazia. Nem tentou levar a faca para fora da Abertura.

O escritório de Rose Parker fica num prédio baixo e sem personalidade, com um segurança perto dos elevadores e uma mulher usando um terninho impecável atrás do balcão da recepção. Ela segura um livro em uma das mãos e uma maçã na outra, virando as páginas do livro com os dedos melados. Não é nenhum livro que Sonya reconheça. A capa com acabamento liso e brilhante diz *A arte dos ladrões*, com o desenho de um navio sobre a crista de ondas verdes e roxas.

Sonya abaixa o capuz bem quando a mulher olha para cima. Ela deixa a maçã cair ao ver o rosto de Sonya. Antes que precise se explicar, alguém dá uma batidinha no vidro que as separa do escritório atrás – Rose Parker, usando um vestido azul com estampa geométrica. Ela chama Sonya para entrar, e nem a recepcionista nem o segurança fazem qualquer objeção quando Sonya cruza as portas em direção ao escritório.

É um espaço aberto, iluminado pelas janelas ao longo das paredes e pelas luzes no centro da sala, que ficam penduradas juntas como bolhas na superfície de um copo de leite. A estética parece datada para Sonya – aquele tipo de luminária, com esferas brilhantes suspensas no ar, era comum na infância dela, mas durante a sua adolescência já tinham saído de moda. Entre isso, os livros de papel e os Elícitos, ela se pergunta se é possível que o tempo ande para trás.

Ela se pergunta se Alexander está assistindo naquele momento.

— Estou surpresa em ver você — diz Rose. — Achei que fosse, provavelmente, queimar o meu cartão de visita logo depois da nossa conversa.

— Não tinha fósforo — diz Sonya, fazendo Rose soltar uma risada espontânea.

— Uau. Uma piada da Garota-Propaganda. — Ela leva a mão ao peito. — Venha, a minha mesa é aqui.

Todas as estações de trabalho ficam em mesas compridas com estantes baixas que servem de divisórias. A maioria está abarrotada de papéis – reportagens antigas, jornais da concorrência, panfletos com grampos na ponta. No fundo da sala ficam várias telas de parede, parecidas com a que Sonya viu destruída na casa de sua família. Parecem estar transmitindo noticiários.

Sob a Delegação, havia apenas uma fonte de notícias: Canal 3. Sonya conhecia os âncoras como se fossem velhos amigos; Elisabeth com as notícias da manhã, Abby com o jornal da noite, Michael com a previsão do tempo. Nas telas do escritório de Rose Parker, quatro noticiários diferentes passam ao mesmo tempo, com rostos desconhecidos e manchetes incompreensíveis: *Armada Analógica reivindica autoria pelo assassinato de magnata da tecnologia. Representante do Triunvirato Petra Novak promete manter auxílio às vítimas do ataque a bomba na Phillips. Vacina da gripe atrasada devido a falta de seringas.* São manchetes de outro mundo.

— Então quer dizer que você mudou de ideia sobre a entrevista?

Rose sorri como se já soubesse a resposta. Arrasta uma cadeira de metal de outra mesa e a posiciona ao lado da sua.

Quando as duas se sentam, seus joelhos quase se tocam. Sonya cruza as pernas na altura do tornozelo e une as mãos no colo. Rose fica olhando como se ela tivesse feito alguma coisa estranha.

— Não — diz Sonya. Espalhados pela mesa de Rose, pedaços de papel com anotações manuscritas. *Parecia desconfortável; falar de novo com vizinho* é uma das que estão mais perto dela, com a palavra *vizinho* circulada. *Parece ser mentira* está escrito em outro papel, com uma seta apontando para alguma informação abreviada. — Eu precisava de ajuda com uma coisa — continua Sonya.

— Então, só lembrando qual é a nossa situação — diz Rose. — Você se recusou a participar das minhas entrevistas sobre os Filhos da Delegação. Depois se recusou a me conceder uma entrevista quando salvei você daquela multidão. E agora quer a minha ajuda. — Ela inclina a cabeça, e um brinco em forma de diamante capta a luz. — Por que eu deveria te ajudar?

Sonya franze a testa.

— Você sabe por que eu recebi autorização para sair da Abertura? — pergunta ela.

— Talvez — diz Rose. — Mas eu adoraria ouvir a *sua* explicação para isso.

Sonya percebe que está prestes a cair numa armadilha, mas não tem como evitar.

— Eu preciso encontrar uma menina. Ela já é adolescente agora, eu acho. Foi realocada pela Delegação porque os pais violaram a lei reprodutiva...

— Que palavra fascinante, *realocada* — diz Rose, inclinando-se para a frente, de modo que Sonya consegue ver os vasinhos capilares no canto de um dos olhos dela. — Na verdade, o que significa é que uma criança foi arrancada dos pais porque eles não eram doutrinados o suficiente para receber benefícios da Delegação. Um eufemismo cruel, você não acha?

Sonya fica mais ereta na cadeira. Mesmo depois de tanto tempo, ela ainda fica esperando o alerta dizendo que seu nível de DesMoeda caiu porque a conversa é considerada Indesejável. Mas, embora o brilho do Insight continue inabalado, o display está apagado.

— Ofendi você? — pergunta Rose, mais uma vez com aquela inclinação de cabeça.

— Eu fui atrás dos registros da Delegação. — A garganta de Sonya está tensa. — Não tem registro da existência dela nos arquivos antigos.

— Ah, então você já foi até lá — diz Rose. — Deu uma lida no seu?

Sonya pensa no carpete áspero do chão, na estante fria às suas costas, no peso da pasta em seu colo. O parágrafo que a declarava dócil, porém medíocre. Pensa no arquivo do pai, da mãe, da irmã, todos alinhados em ordem alfabética...

Todos alinhados em sacos pretos no musgo...

— Então você leu — diz Rose, com a voz um pouco mais suave. — Todos nós já fizemos isso, sabe...

— Acho estranho que não exista nenhum registro de Grace Ward, nem uma menção no arquivo dos pais dela — diz Sonya. — Eu sei que você não deve saber nada sobre Grace, mas pensei em alguém que pode saber. Emily Knox.

Rose suspira.

— Sim, eu a conheço — diz Rose. — Acho que qualquer jornalista na cidade conhece; ela não é tímida.

— Você pode me dizer onde eu consigo encontrá-la?

— Se eu *posso*? Sim. — Rose sorri. — Mas queria propor uma troca.

No governo da Delegação, tudo era quantificado; tudo que uma pessoa dizia ou fazia era convertido numa quantidade positiva ou negativa de DesMoeda. Mas essa troca era conduzida pela Delegação, não entre os usuários do sistema do Insight. Se você fazia uma coisa boa, era recompensado pela Delegação, não pela pessoa para quem havia feito aquilo; o seu ato tinha um valor intrínseco, independente do reconhecimento da pessoa que o recebia. A Delegação era um intermediário declarado, fazendo a arbitragem dos méritos.

Durante os primeiros dias na Abertura, era difícil fazer permutas – você só conseguia obter algo que queria se a outra pessoa acreditasse que daria o que fora prometido em troca. Era necessário, entre outras coisas, confiança – de que, se você desse primeiro, iria receber. Rose espera essa confiança agora, e Sonya não tem certeza de que será capaz de dar.

— Que tipo de troca?

— Uma entrevista. Só cinco perguntinhas, nada de mais.

Rose abre uma gaveta e tira o gravador que Sonya a viu carregando na Abertura, uma caixa preta com um microfone na ponta, revestido por espuma. Ela o põe de pé sobre a mesa, entre as duas.

— Duas perguntas — diz Sonya.

— Tudo bem, mas nada de respostas monossilábicas. Eu quero frases completas.

Sonya aperta as mãos uma na outra. Faz que sim com a cabeça. Ela se pergunta quanto terá que dar de si mesma para encontrar Grace Ward, se vai valer a pena no fim das contas. Rose aperta um botão no gravador, e ele se acende por dentro, uma luz azul brilhando por entre os furinhos na caixa preta.

— Certo, em primeiro lugar, conte para mim como é a sensação de estar de volta ao mundo depois de tanto tempo afastada.

— Como é a *sensação*? Qual é o interesse jornalístico nisso?

— Sou eu que decido o que tem interesse jornalístico — diz Rose. — Responda à pergunta.

Sonya sente que está quente. Toca com a palma da mão fria na bochecha. Faz menção de colocar uma mecha de cabelo atrás da orelha, mas percebe que agora o cabelo está curto demais para isso, como tem estado há anos.

— É confuso — diz ela. Rose faz um gesto indicando que continue, e Sonya suspira. — É como se todo mundo estivesse falando uma língua diferente. Eu entendo as palavras, mas não sei mais o que elas significam. Triunvirato isso e Analógico aquilo... Os livros não são os mesmos, nem as lojas, as marcas, as *embalagens*, os... Você diz que eu estou "de volta ao mundo"... mas não é o meu mundo, né? — Ela engole em seco. — O meu mundo acabou.

Rose escreve em um dos pedaços de papel sobre a mesa. A caligrafia é compacta demais, pequena demais para que Sonya consiga ler de onde está, não sem se inclinar para mais perto, o que ela não faz.

— Segunda pergunta — diz Rose. — Uma coisa que eu me pergunto desde que vi você pela primeira vez na Abertura. Você estava recebendo bastante atenção lá dentro; recebe bastante atenção aqui fora. Não parece gostar disso. Então por que concordou em fazer aquele cartaz de propaganda, para começo de conversa?

— Antes eu quero o endereço — diz Sonya. — O endereço de Emily Knox.

— Você não confia em mim?

Sonya fica olhando para ela, um olhar fixo, com o Insight aceso, do jeito que teria feito no passado para descobrir a pontuação de Rose na escala de Desejo, o nível de confiança que o governo depositava nela. Nenhum número aparece.

— Não — diz Sonya. — Não sei por que deveria.

Rose abre um sorriso discreto. Rasga a parte de baixo do pedaço de papel e escreve alguma coisa. No entanto, mantém o papel entre o indicador e o polegar, aguardando.

— Meu pai me perguntou se eu queria — diz Sonya. — A minha irmã, Susanna, era sempre a melhor em tudo... melhor em matemática, melhor em história. Em dança. Em conversar com as pessoas. Tudo. Então, quando ele pediu para mim... — Sonya suspira. — Era a minha chance de ter uma coisa que ela não tinha. Eu tinha dezesseis anos. Eu só queria... alguma coisa que fosse minha.

Ela arranca o papel da mão de Rose Parker.

— E o tiro saiu pela culatra — acrescenta ela.

Ela se levanta e atravessa a sala, indo em direção à porta de vidro, onde consegue ver a recepcionista com o miolo da maçã equilibrado na beirada da mesa, ainda segurando o livro, o segurança ainda encostado na parede perto dos elevadores. Sente um calor no rosto, nas orelhas. Está tonta.

Sonya pensa na palheta de violão que Alexander tomou dela. Ela a encontrou entre as tábuas do assoalho na sala de estar, onde Susanna gostava de praticar. Susanna era uma musicista competente, nada de especial. Mais do que das músicas que ela tocava, Sonya gostava mesmo era do som dos dedos dela escorregando pelos trastes do violão, um movimento deslizante e agarrado.

Por um segundo, em frente ao prédio comercial onde Rose Parker trabalha, Sonya não consegue se lembrar da direção de onde veio. Todos os prédios parecem iguais. As pessoas que passam por ela são chamativas e arrojadas, de sobrancelhas franzidas e jaquetas com cotovelos de náilon, as botas espirrando água nas poças e molhando a calça dela. Sonya desdobra o pedaço de papel e não reconhece o endereço. Não sabe se foram os nomes das ruas que mudaram ou se é ela que não se lembra mais deles.

Ela fica parada na beira da calçada, onde o meio-fio se encontra com a rua. Atrás dela está a Abertura, um jardim com vasos de plantas no terraço, um rádio quebrado, um telhado que vaza toda vez que a vizinha do andar de cima, Laura, toma banho. À sua frente, o Trem Suspenso, um mar agitado de pessoas andando para todo lado, uma criminosa chamada Emily Knox. Ela se pergunta se é tão bom quanto dizem remover o Insight, estar completamente sozinha.

Um corpo vem correndo em sua direção, e ela desvia antes de perceber que é Alexander, com a gola levantada para protegê-lo do frio, o rosto pontilhado de gotinhas de bruma.

— Aí está você — diz ele. — Aconteceu uma coisa, vem.

Ele põe a mão no cotovelo dela, e ela se liberta com uma sacudida brusca. Ele não parece ter notado, e a conduz por um beco com uma lixeira aberta. Há uma cadeira de madeira toda arrebentada ao lado da caçamba, com as pernas torcidas em diferentes ângulos, as lascas de madeira se soltando.

— Você está me seguindo? — pergunta ela.

— Eu disse que nós íamos monitorar o seu Insight — diz ele, procurando alguma coisa no bolso. — Os Ward entraram em contato comigo hoje de manhã.

— Os Ward?

— É, sabe, os Ward, as pessoas cuja filha você está tentando encontrar indo conversar com uma criminosa notória. — Ele tira do bolso um fio emaranhado com um aparelho prateado na ponta. — Eles entraram em contato comigo e me enviaram este arquivo de áudio...

Na outra ponta do emaranhado há uma faixa dobrada ao meio, com uma almofadinha de espuma em cada ponta. Ele estica a faixa e prende as almofadas de espuma por cima das orelhas dela com um estalo. Ela se contrai de leve.

O cordão fica esticado e rígido entre os dois. Pela primeira vez, Sonya se dá conta de que o olhar dele está feroz, o cabelo jogado para um dos lados da cabeça, encaracolando no ar.

Ele aperta um botão no aparelho, e ela se lembra de estar parada na plataforma do Trem Suspenso depois da escola, Aaron do outro lado, ela indo para casa e ele indo para o escritório do pai, de como ele gostava de enviar músicas direto para o Insight dela. A mensagem aparecia no display, Aaron Price gostaria de compartilhar uma música, você aceita? E ela assentia com a cabeça, e a música tocava, os conectores profundos do Insight traduzindo o som em impulsos elétricos no cérebro dela, como se sussurrasse em seus ouvidos. Eles ouviam a mesma melodia juntos em trens diferentes, movendo-se em direções opostas.

O som em seus ouvidos agora é fraco. Ela cobre os fones com as mãos, pressionando a voz mais perto.

"*... ligou para a caixa postal de Eugenia Ward, por favor, deixe seu nome e contato que retornarei assim que possível...*" A voz de Eugenia é grave e estável, uma voz acostumada a confortar. Sonya levanta os olhos para Alexander e franze a testa quando bipes e uma nova voz estridente surgem.

"*Alô?*"

É grave também, para uma voz de mulher, e irregular, entrecortada...

"*Aqui é... aqui é a sua Alice.*"

As mãos de Sonya pressionam os fones com mais força em volta da orelha.

"*Eles me falaram que você tinha sumido, falaram que tinha morrido e eu acreditei, acreditei neles, mas vi você no jornal e eu...*" A voz cai para um sussurro, com uma urgência cochichada. "*Que tipo de gente diz uma coisa dessa sem ser verdade, diz isso para uma criança? Que tipo de gente...*" No fundo, uma porta bate. "*Estou com medo. Não sei... eu não sei o que fazer, não posso... Tenho que ir. Eu tenho que ir.*"

Um som abafado, alguma coisa fazendo atrito contra o microfone.

O áudio é cortado. Sonya solta os fones, mas não os remove da orelha.

— Rose Parker publicou uma reportagem depois que você foi liberada da Abertura. Sobre você, sobre o que está fazendo — diz Alexander. — Achou que isso poderia te ajudar. Pelo visto estava certa.

Sonya balança a cabeça.

— Essa era Grace? Ela falou que se chamava Alice — diz ela.

— Como no País das Maravilhas — responde ele. — Os Ward a chamavam de sua Alice. Sabe, a menina que entra na toca do coelho. — Ele torce a boca. — Porque ela vivia num cômodo secreto na casa deles.

Ela tira os fones de ouvido e volta a dobrá-los ao meio, mas não os devolve a Alexander. Ouve de novo aquela voz rouca, a voz de uma menina que de repente soa como uma mulher e não está acostumada com isso...

Grace Ward deve estar com uns treze anos, já toda espichada a esta altura, com pernas magricelas e estrias na coxa e um passo vacilante, inseguro.

— Ela está dentro da área de atuação do *Crônica* — diz Sonya.

— O *Crônica* é distribuído na megalópole inteira — diz ele. — Não afunila muito as opções.

— O ponto é: ela está viva — diz Sonya, e estica a mão para o aparelho prateado que ele ainda está segurando, ignorando o estranho formigamento quando toca na mão dele; esse homem que ela deseja que estivesse morto, esse homem a quem ela disse isso com todas as letras... — Vou ter que levar isso comigo.

— Levar para onde? — diz ele. — Você não vai atrás de Emily Knox...

— Por que não? Talvez exista algum jeito de descobrir de onde veio essa mensagem...

— Como eu já disse, ela é uma *criminosa*...

— E eu sou o quê, exatamente?

Ela tenta tirar o aparelho de Alexander outra vez. Ele segura firme.

— Dez anos andando com uns vagabundos da Delegação e você agora se acha durona? — diz ele. — Emily Knox cumpriu pena numa prisão de verdade. A lista de crimes dos quais ela é suspeita dariam uma enciclopédia.

— Ah, então você tem alguma ideia melhor?

— Você poderia falar com os Ward.

— Os Ward são uma família íntegra e boazinha, com um capacho de boas-vindas na porta e um balanço na varanda — diz ela. — Eles não vão saber mais do que precisavam saber para manter a filha escondida.

Ele franze a testa para ela.

— E de repente você sabe tudo sobre eles? — diz ele. — Não passou nem pelo apartamento em que eles moram. Como poderia saber?

— Eu sei — diz ela. — E vou falar com Emily Knox. Agora.

— Beleza, então vou com você — diz ele, e ela desiste, começando a andar em direção ao Trem Suspenso.

SEIS

Enquanto eles aguardam a chegada do Trem Suspenso, Alexander tira óculos escuros do bolso interno do casaco e oferece a ela. São grandes demais para o rosto de Sonya, mas escuros o bastante para esconder o Insight.

O Trem Suspenso chega à plataforma. É um trem mais novo do que o outro que ela pegou até seu antigo bairro no dia anterior. As nuvens cobrindo o sol estão espalhadas, como a fumaça saindo de um cigarro aceso. No momento antes que as portas de vidro se abram, ela vê o próprio reflexo na lateral cromada do trem.

O cabelo está precisando de um corte. A cor está mais escura do que na foto do cartaz, um louro-escuro, uma franja emoldurando o rosto. A boca está apertada numa linha fina. Ela quase não consegue ver a luz do Insight através da lente dos óculos escuros.

A estatura dela mal chega aos ombros de Alexander. Ele era um ponto fora da curva na família, em diversos sentidos; Nikhil, Nora e Aaron eram todos pequenos, cuidadosos, graciosos. E aí vinha Alexander... o desajeitado Alexander, trotando feito um lobo. Debruçado sobre a mesa com uma caneta entre os dentes, o nariz a poucos centímetros da página.

O vagão está relativamente vazio, exceto por uma velhinha usando tênis ortopédicos e com uma sacola de compras entre os pés, e um pai cantarolando para a criança apoiada em seu quadril. Os dois se sentam no lado oposto do vagão em relação aos outros passageiros, de frente um para o outro com o corredor entre eles. Os joelhos de Alexander se espalham quando ele se senta, ocupando mais espaço do que o necessário. Sonya se senta bem reta e junta as mãos no colo.

Alexander revira os olhos de leve.

— Você sabe que não existe mais DesMoeda, né? Não é possível que ainda esteja esperando a Delegação voltar e somar os seus pontos de boas maneiras.

Ela costumava conferir seu total umas dez vezes por dia, sedenta para ver o número aumentando. Passava a vida na expectativa de ser notada, sempre tensa e ansiosa, com todas as frases de cordialidade memorizadas, na inflexão exata. Se Susanna seria brilhante, então Sonya seria imaculada, uma garota perfeita da Delegação.

Ela se inclina para a frente.

— E por acaso *você* sabe que não existe mais DesMoeda?

— Não entendi.

— Me parece que — diz ela —, se todas as suas escolhas se baseiam em desafiar um sistema, você é tão submetido a esse sistema quanto alguém que obedece a ele.

Alexander fica olhando para ela. Sonya observa o homem com o filho na outra ponta do trem, o garotinho segurando a gola da camisa dele com sua mãozinha minúscula, o homem direcionando essa mão para outro lugar, apontando para alguma coisa do outro lado da janela. *Olha, um ônibus!*

— Você me disse que tinha conseguido reunir algumas das outras crianças, das outras crianças desalojadas, como Grace Ward, com os pais biológicos, depois da queda da Delegação — diz ela. — Como fez para encontrá-las?

— No geral, a Delegação mantinha registros das adoções — diz ele. — Nem todas as adoções eram de crianças desalojadas; algumas tinham sido abandonadas ou entregues voluntariamente. Mas cruzei as descrições físicas e as datas de nascimento fornecidas pelos pais com os registros de adoção. Algumas crianças mais velhas, como Grace, não têm registro em lugar nenhum, e, dessas, Grace é a única que ainda seria menor de idade. Estamos deixando em paz todas as que já seriam adultas agora. Parece a coisa certa a se fazer.

Os freios fazem um barulho estridente. A senhorinha pega a sacola a seus pés, apoia-a nos braços e sai mancando do vagão. O homem agora está sentado, balançando o filho no joelho.

Sonya diz:

— Estou curiosa para saber como os pais de Grace conseguiram esconder uma segunda criança por tanto tempo.

— Esse é o ponto. Depois que o bebê nascia, a maior parte das pessoas só conseguia escondê-lo por alguns dias antes que descobrissem. Em certos casos, alguns meses. Mas Grace... — Ele dá de ombros. — Ela tem idade suficiente para se lembrar deles, pelo menos um pouco.

Sonya franze a testa. Não era do feitio da Delegação não manter um registro. Dados significavam otimização – um algoritmo melhor para compras, lembretes melhores do seu Insight corrigindo seus maus hábitos, informações mais bem apresentadas no seu display enquanto você se movia pelo mundo.

Alexander continua:

— Nós achamos que essas adoções não foram registradas de propósito. Tomar um bebê é muito ruim, mas tomar uma criança mais velha, que já criou laços com os pais, é cruel demais. É provável que a Delegação não quisesse registros dessa crueldade. Não seria a primeira coisa que eles deixaram de computar no sistema.

— Você já pensou na possibilidade de que os registros de adoção estivessem nos arquivos digitais eliminados durante a insurreição? — diz ela.

Ele faz uma careta.

— A gente tem um ditado sobre a Delegação — diz ele. — "Nunca tome por descuido o que pode ser justificado pela vergonha."

O trem para de novo, e dessa vez Alexander fica de pé. Pela janela, Sonya vê os raios de sol na água, um barco navegando sobre as ondas. A voz robótica do Trem Suspenso anuncia que eles estão na parada do Pike Place Market. Sonya se levanta e segue Alexander até a plataforma.

— Eu queria falar com alguns dos pais biológicos — diz ela. — Talvez eles tenham alguma informação que possa me ajudar.

— Converse com os Ward — diz Alexander. — Na verdade, achei que esse seria o primeiro lugar aonde você iria.

Os Ward moram no primeiro andar de um prédio pequeno, não muito longe da Abertura. Doze apartamentos. Sonya sabe.

— Vou conversar — diz ela —, mas quanto mais informação melhor.

Ele se vira de repente para ela.

— Você ouve dizer que essas pessoas foram reunidas com seus filhos e pensa *"Bom, eles estão bem agora, não foi nada grave"*? — Ele desliza a mão pelo cabelo com tanta força que arranca alguns fios. — Recuperar o seu filho depois de ter perdido a infância inteira dele é melhor do que nada, mas também é pior do que nada. Cada dia é um lembrete do que você não viu, do tempo que você não teve. Então não, eu não vou retraumatizar esses pais permitindo que eles sejam interrogados pelo rosto da maldita Delegação.

— Não me chame disso.

Ela tira os óculos escuros que ele lhe emprestou, dobra-os e os empurra contra o peito dele. Em seguida, põe o capuz na cabeça e desce a escada até a rua. Escuta quando ele vem atrás, aquele passo irregular, que nasceu com ele.

O Pike Place Market é o menor prédio da região, que agora está cheia de arranha-céus, todos disputando a mesma vista da baía de Elliott. Ele tem um letreiro vermelho e luminoso onde se lê MERCADO PÚBLICO, e um relógio ao lado – uma cópia fiel do original, segundo o Insight uma vez informou a Sonya, quando ela foi até lá com os outros voluntários da Delegação para raspar os chicletes do muro atrás do Market Theater. Na época ficou enojada, e não só por causa dos chicletes – por causa da ousadia que levava as pessoas a reviver aquela velha tradição a despeito da proibição imposta pela Delegação. Agora, no entanto, pensa em como algumas pessoas na Abertura ainda se agarram teimosamente a regras da Delegação que já não têm mais significado – as viúvas separando o lixo compostável do restante, embora tudo vá para a mesma caçamba, as regras determinando que os mais velhos devem ser servidos primeiro à mesa de jantar, ainda que todos eles, com exceção de Sonya, estejam grisalhos e enrugados. As pessoas amam suas pequenas rebeliões. Ela sabe como é a sensação, embora já tenha perdido o gosto pela coisa.

O prédio retangular é coberto por uma grade de janelas quadradas, e atrás delas é possível ver luzes, movimento e pessoas, ramalhetes de flores frescas, caranguejos inteiros empilhados em camas de gelo, prateleiras com vidrinhos de geleia e mostarda que fazem Sonya se lembrar dos Ward, dos gastos estranhos no histórico de compras.

O prédio que abriga Emily Knox fica num conjunto de pilares de vidro, a algumas quadras dos paralelepípedos rachados que cercam o mercado. O nome da rua é Triunvirato, que substituiu a antiga rua da Delegação, como se agora até a palavra fosse um crime, todos os símbolos do passado condenados à prisão na Abertura.

Alexander levanta o braço longo e aponta para o prédio correto, o vidro tingido de um laranja opaco em vez de azul ou verde, como os outros em volta. Ele é liso e com as bordas quadradas de um lado, curvado do outro, um arco acentuado como um pássaro mergulhando. Não remete a nada na memória de Sonya. Ela fica olhando para o prédio por um tempo mais longo que o normal, esperando que o display do Insight lhe dê informações sobre sua história.

— É difícil largar os velhos hábitos, né? — diz Alexander.

Vai se foder, ela pensa.

Os dois cruzam com um homem segurando uma pilha de panfletos; ele enfia um na cara de Sonya quando ela passa. No papel está escrito *Os perigos digitais: Por que os Elícitos são uma bola de neve que conduz de volta ao Insight.* Na parte de baixo estão impressas as palavras CIDADÃOS CONTRA A AMEAÇA DIGITAL. Sonya olha de novo para o homem. A barba densa obscurece seu rosto, mas os olhos estão fixos nos dela, percebendo o brilho do Insight. Ele abre a boca, como se fosse dizer alguma coisa, e ela se apressa a continuar andando.

— Doidos do CiCAD. Essa organização é um braço da Armada, sabia? — diz Alexander, puxando o panfleto da mão dela. — "Bola de neve." É igual dizer que o álcool é uma bola de neve que conduz ao Blitz. — Ele faz uma pausa. — Blitz é uma droga recreativa. Um estimulante.

— Eu sei. — A voz dela sai tão dura que soa quase estridente. — Muita gente já morreu de overdose na Abertura.

Sonya nunca usou Blitz. Por que alguém ia querer um excesso de energia dentro da Abertura? Nada com que ocupar as mãos agitadas, o cérebro acelerado. Melhor ficar entorpecido, baixar o volume, como uma camiseta que fica macia depois de ser lavada tantas vezes. Mas David usava de vez em quando e virava a noite fritando nas ideias. Fugas, vinganças, reformas na casa, tudo junto.

Foi também o que ele usou para morrer.

Alexander franze o rosto.

— Eu não sabia.

— Como ia saber?

David teria sido liberado junto com os outros Filhos da Delegação, se estivesse vivo. Nikhil chamou a atenção de Sonya para esse fato quando os primeiros jovens foram liberados, e isso tirou o sono dela durante uma semana, pensar nos pequenos comprimidos azuis na palma da mão dele, assim como no pequeno comprimido amarelo na mão dela, muito tempo antes.

As trepadeiras sobem pela lateral do prédio de Knox, uma forma curva e orgânica sobre a geometria rígida do edifício. Abaixo do emaranhado de folhas na entrada, duas portas emolduradas por um acabamento de ferro grandioso. Ela entra no prédio, com seguranças parados em ambas as pontas da portaria, vigiando os elevadores. Ela é recebida por uma tela, e a voz robótica fala num tom líquido e macio: *Bem-vindos à Torre Ártemis, por favor, identifique-se.*

Alexander lhe dá um empurrãozinho de leve para o lado, tomando o lugar dela diante da tela. Digita o nome dela e o de Emily Knox, e hesita na parte que pergunta o motivo da visita: Social, Comemoração, Negócios, Outros. Acaba selecionando "Outros".

Sonya se pergunta como, em um mundo sem DesMoeda, uma pessoa pode morar num lugar como aquele. Existe outro tipo de moeda, agora simplesmente chamada de "créditos", mas ela não sabe o que uma pessoa como Knox faz para ganhá-los. Nikhil disse que os negócios dela floresceram sob a Delegação, mas, sem os Insights para adulterar, como iria florescer agora? Alguém que é útil a dois regimes opostos, Sonya pensa, não pode ser decente.

Solicitando acesso ao seu contato, Emily KNOX, diz a tela.

— Ela não está — diz um dos seguranças, da outra extremidade da portaria. Atrás dele, um chafariz que se resume a uma bandeja pesada no chão com bolhas no centro.

— Você sabe aonde ela foi? — diz Alexander.

— Normalmente eu não daria essa informação — responde o homem. — Mas, como é *ela*... — Ele faz um gesto indicando Sonya. — Tenho certeza de que ela vai adorar saber o que quer, Garota-Propaganda. Está no bar do outro lado da rua, o Clube Meia-Noite.

Sonya estremece com o jeito como ele olha para ela, sedento, como se ela fosse uma coisa que ele gostaria de desembrulhar. Ela já está passando pela porta quando Alexander agradece ao sujeito.

— Bacana da parte dele — diz Alexander.

— Foi mesmo? — responde Sonya.

O Clube Meia-Noite ocupa o térreo do prédio do outro lado da rua – com o vidro azul –, e a fachada é tão escura quanto o nome. Sonya hesita antes de abrir a porta. Pensa nas pessoas que cuspiram nela na saída da Abertura naquela manhã. LIXO DA DELEGAÇÃO pichado na parede de sua sala de estar.

Em vez disso, ela poderia ir falar com os Ward.

O interior do Clube Meia-Noite é um breu a princípio, em contraste com a luz do dia. As formas se materializam na penumbra, folhas escuras cobrindo as paredes, pendendo do teto. Luminárias baixas brilham aqui e ali. Por toda a extensão do bar, há esferas cheias de insetos artificiais – pequenos drones, fazendo um zumbido mecânico contra o vidro. As plantas devem ser artificiais também, imitações convincentes. Alguém toca piano baixinho e de forma suave no canto.

Uma mulher está sentada no bar, com a bota preta apoiada na cadeira ao lado. Mesmo sentada, dá para ver que é alta, de ombros largos. O cabelo preto comprido está preso para trás, e ela segura um copo com uma bebida escura em uma das mãos e um Elícito na outra.

— Você deve ser Sonya Kantor — diz a mulher, os olhos ainda fixos no Elícito em sua mão. — Nem nos conhecemos e já quer ir ao meu apartamento? Em geral gosto de sair para tomar um drinque antes. — Ela deixa o Elícito de lado e toma um gole do copo. — Talvez seja por isso que está aqui agora.

Todas as outras pessoas no bar – um pequeno grupo espalhado por entre as folhagens – fazem silêncio enquanto ela fala.

— Você sabe que o capuz não está adiantando muito para esconder essa coisa aí, né? — diz a mulher, que obviamente é Emily Knox.

Sonya puxa o capuz. O Insight é um círculo branco perfeito em volta da íris, um sol eclipsado. Com o bico da bota, Knox afasta a cadeira ao lado dela e aponta.

Sonya se senta, com os joelhos unidos. Knox abraça o próprio joelho junto ao peito, equilibrando o copo em cima dele, e encara Sonya.

— Vim pedir sua ajuda — diz Sonya.

Knox ri.

— A princesinha do coração gelado — diz ela. — A Garota-Propaganda. Descendo do alto reino de... — Risadas discretas se espalham entre as outras pessoas que estão no bar, seus rostos escondidos. — Tudo bem, vai, talvez emergindo do pardieiro onde nós a exilamos... Vindo pedir ajuda para *mim*? Para *moi*?

Ela toma mais um gole da bebida.

— Nunca achei que fosse viver para ver isso — diz ela.

— Bom — diz Sonya. — Nem eu.

Knox ri outra vez.

— Alguém traz um drinque para a garota da Delegação, por minha conta. Quem é esse? — Ela faz um gesto na direção de Alexander, parado a alguns passos de distância.

— Meu supervisor.

— Ninguém gosta de babá — diz Knox. — Senta aí e para de ficar olhando, Supervisor.

O bartender põe um copo na frente de Sonya, com um líquido transparente no copo opaco de gelo.

— Eu não bebo álcool — diz Sonya.

— Ah, hoje você vai beber — garante Knox. — Só topo conversar depois que você gastar umas DesMoedas comigo. — Ela dá um sorriso irônico. — Modo de dizer, claro.

Ela é mais velha, embora seu rosto não dê sinais da idade, a pele lisa e macia, os olhos escuros vivos e atentos.

Sonya se sente um fantoche pendurado nas cordas de Knox. Toma um gole do copo. O gosto é cítrico e amadeirado, e queima a língua. Mais uma coisa que precisa dar em troca, pensa, para encontrar Grace Ward.

— Eu preciso achar uma pessoa — diz Sonya. — O nome dela é Grace Ward. Ela foi realocada...

— *Realocada.* — Knox bufa. — Não. Tente de novo, sem o jargão da Delegação.

Sonya aperta a mandíbula. Ouve uma risadinha de Alexander ao lado dela.

— Ah, não vamos fingir que você também não era um fiel escudeiro da Delegação, Alexander Price — diz Knox. — Alexander Price, com o rosto do pai e o nome da mãe. Só porque você foi mais rápido do que a sua garota aqui em perceber para onde o vento estava soprando, não quer dizer que deixou de ser um lixo da Delegação. — Ela levanta o copo para ele, propondo um brinde. — Para a sua sorte, hoje os drinques das escórias são por minha conta.

— Você por acaso decorou algum banco de dados dos líderes da Delegação? — pergunta Alexander, franzindo as sobrancelhas.

— Eu tenho uma memória invejável para lembrar das pessoas que tentaram me jogar na prisão pelo resto da vida; e para as famílias delas também, só para garantir, caso eu precisasse chantagear alguém — diz ela. — A minha prisão foi decretada por August Kantor, e a sentença foi dada por Nikhil Price. Que duplinha. Saúde, à minha fuga por um triz, mas de alguma forma inevitável.

Pequenos pontos cintilantes se acendem à volta deles quando as pessoas levantam seus copos para o brinde de Knox. Ela olha para Sonya com ar de expectativa.

— E aí? — diz Knox. — Você quer a minha ajuda, mas não quer brindar à minha liberdade?

Sonya levanta o copo. Knox o toca com o seu.

— Vamos ouvir de novo, srta. Kantor — diz Knox. — E dessa vez fale direito.

— Eu preciso encontrar uma garota chamada Grace Ward — repete Sonya. — Ela foi tirada dos pais…

— Por quem, que mal lhe pergunte?

— Pela *Delegação* — diz Sonya. — Ela foi entregue para pais adotivos e ganhou um nome novo. Eu tenho que encontrar essa menina e reuni-la com a família.

— E o que você ganha com isso?

Sonya hesita.

— Liberdade — diz ela.

— Ah, liberdade. Liberdade para os Filhos da Delegação, ouvi dizer que é a última moda. — Knox termina o drinque e vira o copo no bar. — Houve um senso de justiça muito direto quando você foi condenada. Durante décadas, a Delegação responsabilizava as pessoas pelas ações de outras próximas a elas. O que economizava muito em policiamento, sabe? Você não precisa, *nem de longe*, de tantos "agentes policiais" se puder transformar os próprios cidadãos neles. Eu aposto que...

Ela chega mais perto. Os olhos dela são retos na parte de cima, com a pálpebra lisa, as íris tão escuras que se confundem com a pupila.

— Aposto que você era excelente nisso — diz ela. — Aposto que teria mandado a sua própria mãe calar a boca à mesa de jantar se ela mostrasse um pingo de insubordinação. — Knox franze o rosto, recosta-se no encosto do banco. — Bom, talvez não. Aposto que pelo menos calculava o custo-benefício; DesMoeda negativa por desrespeitar os mais velhos, DesMoeda positiva por defender o governo.

Sonya nunca repreendeu a mãe – nunca precisou, pois Julia respeitava a Delegação de um modo ainda mais cuidadoso do que August. Mas ela se lembra dos cálculos mentais. Ainda faz isso o tempo todo.

— Enfim — diz Knox. — Parecia tão adequado, tão limpo, colocar vocês, filhos da Delegação, na Abertura; fazer com vocês a mesmíssima coisa que a Delegação fez com a gente, responsabilizar vocês pelas suas famílias. Despejar os crimes deles na cabeça de vocês. Só que...

Knox inclina a cabeça.

— Isso não é justiça de verdade, né? Porque todos vocês, merdinhas, morando juntos na Abertura, podem meio que reconstruir o seu reinozinho lá dentro — diz ela. — O que me leva ao meu próprio cálculo bastante interessante de custo-benefício, já que não quero ajudar você a conquistar a sua liberdade, Sonya Kantor. Mas também acho que a reintegração ao mundo real seria uma punição pior para você do que passar o resto da vida naquela "gaiola de passarinho".

O copo de Sonya já não está mais tão gelado; as gotículas de água se acumulam na tulipa e descem pela haste. Ela veio de mãos vazias, sem nada para trocar.

— Talvez seja mais simples — diz Sonya — se você pensar nos pais de Grace Ward.

— Não tem nada de simples nisso também — rebate Knox. — Reunir os dois com a filha vai obrigá-los a encarar de novo todos aqueles anos que foram roubados deles, uma retaliação por uma coisa que nem é mais crime. Que nem naquela época era um crime para todo mundo... Você não era a segunda filha? — Ela estala a língua. — Mas os seus pais *mereceram* você.

Uma vez eles mostraram a autorização a ela. *Exceção ao Protocolo 18A*, dizia o cabeçalho. Os espaços em branco estavam preenchidos com as informações dos pais, da irmã. Valores de DesMoeda na época da requisição. Altura, peso, problemas de saúde existentes. Todos os critérios atendidos.

Alexander tira o aparelho prateado do bolso, junto com o fio e os fones de ouvido, dobrados com cuidado. Coloca tudo em cima do balcão e desliza para Knox.

— Ela ligou para eles ontem — diz ele. — Então eu tenho certeza de que vão querer encontrá-la, e ela quer ser encontrada. Tem uma gravação dizendo isso nesta coisa.

Pela primeira vez desde que Sonya entrou no bar, Knox hesita. Ela pega o aparelho prateado e olha para ele, o fio ainda esticado sobre o balcão grudento do bar.

— Sr. Price — diz Knox, depois de um momento, balançando um dedo na direção dele. — Tem razão, cara esperto. Você devia agradecer a ele, Sonya, porque ele negocia melhor do que você.

Knox está esperando que ela de fato agradeça a ele, Sonya sabe disso – para provar que será obediente. Knox age como uma verdadeira mestre das marionetes agora, apresentando-se diante de uma plateia atenta.

— Obrigada — diz Sonya, seca.

Alexander olha para o copo que o bartender colocou na frente dele. Não responde.

— Então está bem, vamos acertar a sua conta — diz Knox. — Eu exijo pagamento adiantado dos meus clientes da Delegação, sabe? No seu caso, você vai terminar esse drinque... — Ela desliza o copo de Sonya mais para a beirada do balcão. — E depois vai cantar uma música para mim. — Ela abre um sorriso. — Uma música da Delegação.

Ela lança um olhar para Alexander.

— Essas canções são ilegais agora, claro — diz ela. — Mas puxa vida, sinto tanta saudade daquelas boas e velhas propagandas, você não?

No passado, todas as músicas que tocavam no rádio eram aprovadas pela Delegação, em geral uma mera formalidade, desde que não houvesse nada de escandaloso na letra. Mas havia algumas canções encomendadas pelo governo para promover bons valores – umas cinco, talvez.

Knox continua:

— De qual você sente mais falta? Provavelmente "O caminho estreito", aquela musiquinha fúnebre encantadora.

É possível que a mãe de Sonya não estivesse cantarolando "O caminho estreito" naquele último dia, que fosse uma das outras, e que ela simplesmente já tivesse escutado todas elas tantas vezes que as canções haviam se misturado em sua mente como uma caixa de velas de aniversário derretendo em cima do fogão.

Sonya se pergunta se Knox sabe como aquela música a assombra. Teria como saber?

— Vai à merda — diz Sonya.

Knox ri outra vez, mas dessa vez há uma pontada aguda na risada.

— Esse é o preço — afirma Knox. — Ou paga, ou quem vai à merda é você.

Alexander, agora funcionário do governo, poderia objetar quanto à ilegalidade de cantar a música – mas não faz isso, e Sonya não espera que ele faça. Ela volta a pensar em Vasilisa, enviada inúmeras vezes para dentro da floresta pela madrasta que desejava sua morte. A história acabava mal. Não havia motivo para achar que essa terminaria bem.

Sonya vira o copo inteiro na boca de uma vez. A bebida desce queimando a garganta. Ela fica feliz com o entorpecimento da mente ao se afastar do balcão e olhar para o salão em volta. Ainda está escuro demais para enxergar formas concretas – em vez disso, ela vê traços de pessoas, dedos se mexendo, a parte branca de um olho, o vislumbre de uma perna.

Venha junto comigo,
Pela estrada mais difícil.

A voz de Sonya sai fina e esganiçada, localizada num ponto logo abaixo do tom correto. Seu rosto fica quente e vermelho, e nesse momento ela se sente feliz pela escuridão no bar, que oculta sua humilhação.

Ande junto comigo,
Eu conheço o caminho.

As pessoas dão gritinhos e levantam os copos. Knox apoia a cabeça nas mãos e fica assistindo.

Cinco, seis, sete, oito. Sonya sente que está de volta à mesa com sua família. Não era o vibrato que fazia a voz da mãe tremer enquanto ela cantarolava. Sonya observava a água que o pai havia servido para ela, os anéis se formando apesar de todos os Kantor estarem imóveis, como se a própria terra estremecesse de ansiedade pelo que estavam prestes a fazer...

Percorri o outro lado,
É tão fácil quanto dizem.

Algumas pessoas estão balançando ao som da melodia hipnótica, com as mãos para o alto, rindo. Sonya se lembra do violão de Susanna, de seus dedos tropeçando pelas cordas, da voz rica da mãe ressoando na cozinha. *Mãe, para! Eu preciso me concentrar,* diz Susanna, e Sonya pensa nisso enquanto Susanna encara o copo d'água, com o comprimido na palma da mão, o rosto reluzindo de lágrimas...

Mas, apesar de largo e claro,

Sonya estremece, e sua voz estremece, mas ela continua em frente.

Não gostei desse destino.

Um grupo no canto levanta os Elícitos com as telas acesas, balançando de um lado para o outro.
Todo mundo ri.

*Deixe para trás
As mentiras, a ilusão.
Não sabia que é melhor
Caminhar por este chão?*

Quando Sonya era criança, esses eram seus versos preferidos, *é melhor caminhar por este chão*, porque o pai dava batidinhas no joelho quando cantava essa parte, e, quando ela se sentava no colo dele, ele a abraçava forte e lhe dava um beijo estalado na bochecha. E ela sempre acreditava que *este chão* era bom, era certo, melhor do que qualquer coisa que pudesse existir lá fora.

*O caminho é mais estreito,
Deixa o coração pesado,
Mas preenche por inteiro.
O vazio do passado.*

— Aí, Deb — alguém grita. — Está a fim de ser *preenchida*?
— Não faça promessas que não vai cumprir — alguém, provavelmente Deb, grita de volta.

*Você cuida de mim,
E eu cuido de você.
Um passo, depois outro...
Nós vamos vencer.*

Todo mundo canta as últimas palavras junto com ela: *Nós vamos vencer*.
Knox aplaude. Sonya fica sentada no banco, o rosto quente, as mãos geladas. Tenta se recompor.
E então os olhos de Knox adquirem um brilho estranho, e ela arrasta os fones de ouvido em sua direção, enrolando o fio na mão enquanto se inclina para dizer bem baixinho, finalmente mantendo a conversa privada:
— Sabe de uma coisa que nunca contei para ninguém?
Ela endireita o arco dos fones de ouvido e pousa-os em volta do pescoço.
— Às vezes até sinto saudade da Delegação — diz ela. — Bom, não exatamente da Delegação, mas dos Insights. Eu era tão boa com Insights.

Eu sou boa em um monte de coisas, mas eles eram uns brinquedinhos tão fofos, tão difíceis de enganar.

— Enganar? — diz Sonya. Ela ainda está trêmula por causa da música.

— É, é impossível desligá-los depois que são acionados — diz Knox.

— É uma tecnologia muito resiliente. O meu ainda está ligado neste exato momento, coletando dados. Ele só não está conectado ao resto de mim; e o mesmo vale para o de todo mundo na cidade. — Ela desliza o dedo pela têmpora, bem em cima da cicatriz que acompanha a raiz do cabelo. — Mas ele emite um sinal. Todos emitem. Já tentei dizer isso às pessoas, mas elas acham que eu sou meio doida. Ou... "radical". — Ela faz as aspas com os dedos perto do rosto. — Acho que é mais uma questão de as pessoas não *quererem* acreditar.

Sonya também não sabe se acredita ou não. Se ela estivesse certa, o Triunvirato estaria mentindo para todo mundo na megalópole a respeito dos Insights. Mas, ao mesmo tempo, Knox poderia tranquilamente estar enganando Sonya.

— Por que as pessoas não o tiram e pronto? — pergunta Sonya.

— Quando você chega à idade adulta, o seu cérebro já se desenvolveu ao redor do implante — diz Knox. — É impossível remover sem causar danos permanentes. Ou pelo menos foi o que Naomi falou.

— Naomi.

— Naomi Proctor — diz Knox. — Minha antiga professora.

Se o Insight de Sonya estivesse funcionando normalmente, teria lhe dado informações sobre Naomi Proctor, mas seria desnecessário; todo mundo que cresceu na Delegação conhece esse nome. Ela era celebrada em todos os livros de história como a pessoa que tornou o paraíso possível, que promoveu grandes avanços na segurança pública, que lhes proporcionou a ordem e a tranquilidade do Insight. Nunca trabalhou para a Delegação – lecionava na universidade. Morreu quando Sonya era criança. A mãe de Sonya levou as filhas para ver a procissão pública, a lenta marcha do caixão pelas ruas. Sonya deu seu lenço para uma senhora com lágrimas escorrendo pelo rosto – um ato que lhe rendeu cem DesMoeda, como ela já sabia que renderia.

A morte de Naomi consolidou seu legado, tornou-a famosa de um jeito que uma saída de cena progressiva não teria feito. A grande inventora, uma mente brilhante que se entregou por completo à Delegação.

— Ouvi falar que as pessoas procuravam você para desativar temporariamente o Insight — diz Sonya. — Mas você está me dizendo que isso não é possível?

— Não tem como matar um Insight, mas você pode enganá-lo — diz Knox. — Quando as pessoas me procuravam, eu redirecionava o envio de dados por algumas horas; a gente chamava isso de *Curto-Circuito*. A Delegação recebia imagens recicladas, que eu puxava do histórico da pessoa; em geral uma noite em casa com o cônjuge e o filho. Mas os dados verdadeiros caíam nos meus servidores.

— Tenho certeza de que isso era útil para você.

Knox sorri.

— Pode apostar.

Ela põe os fones no ouvido e aperta o botão com o polegar. As unhas estão roídas até o toco.

Sonya fica observando enquanto ela ouve. A princípio, seus olhos se estreitam e depois se fixam no copo, o gelo derretendo no fundo. Knox escuta a mensagem uma vez, depois recomeça o áudio, inclinando a cabeça. Sonya ouve o barulho da porta batendo ao fundo vazando pelos fones e se lembra da voz de Grace falhando nas palavras *Estou com medo*. Por fim, Knox tira e dobra de novo os fones de ouvido.

— Como é mesmo o nome da garota? — ela pergunta a Alexander, já sem o tom brincalhão.

— Grace Ward — diz Sonya. — Alice é só um apelido.

— *Grace Ward* — repete Knox. — Um nome exemplar. Devia valer pelo menos umas mil DesMoeda. — Percebendo a expressão vazia de Sonya, ela continua: — Ah, você não sabia que nomes diferentes podiam render valores diferentes de DesMoeda? Seus pais poderiam ter melhorado consideravelmente a pontuação deles se tivessem escolhido alguma coisa menos russa e mais comum. — Ela aponta com o polegar para Alexander. — Igual àquele dali. *Alexander*.

Sonya pensa nos pais discutindo na cozinha sobre os absorventes. Algumas coisas, o pai dela insistia, eram simplesmente arbitrárias, não resultavam de algo tão premeditado por parte da Delegação.

— Não estou entendendo — diz Sonya por fim.

— Claro que não. — Knox revira os olhos. — Um nome sugere uma *origem*. A Delegação queria homogeneizar todas essas origens. Ou seja, os nomes que recebiam as melhores recompensas eram os mais comuns... pelo menos para uma certa camada da população. — Ela dá um sorriso irônico. — E é por isso que o seu amigo de pele mais escura ali recebeu o sobrenome da *mãe*, Price, e não o do pai, que era Mishra, e que eu — ela faz um gesto indicando os próprios olhos puxados — acabei com um nome desses, *Emily Knox*.

Knox havia dito a Alexander que ele tinha o rosto do pai e o nome da mãe. Nora Price era uma mulher pequena, com um cabelo ruivo grosso que usava trançado sobre um dos ombros; quando ficava distraída, brincava com a ponta da trança, o que acontecia com frequência. Alexander se parecia mais com ela do que Aaron, apesar de ambos os filhos terem puxado mais o pai: pele morena clara, cabelo preto, olhos escuros.

Sonya se lembra de algo que entreouviu certa vez durante um jantar, sobre Nikhil ter assumido o nome da esposa depois do casamento. *Uma escolha acertada*, havia dito a vizinha deles, a sra. Perez. *Vai evitar bastante problema.*

— Então, Grace Ward — diz Sonya.

— Não sei por que eles se deram ao trabalho de dar esse nome a ela, já que era uma segunda filha ilegal — diz Knox. — Não ganharam nada com o nascimento dela. Devem ser comuns por acaso, não de propósito. Quantos anos ela tinha quando foi levada?

— Três — responde Alexander.

— Três. — Knox solta um assobio baixo. — Uau, isso sim é impressionante. Não deveria ser possível, na verdade, pelo modo como os Insights registram uns aos outros.

— Por ser ilegal, ela não devia ter um Insight.

— Ah, ela devia ter um Insight — diz Knox. — Quando os Insights se cruzam, registram a presença um do outro, mas também são programados para buscar rostos humanos, e para detectar vozes humanas. Ainda que seja possível cuidar de um bebê com os olhos vendados, não tem como mantê-lo em silêncio por três anos.

O copo de Knox agora tem uma camada de água do cubo de gelo derretido. Ela vira o copo, engole.

— Está na sua hora, srta. Kantor — diz Knox. — Eu gostaria de tomar mais um drinque sem ouvir "O caminho estreito" ecoando na minha cabeça, por favor. Entro em contato se descobrir alguma coisa sobre isso.

Ela não diz como, e Sonya também não pergunta. Knox guarda o aparelho prateado no bolso, desconecta os fones de ouvido e os joga em cima de Sonya. Ela está sendo dispensada.

O INTERIOR DO TREM SUSPENSO ESTÁ TODO BANHADO NUMA LUZ ESVERdeada. A maioria dos assentos está ocupada, mas o vagão está em silêncio, cheio de pessoas com a cabeça inclinada em direção a seus Elícitos; pessoas apoiadas nas divisórias de vidro com os olhos fechados; pessoas segurando livros entre o polegar e o mindinho; pessoas com a postura curvada e cicatrizes na raiz do cabelo. Os dois únicos assentos disponíveis são um ao lado do outro, então Sonya e Alexander esbarram os ombros a cada vez que o vagão balança, e ela aproxima mais o braço do corpo, com as mãos espremidas entre os joelhos.

Ele dedilha a própria mão, mindinho, anelar, dedo médio, indicador, polegar, em sequência.

Ela sempre chegava cedo à casa dos Price nas quartas, antes de Aaron voltar do treino de futebol. Quando chegava, Sonya ia direto lá para cima, para esperar no quarto dele – em geral acomodada na cama, com a cabeça inclinada no ângulo perfeito, para que ele dissesse que ela parecia uma pintura. Mas ela nunca conseguia evitar o passo mais lento quando passava pela porta de Alexander, onde ele estava sempre sentado à escrivaninha, debruçado sobre o dever de casa. Certa noite, porém, ela o viu com alguns negativos de fotos. Cada tirinha, comprada em lojas de antiguidades e centros de doações, custava cinquenta DesMoeda – a Delegação não recompensava nostalgia. Alexander tinha feito uma pilha na escrivaninha e ia segurando cada negativo contra a luz da luminária, um por um.

Ele percebeu que ela estava parada ali, observando. *Quer ver*, ele perguntou a ela, quase como se não fosse uma pergunta. Ela entrou no quarto, pisando no carpete azul macio. O lugar cheirava a laranja – havia uma casca na lixeira. Ela pegou um dos negativos da mão dele e o segurou contra a luz, fechando o olho direito para que a luz do Insight não interferisse. Em um deles, viu uma coleção de latas de alumínio, em outro, um homem e uma mulher abraçados, no terceiro, um cachorro com a língua dobrada por cima do focinho. Atrás dela, Alexander estava sentado tamborilando os dedos, esperando para ouvir o que ela ia falar.

Cada um é um mundo, disse ela, porque parecia algo profundo de se dizer. Queria que ele parasse de mexer as mãos.

Ao pensar nisso agora, depois de tudo que ele tinha feito, ela se sente desconfortável, nauseada. Tenta não esbarrar nele com o joelho.

Ninguém no trem fala com ela, mas todos a olham, atraídos pelo brilho em seu olho direito, o brilho que no passado atribuía valor a cada escolha. Agora essas pequenas escolhas – postura, a duração de um olhar, a atividade escolhida para matar o tempo no trem – são desprovidas de valor, e as pessoas se guiam pela espontaneidade.

Naquela época, ela nunca quis se ver livre do Insight. Antes da insurreição, ele era como um amigo, alguém que a impedia de se sentir solitária demais. Às vezes ela falava com ele, ciente de que ele não podia ler seus pensamentos; contava-lhe segredos inocentes, como o seu amor pelo cheiro de tabaco ou como o idiota do Aaron a fazia se sentir quando falava de política, e quem na escola ela às vezes pensava em beijar. Dizia a si mesma que o aparelho compreendia suas indiscrições secretas, o jeito como ela xingava para si mesma quando estava sozinha em casa e cometia um erro, o impulso de se tocar quando não conseguia pegar no sono, a arrogância que sentia ao ver o outdoor com o próprio rosto a caminho da escola todo dia de manhã. O aparelho a enxergava numa época em que ela estava desesperada para ser vista.

Mas agora ele apenas observa em silêncio. Tudo que o Insight faz é atrair a atenção das outras pessoas.

O vagão vai esvaziando à medida que eles avançam. Assim que outro assento fica vago, Sonya se levanta, ajeita o casaco no corpo e se afasta de Alexander. Pensa que assim vai ficar claro o bastante. Mas, quando o trem chega à estação dela, ele desembarca também.

— Eu não sabia que você morava tão perto da Abertura — diz ela.

Sonya não anda em direção às escadas.

— Não moro — diz ele. — Mas está escuro, então vou acompanhar você até lá.

— Vai para casa, Alexander.

— Não precisa ser tão...

— Quantas vezes você vai querer que eu me rebaixe na sua frente? — ela exige saber. — Quantas vezes vão ser suficientes?

Ele está com as mãos enfiadas nos bolsos. Sua pele tem um brilho alaranjado sob as luzes da plataforma, que piscam um pouco enquanto ela aguarda uma resposta. Ele parece surpreso.

Por fim, limpa a garganta e fala:

— Vou arrumar para você o contato de uma das famílias que foram reunidas com o filho. Deixo para você no portão.

Ela fica tentada a perguntar o que o fez mudar de ideia, o que o fez pensar que o rosto dela não vai mais ser um tormento infligido a pessoas que já sofreram o bastante, como ele havia insinuado antes. Mas não pergunta. Em vez disso, vai embora, faz uma curva e desce as escadas, o ar gelado entrando pelos buracos do sapato gasto. As meias estão úmidas, e ela traça um plano: deixar os sapatos na porta de casa, pendurar as meias no varal do banheiro, enrolar-se toda na colcha que cobre a cama, dormir até a manhã seguinte. Talvez dê a sorte de Nikhil ter deixado comida para ela na cozinha; talvez essa seja a noite em que ele decidiu que estava na hora de abrir uma lata de canja de galinha, em vez de feijão, milho ou ervilhas.

As ruas estão vazias e escuras no trajeto até a Abertura, e o Insight vai iluminando o caminho.

SETE

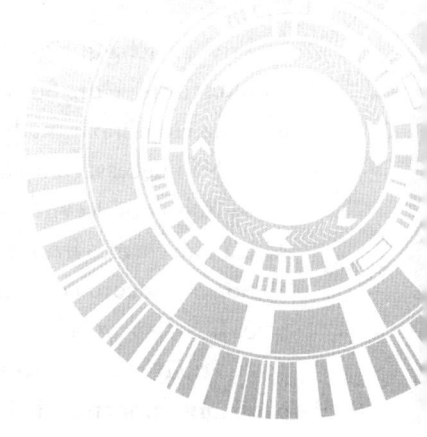

Sonya está sentada à mesa do sr. Nadir com o rádio mais uma vez. Charlotte joga cartas com Nikhil, um jogo lento e tranquilo que exige bastante estratégia. Às vezes, vários minutos se passam sem nenhum dos dois fazer uma jogada. Sonya alinha os fios que arrancou do rádio e dos quais removeu o isolamento plástico. Charlotte está cantarolando, mas não uma canção da Delegação – algo mais antigo, talvez música clássica.

Todos os moradores no prédio têm alguma coisa que os outros querem, e a de Charlotte é um tocador de música. Ele reproduz arquivos digitais, que ficam armazenados em pequenos aparelhos como o que Alexander usou mais cedo para tocar a mensagem de voz de Grace Ward. Charlotte passou anos adquirindo o máximo deles que conseguiu, e todo mês os outros moradores se reúnem em seu pequeno apartamento para fazer pedidos. Cada um dos aparelhos antigos tem um nome – Johnny, Margot, Belinda, Pete, e por aí vai. A favorita de Charlotte é Margot, que tem uma impressionante compilação de sinfonias gravadas pela Orquestra Sinfônica de Sea-Port. A favorita de Sonya é Katherine, um compilado eclético, a maioria de gêneros mais ousados e alternativos. Ninguém nunca quer ouvir Katherine, mas Charlotte a deixa escutar sozinha de vez em quando.

— Eu fico pensando se não tem ninguém na Abertura que poderia ajudar você — diz Nikhil. — Alguém que trabalhasse na distribuição dos Insights, por exemplo... Talvez essa pessoa vendesse os implantes por fora.

— Você acha que alguém que burlava as leis da Delegação ia acabar na Abertura? — diz Sonya. — Este lugar está cheio de legalistas. É por isso que vieram parar aqui.

— Não necessariamente — diz Nikhil.

— Acho que Kevin trabalhava na distribuição — diz Charlotte. — Ainda que ele não fizesse nada ilegal, talvez saiba de alguém que fazia.

Sonya concorda com um movimento de cabeça, deslizando os dedos pelos fios dispostos à sua frente.

— Então isso está incomodando você — diz Nikhil, olhando de soslaio para Sonya por cima do leque de cartas.

— O quê, o rádio? — diz ela.

— Claro que não — interrompe Charlotte. — Silêncio, estou quase.

— Você está "quase" há três minutos — responde Nikhil.

Charlotte olha para ele contrariada, em seguida baixa uma carta. Nikhil já está pronto com a sua, rebatendo a dela poucos segundos depois. Charlotte faz uma careta e volta a olhar para as cartas na própria mão.

— Está incomodando você — diz Nikhil — o fato de Grace estar viva.

— Que coisa horrível de se dizer — diz Charlotte. — Claro que ela não está incomodada com o fato de a garota estar viva.

— Não estou dizendo que ela gostaria que Grace estivesse morta — diz ele —, só que ela achava que essa era uma missão perdida, e agora não é mais.

— Melhor não ser a pessoa que perde — diz Charlotte, baixando sua carta.

Sonya escolhe um fio que parece ser o certo e o prende no conector do rádio antigo, uma ponta de cada lado, com dois alicates saindo pela parte de trás. Mordendo o lábio, ela aciona o botão de ligar.

O rádio faz um chiado e começa a funcionar.

— Será? — responde Sonya.

O GUARDA DA ENTRADA – WILLIAMS – JÁ ESTÁ ESPERANDO POR ELA NA manhã seguinte, segurando um cartão de visita entre o indicador e o dedo médio.

— Deixaram isso aqui para você — diz ele. — Um sujeito desengonçado.

Na frente do cartão está escrito ALEXANDER PRICE, DEPARTAMENTO DE RESTAURAÇÃO. Na parte de baixo, um endereço e um número de telefone. Ela fica olhando para "Departamento de Restauração" por um segundo, depois olha o verso. *Ray e Cara Eliot*. O endereço fica em Olympia, o que significa que ela vai ter que pegar o Estalo em vez do Trem Suspenso. Nunca andou de Estalo sozinha.

Um bilhete na parte de baixo do cartão diz em letra miúda: *Já avisei a ela que você ia*. Ela se lembra dele lavando a louça após os jantares semanais, inclinado sobre a bancada com as mangas arregaçadas até o cotovelo, assobiando baixinho, como se até a música em sua cabeça fosse algo que ele gostaria de manter só para si mesmo. Ela se lembra de observá-lo quando ninguém estava prestando atenção, e agora isso é algo que a assombra, esse desejo do passado.

— Ele me avisou que ia deixar aqui — ela diz ao guarda. — Sabe me dizer onde fica a estação mais próxima do Estalo?

— Centro da cidade — diz Williams. — Perto do Prédio do Castor.

Ela sente o rosto quente ao perguntar:

— Eu vou precisar de créditos para embarcar?

— Só se quiser uma poltrona mais chique — diz ele. — Agradeça ao Triunvirato pelo transporte público gratuito para todos.

Sonya enfia o cartão de visita no bolso.

— Obrigada.

Ela agradece toda vez que ele abre o portão, e toda vez ele faz uma careta.

Hoje há poucas pessoas esperando por ela do lado de fora, e nenhuma delas segura placas. Uma é uma mulher de bochechas rosadas, que pede para tirar uma foto com ela. Sonya fica chocada demais para recusar. Observa que as mãos da mulher tremem ao levantar a pequena câmera presa ao pulso por uma alça. A mulher cheira a talco de bebê. Sonya se esquece de sorrir.

Um outro tenta falar com ela, a chama de Garota-Propaganda, pergunta se ela está carente, e Sonya simplesmente continua andando. A princípio ele a segue, mas ela não se vira para trás, até que depois de um tempo os passos dele fica mais distantes, e resta apenas o barulho de cascalho e de papel debaixo dos pés dela.

O dia está claro, o sol cintila na calçada e brilha na superfície cromada do Trem Suspenso quando ele chega à plataforma. Ela pega um lugar sozinha no fundo do vagão e encosta a cabeça no vidro para ver a cidade passando. Os prédios baixos e antigos de tijolos dão lugar às torres de vidro e metal. Quando era criança, ela os imaginava como os gigantes das velhas lendas, os titãs e os nefilins, Svyatogor montado em seu enorme corcel. Mas foi-se o tempo do deslumbramento juvenil. Agora ela sabe que os prédios estão entupidos de pessoas. Quanto mais delas, menos cada uma importa. Quem se preocupa com uma única folhinha de grama no meio de um campo?

Ela desce do trem na estação da Torre Rainier. O Prédio do Castor, como Williams o chamou, fica em frente à estação, um pedestal liso de concreto cuja base se estreita numa curvatura côncava, apelidado assim porque a parte de baixo parece ter sido roída por um castor. Uma placa a direciona para a Estação Freeway, a apenas dois quarteirões para o leste, e ela lembra aonde está indo.

O pai a levou para andar de Estalo quando ela tinha dez anos. Autorizou que ela saísse da escola, alegando que valia a pena perder algumas DesMoeda para passarem algum tempo só os dois. Os dois andaram juntos até a estação, de mãos dadas, e pegaram o Estalo no sentido sul, em direção a Tacoma, onde a avó morava. Ele ficou sentado ao lado dela por todo o trajeto, e, em vez de trabalhar, como normalmente teria feito, ignorou os discretos movimentos do Insight – notificações do trabalho – enquanto ia mostrando num mapa as diferentes regiões da cidade. O cheiro de tabaco misturado a sabonete a envolvia sempre que ele se mexia no assento. O pai a ensinou a transformar um pente numa gaita colocando um pedaço de papel na parte de cima e fazendo-o vibrar enquanto assoprava.

Falta uma hora para a chegada do trem, mas em vez de esperar do lado de dentro, cercada pelas pessoas lendo o jornal, ela sai para a plataforma. O trilho é reto, cercado de concreto por todos os lados. *Os trilhos do Estalo foram construídos debaixo de uma antiga rodovia,* o pai havia dito a ela a caminho da estação, e agora ela consegue ver, a extensão larga de terra escavada na cidade como se alguém tivesse aberto o sulco com a ponta de uma faca, do mesmo jeito que Babi gravou o próprio nome na lateral da mesa em seu apartamento, marcando as letras na madeira.

Ela tira o cartão de visita do bolso e olha para ele de novo, *Alexander Price, Departamento de Restauração*. É um trabalho esquisito para alguém tão decidido a deixar o velho mundo para trás, uma função que gira em torno do passado. Sonya se pergunta se foi ele que escolheu essa tarefa ou se ela lhe foi designada como forma de punição, do mesmo jeito que a Abertura fora imposta a Sonya. Ele traiu a Delegação, mas talvez, aos olhos da insurreição, não tenha traído o suficiente.

Assim que o trem chega, as portas da estação se abrem automaticamente, e ela desce até o vagão. É uma das primeiras a embarcar, então escolhe um assento virado para a frente do carro e junta as mãos no colo, coluna reta, tornozelos unidos. As pessoas entram no vagão e se acomodam. É um trem do fim da manhã, então não está lotado de pessoas se deslocando para o trabalho – há um pai e uma mãe sozinhos empurrando seus respectivos carrinhos de bebê, três estudantes universitários com a mochila no colo, dois velhinhos com um tabuleiro magnético de xadrez.

O tubo de vácuo não permite que o trem tenha janelas, então de cada lado do vagão as telas mostram propagandas, iluminadas em cores vibrantes. Uma mulher joga o cabelo por cima do ombro, segurando uma embalagem de xampu do tamanho de um dedo. *Uma gotinha e pronto!* Uma criança segura uma câmera azul na frente do olho e aponta para o cachorro. *O Porta-Memórias: sensação analógica com praticidade digital.* Um homem olha para a pilha de louça na pia e solta um suspiro alto. *Cansado de lavar louça?* Na cena seguinte, a pia está vazia, e ele está segurando um comprimido do tamanho de uma unha. *Nutrição sem complicação, com o substituto de refeições SupleSimples.*

Uma voz anuncia que o trem vai sair em breve e encoraja Sonya a afivelar o cinto, só por garantia. Ela obedece, apertando o cinto sobre o colo. Lembra-se da aceleração repentina que sentiu na infância, que a empurrou conta o encosto do banco e fez seus ouvidos entupirem. A aceleração agora é mais gradual, mas ela ainda sente a pressão na lateral da cabeça, a força que dificulta seus movimentos.

Sonya olha para os estudantes universitários, que conversam e riem enquanto tiram os livros da mochila. Não estão prestando atenção nela, nem os pais tagarelas algumas fileiras atrás, uma mulher de cabeça raspada e um homem com uma argola no lábio. Ela afrouxa o cinto de segurança e, assistindo agora a um anúncio de alguma espécie de vodca fluorescente, desliza no assento e estica as pernas, estalando os tornozelos.

Ninguém olha para ela.

UMA HORA DEPOIS, SONYA ESTÁ EM OLYMPIA, NA ESTRADA UNION MILLS, com um trilho de trem velho e enferrujado atrás de si e um prédio residencial caindo aos pedaços à sua frente, do outro lado da rua. O número do prédio, 2501, é o mesmo do endereço que Alexander rabiscou no cartão de visita. Ray e Cara Eliot. E Cara está esperando a visita dela.

Sonya atravessa a rua. Os Eliot moram no apartamento 1A. O sobrenome está escrito numa etiqueta colada na caixa de correio, então ela sabe que está no lugar certo. No pátio lateral há um varal com lençóis pendurados, e um menino sentado numa velha caixa de areia. Ele já não tem mais idade para estar brincando na areia – seus braços e pernas magricelos são compridos demais para isso, talvez uns onze anos de idade. Uma das bordas de contenção está caída, de forma que a areia se espalha pela grama falhada do pátio, úmida e escura nos pontos em que se mistura com a terra. O menino está segurando um graveto e espeta a areia repetidamente, fazendo mais e mais buracos. Ela bate na porta.

Uma mulher atende. Ela está usando uma calça jeans larga e uma camisa masculina verde. Cara Eliot.

— Olá, sra. Eliot — diz Sonya, com os bons modos da Delegação preenchendo o silêncio por ela. — Meu nome é...

Cara Eliot solta uma risada sem alegria que parece mais um soluço.

— Ah, eu sei — diz ela. — Eu olhava para a sua cara todo dia de manhã no caminho para o trabalho. Pode entrar.

Ela se afasta da porta, deixando-a aberta. Sonya abre a tela de mosquitos e a segue para dentro da sala apertada, com um sofá verde-ervilha afundado no meio, onde as molas ficaram gastas com o passar do tempo. Há uma tela do lar do tamanho de um livro didático sobre uma mesa de centro surrada, em frente ao sofá. O carpete bege está manchado em alguns lugares, de vermelho, marrom e azul. Cara vai até a cozinha que fica na lateral da sala de estar, abarrotada de tigelas e copos plásticos, panelas com comida grudada no fundo, embalagens de cereal, biscoitos, macarrão instantâneo.

— Não repare a bagunça. Pode sentar — diz Cara, indicando a pequena mesa que fica entre a sala e a cozinha, os cômodos todos transbordando uns nos outros. Ela se ocupa de alguma tarefa no fogão, onde uma chaleira de água está esquentando. — Caramba, não sei nem o que oferecer a alguém como você. Chá?

— Sim, por favor — diz Sonya.

— Não é nada refinado — Cara avisa, e as palavras parecem se referir não apenas ao chá, mas a todo o apartamento, velho, manchado e caindo aos pedaços.

— Eu moro na Abertura — diz Sonya. — Faz anos que não tomo "chá".

— Certo. — Cara dá uma risadinha. — Já estava me esquecendo.

Em frente ao lugar onde Sonya está sentada fica a porta que dá no pátio lateral. Pela janela que fica ao lado, ela consegue ver o menino brincando, ainda espetando a areia com o graveto.

— Sim, é ele mesmo — diz Cara ao perceber que Sonya está olhando. — Sam. Ele voltou para nós no ano passado, graças ao seu amigo, o sr. Price.

Sonya pensa em Nikhil ao ouvir "sr. Price".

— Ainda é estranho ouvir alguém chamá-lo assim — diz ela.

— Bom, seja qual for o nome que use, ele me perguntou se eu aceitaria conversar com você. Fiquei bem surpresa. — Cara despeja água quente da chaleira em duas canecas e as leva até a mesa, onde coloca uma diante de Sonya. — A Garota-Propaganda da Delegação na *minha* casa?

— Alexander contou que eu estou tentando encontrar uma menina? — Sonya se lembra da insistência de Knox para que evitasse os eufemismos da Delegação. — Uma garota que foi levada embora, como o seu filho.

— Ele contou — diz Cara, acomodando-se na cadeira. — Mas não disse o que você precisava saber.

— Estou tentando entender como você conseguia esconder alguém; era uma coisa impossível por causa dos Insights.

— Bom, a gente não se saiu tão bem assim. — Cara olha através da janela para o filho, borrado pela distorção do vidro. — Só conseguimos por umas duas semanas, depois vieram levá-lo embora. — Sua boca se curva para baixo. — A gente não engravida de propósito. Nenhum método anticoncepcional é infalível. E nós sabíamos que, se fôssemos ao médico, ele ia me mandar interromper a gestação. Eu não queria.

— Por que não? — pergunta Sonya, e Cara responde com um olhar defensivo.

— Sabe, ele me avisou sobre você — diz ela. — Disse que talvez fosse meio insensível. Ainda presa a comportamentos antigos.

Sonya tensiona a mandíbula. Envolve a caneca morna com as mãos.

— Se o Sam não foi planejado — diz Sonya —, e se o nascimento dele era um perigo para vocês dois... não consigo entender, só isso.

Cara leva as mãos à própria barriga, ainda olhando pela janela.

— Como falei, eu não queria — diz Cara, com firmeza. — Eu estava... *feliz*. Estava assustada, mas feliz. Isso devia ser suficiente, não? — Ela olha nos olhos de Sonya. — Você não é uma segunda filha, srta. Kantor?

— Sim — diz Sonya.

— Seus pais também queriam você, não queriam? Eles sonharam com você, planejaram você e imaginaram como você seria. — A pele de Cara é coberta de sardas, até as pálpebras. Ela as fecha por um instante. — Eu fiz isso também. Nos dias logo depois que descobri a gravidez, pensei em tudo que ele poderia ser, e eu o *queria*. A diferença é que ninguém me disse que eu o merecia.

Sonya pensa na requisição que os pais lhe mostraram, pedindo permissão para que ela existisse. O documento com todas as referências da família, justificando seu desejo, argumentando em defesa dele. Uma promessa de que a vida dela valeria alguma coisa. E agora... o máximo que ela conquistara na vida tinham sido alguns pés de tomate, um rádio consertado e a recusa de morrer. Não tem como garantir que uma vida vai valer a pena.

Cara continua:

— Então eu parei de ir ao médico. Mas a gente não podia começar a gastar DesMoeda com suprimentos. A nossa filha, ela estava com quatro anos, não precisava de fraldas nem de coisas desse tipo, então por um tempo ficamos muito perdidos, mas aí a minha mãe me disse que existia uma moeda para as pessoas que não podiam gastar DesMoeda livremente.

— O que era?

— Mostarda. — Cara solta uma risada um pouco alta demais. — Esses produtos de luxo não perecíveis, você podia vender todos eles de volta para os lojistas, e a compra e venda deles era uma operação neutra de DesMoeda. Então, se a gente comprasse mostarda ou... vidros de picles, ou qualquer coisa assim, podia levar tudo ao mercado paralelo e trocar pelas coisas de que precisássemos. Os outros pais levavam seus suprimentos extras ao mercado e trocavam por mostarda, depois vendiam a mostarda de volta para ganhar DesMoeda. Era uma rede; todo mundo trabalhando com quantidades pequenas para não levantar suspeitas da Delegação. E, ainda que notassem alguma coisa, quem é que ia pensar em investigar um monte de mostarda?

Sonya fica parada, com a caneca de chá fumegando à sua frente. Os registros de compras dos Ward tinham itens de luxo não perecíveis – geleias, mostarda, vidros de picles e de cebolinhas em conserva.

— Foi assim que conseguimos fraldas por um tempo — diz Cara. — Parece idiota agora.

— Na verdade, não — diz Sonya. — Foi assim que comprou um Insight para Sam?

— Ah, nós nunca conseguimos um Insight para ele — diz Cara. — Foi assim que eles descobriram. Alguém disse que, se ficássemos vendados quando estivéssemos com ele, daria tudo certo, mas essa pessoa estava errada. — Ela estremece de leve e toma um gole do chá. — Ouvi falar de alguém que trabalhava no departamento de Insights e registrava implantes novos como defeituosos para poder vendê-los para pessoas como nós. Mas nunca conseguimos juntar DesMoeda suficiente para isso.

Sonya bebe o chá também. Tem gosto de fumaça e algas marinhas. Ela sente vontade de pedir um pouco de açúcar, mas não faz isso.

— As pessoas que o adotaram — diz ela, como se estivesse caminhando sobre uma poça recém-congelada, torcendo para que o gelo não se rompesse. — Elas arranjaram um Insight para ele? Pelos meios tradicionais?

Cara faz que sim com a cabeça, e fica olhando para a luz no olho direito de Sonya.

— Hoje em dia, a idade mínima para removerem os Insights é dez anos — diz ela. — Ele tinha acabado de fazer a cirurgia quando voltou para nós. A mãe adotiva... os pais se separaram depois da insurreição, olha a ironia... a mãe passou um tempão economizando para fazer a remoção. Achei meio estranho ela estar tão determinada a fazer a cirurgia. O sistema era bom para ela, não?

— Então você a conheceu — diz Sonya. — Ela chegou a dizer como foi escolhida?

Cara dá de ombros.

— Eles preencheram uma ficha para adoção — diz ela. — A mulher tinha algum problema de saúde, não podia engravidar. Foram aprovados, e um dia foram informados de que a Delegação tinha uma criança para eles. — Ela dá de ombros outra vez, de um jeito rápido demais, compulsivo. — Ela não é uma pessoa ruim. Foi boa para ele. Fazemos visitas mensais, sabe? Para que ele ainda possa ter contato com ela.

Sonya percebe que é um esforço admitir que a mulher que criou o filho dela – a mulher que roubou dela os primeiros passos, as primeiras risadas, os primeiros cotovelos ralados, todos os começos dele – não é a vilã. Sonya não consegue imaginar isso direito. O sentimento de ter um filho é totalmente desconhecido para ela.

— Mesmo assim, eu percebo que ele sente falta dela — diz Cara. — Ainda que ele não diga. Para ser sincera, ele também não diz muita coisa.

Ela toma o chá.

— Como foi que Alexander o encontrou? — pergunta Sonya, outra vez num tom mais baixo.

— Ele cruzou os registros de adoção com a data em que Sam foi levado — diz ela. — Esse não era o nome que a gente tinha dado para ele... Nós o chamávamos de Andrew... mas ele foi criado como Sam, então pareceu mais fácil... Enfim, no nosso caso, só um casal havia adotado na época em que ele foi levado, então foi simples. Não é como se a gente tivesse reconhecido o menino. — Ela ri, e a risada é tão amarga que Sonya precisa desviar o olhar. — Talvez ele seja parecido com a gente, talvez não seja. Ele também se parecia com ela. Com a mãe dele. Pelo menos o suficiente para ela fingir, se quisesse.

O menino lá fora deixa o graveto de lado a esta altura, e anda pelo pátio com as mãos no bolso.

Quando Cara franze o rosto, a região ao redor da boca fica marcada por linhas fundas.

— Como tem sido tê-lo de volta em casa? — pergunta Sonya.

Cara suspira.

— Difícil, às vezes — diz ela, levando a caneca aos lábios mais uma vez. — Ele sente raiva. Às vezes odeia a gente. Outras vezes, odeia um pouco menos.

Ela sorri olhando para baixo, em direção à caneca vazia.

— Mas é como se... eu tivesse alguma coisa enrolada no meu peito durante esse tempo todo, alguma coisa que me impedia de respirar. — Seus lábios tremem, bem de leve. — Agora consigo respirar.

O menino agora parece menor na janela, só uma manchinha vermelha no vidro. Sonya bebe o resto do chá.

Quando Sonya parte em direção à estação de trem, Sam está lá fora, chutando pedrinhas na rua. Ela mantém a cabeça baixa quando passa por ele. A calça jeans que ele usa está curta demais, e as meias brancas aparecem nos tornozelos. Está com as mãos enfiadas nos bolsos.

— O que queria com a minha mãe? — pergunta ele, e Sonya para.

Os olhos do menino vão direto para o Insight, depois pulam para o restante do rosto, para a roupa, o sapato dela.

— Eu precisava de ajuda com uma coisa — diz ela. — Uma coisa que a sua mãe sabe.

— Ah. — Ele dá uma batidinha na têmpora direita. Há uma cicatriz escura ali, quase roxa. Mais recente que a maioria. — Você ainda não tirou o seu?

— Não — diz ela.

— Por que não?

— Não tenho permissão.

Ele franze o rosto.

— Achei que eles fossem ruins.

— Acho que é por esse motivo.

— Então... você está sendo castigada? — pergunta ele, e Sonya faz que sim com a cabeça. — Pelo quê?

Sonya não responde.

— Ela me mandou ficar fora de casa enquanto você estivesse lá — diz Sam. — Achei que ela queria falar de mim. Às vezes eu fico pensando se ela quer se livrar de mim.

109

— Ela não quer — diz Sonya, franzindo as sobrancelhas. — Por que acha isso?

Ele dá de ombros.

— A gente briga muito.

— Vocês ainda estão se conhecendo.

— É, acho que sim.

— Ela não quer se livrar de você — Sonya repete. — Ela te ama.

— Ela nem me conhece.

— A gente não precisa conhecer a pessoa para amar — afirma Sonya.

Ele estreita os olhos para ela.

— Pode acreditar — conclui ela, e continua andando na direção da estação.

Mais tarde, Sonya está parada em frente ao portão da Abertura com um jornal debaixo do braço. Alguém o largou no Trem Suspenso e ela o pegou, apesar de não lembrar muito mais que isso sobre a viagem. Não consegue tirar da cabeça a imagem de Sam no meio da rua, chutando pedrinhas. *Às vezes fico pensando se ela quer se livrar de mim.* Que coisa para uma criança achar da mãe, ela pensa, e percebe que já está há alguns minutos esperando sem ter passado o cartão no leitor.

Atrás dela, um grupo de homens bebe em garrafas escuras na lojinha da esquina. Ainda não notaram a presença dela. Ela tira o cartão de segurança do bolso e o suspende na frente do leitor.

A pupila do portão se dilata o suficiente para que ela atravesse. Sonya se apressa a entrar, e mal passou pela guarita quando escuta seu nome.

— Srta. Kantor!

É Williams. Ele nunca se dirigiu a ela pelo nome; Sonya está até meio surpresa por ele saber como ela se chama. O chapéu dele está inclinado na cabeça, e ele segura um envelope com o nome dela rabiscado numa caligrafia desconhecida – cursiva, inclinada para o lado oposto da letra de Alexander.

— Alguém deixou isso aqui para você — diz Williams. Seus olhos descem até o jornal enrolado debaixo do braço dela. — Dando uma lida no jornal, é?

Sonya olha para ele com cautela. Imagina se vai tomar o jornal dela.

— Talvez — diz Sonya. — Algum problema?

Williams dá de ombros e lhe entrega o envelope. Já foi aberto.

Nos primórdios da Abertura, os guardas se envolviam mais. Patrulhavam as ruas Verde e Cinza. Toda vez que Sonya ia a algum lugar, eles iam andando junto, perguntando o que ela queria, o que ia fazer. Ninguém ia a lugar nenhum sozinho. Até que um dos rapazes ficou agitado, e um guarda o espancou com tanta violência que ele morreu. Depois disso, o Triunvirato veio com uma política de não intervenção: a Abertura cuidaria do próprio policiamento, para o bem ou para o mal, e os guardas manteriam distância.

— Que foi? — diz ele. — Tecnicamente, você não poderia receber mensagens, então não vai me culpar por ter dado uma olhadinha.

— É, acho que não — diz ela. — Obrigada por ter me repassado.

Ela põe o envelope no bolso e caminha para o Bloco 4. Tem um grupo reunido perto do portão, no fim da rua Cinza – Marie, Douglas e Renee, passando um cigarro de enrolar entre si. Marie sopra anéis de fumaça; Douglas e Renee estão de braços dados.

Sonya foi ao casamento deles, dois anos atrás, no pátio do Bloco 3. Nicole abriu uma das janelas do vão das escadas e elas ficaram debruçadas ali juntas, ombro a ombro, assistindo à cerimônia de cima.

Ela poderia pegar o Estalo para ir visitar Nicole. Ninguém a impediria. Mas ela não faria isso.

— E aí, detetive Kantor — Douglas fala quando ela se aproxima. — Notícias do mundo exterior?

Só um garoto sendo jogado de uma família para outra, pensa. Mas ela apenas dá de ombros.

— O de sempre.

— Ah, não pode ser — diz Marie, segurando o cigarro com dois dedos. Ela dá uma longa tragada. — Fala sério, Garota-Propaganda, conta alguma coisa pra gente.

Sonya entrega o jornal enrolado que trazia debaixo do braço para Renee, cujos olhos se arregalam ao vê-lo.

— Obrigada — diz ela, como se um jornal que alguém descartou fosse um objeto precioso.

Ela o desenrola. É um dos veículos que competem com o *Crônica* – a *Gazeta da Megalópole*. A manchete da primeira página diz SERÁ O FIM DAS RESTRIÇÕES DE VIAGEM? E o subtítulo: *Representante Archer se encontra com líderes do Setor 3 para discutir a flexibilização das restrições impostas na época da Delegação, citando estabilidade no governo do Triunvirato.*

— Sabe, se você me chamasse pelo nome, eu talvez até me sentisse inclinada a te fazer algum favor — Sonya diz para Marie.

— Ah, vai se foder — diz Marie, mas sem raiva. Ela oferece o cigarro a Sonya. — Quer?

— Não, obrigada — responde Sonya. — Cadê o Kevin?

— Está gripado, deitado na cama com uma toalha úmida no rosto, que nem uma donzela vitoriana desmaiada — diz Marie. — Por quê?

— Eu queria perguntar uma coisa para ele.

Marie dá de ombros.

— Vai lá perguntar. A porta nem fica trancada.

— Você consegue trazer mais jornais? — pede Douglas.

— Depende do que vai me dar em troca.

— Minha gratidão? — diz Douglas, com um sorriso.

— O que você quer? — pergunta Marie.

Sonya pensa um pouco.

— Guarda um cigarro para mim — diz ela.

Renee solta uma pequena bufada, mas, enquanto atravessa o túnel, Sonya escuta "Combinado!" vindo lá de trás. Ela se estica para tocar no tijolo com o nome de David, esmagando com os pés a cera de vela ressecada dos outros enlutados. Não tem ninguém no pátio hoje; está frio demais. Ela sobe os degraus e se apoia na parede de concreto, tirando o envelope do bolso para ler a carta.

Srta. Kantor,

O arquivo de áudio não deu em nada, mas pensei em outra coisa. Passe amanhã no meu apartamento para negociarmos. Não traga o seu supervisor; ele é um saco.

– Knox

OITO

A portaria do prédio de Knox está vazia e silenciosa, exceto pelo barulho da água no chafariz. Sonya fica parada no meio do cômodo, esperando diante da tela.

O lugar onde Emily Knox mora é hostil e opressor.

A tela fica verde. "Acesso permitido" diz a fria voz feminina, e a agente de segurança do lado direito da portaria faz um sinal para Sonya, depois indica o elevador.

— Décimo terceiro andar — diz a mulher, seus olhos se demorando no Insight de Sonya.

— Obrigada.

O único sinal de que o elevador está se movendo são os números mudando na tela acima da porta, e a diferença de pressão que Sonya sente nos ouvidos. Ele para suavemente no décimo terceiro andar, e Sonya sai num corredor branco, com piso de mármore branco. Uma planta – hera-do-diabo – escorre por sobre um pedestal ao lado da porta de um dos apartamentos.

Sonya vai em direção a ela. Não sabe o número do apartamento de Knox, mas há apenas três opções, e bem no meio de uma das portas há um olho mágico mecânico. Quando ela para diante dele, um anel de luz aparece em volta da pupila artificial, um arremedo de Insight. O olho pisca, e a porta se abre.

— Visitante: Kantor, Sonya — anuncia uma voz computadorizada.

Projetado em vermelho, o nome dela desliza pelo teto. Ainda nenhum sinal de Knox, mas Sonya entra no apartamento mesmo assim.

A área de estar parece ter sido concebida para ser um lugar simples e elegante – uma parede inteira de janelas em frente à porta, com vista para a baía; piso frio de enormes placas de pedra; pé-direito alto, amplo –, mas Knox encheu o ambiente de fios, telas, teclados, luminárias, ventiladores, ferramentas. Põe a coleção de cacarecos de Sonya no chinelo.

Uma mesa de trabalho curva ocupa o centro da área de estar, com um conjunto de telas de computador penduradas acima dela, de diferentes formatos e tamanhos. Cabos embolados pendem do teto, espalhando-se em diferentes direções; há etiquetas penduradas neles, legendas que Sonya não consegue decifrar. Uma fita de LED cor-de-rosa envolve a borda da mesa. Sobre o balcão da cozinha, um pequeno exército de bonequinhos, confeccionados com peças velhas de computador. A louça se acumula em pilhas altas dentro da pia.

Antes que a porta se feche atrás dela, Sonya pega uma chave de fenda da mesinha ali perto e a escora no batente para mantê-la aberta.

Knox está sentada numa cadeira de escritório usando uma camiseta grande e larga, sem calça, com meias de lã que vão até o joelho, o cabelo preto caindo solto pelos ombros. Apoiado na ponta do nariz, um óculos que ficaria muito melhor em alguém com o rosto maior que o dela. Com uma das mãos, segura contra o peito uma maçã comida pela metade enquanto digita com a outra.

— Como o seu apartamento sabe o meu nome? — pergunta Sonya.

— Eu o ensinei a registrar o seu Insight quando chegasse — diz Knox, sem levantar os olhos. — Agora você está no sistema. Estou surpresa que o seu supervisor lhe deixou vir.

— Ele não "me deixou vir" — diz Sonya. — Mas deve estar escutando a conversa.

— Não por muito tempo — Knox estica a mão embaixo da mesa, onde há um pequeno gaveteiro de metal. Mexe em uma das gavetas, xingando baixinho, depois mexe em outra, até finalmente emergir com um aro de metal que parece um arco de cabelo ou uma coroa quebrada. Aperta alguma coisa na lateral, e Sonya ouve um barulho como o de uma lâmpada queimando. Knox fica de pé e estende o braço para Sonya; Sonya dá um passo para trás.

— Relaxa — diz Knox. — É só colocar isso, pode ser?

Sonya pega o arco da mão dela e o coloca na cabeça. Ela o sente vibrando um pouco.

— Achei que tivesse dito que não podia desativar o Insight — diz ela.

— Não desativei — diz Knox. — Criei uma interferência sonora, só isso.

Ela volta a se sentar e pousa as mãos sobre as teclas de um dos teclados. Faz isso com a graciosidade de uma pianista, os longos dedos se agitando conforme ela digita.

— Ah. — Sonya toca o metal zumbindo. — Obrigada.

Ela olha para o conjunto de telas de Knox. Não sabe dizer exatamente o que está vendo, exceto por uma série de telas de comando cheias de texto branco. Por trás delas aparece o papel de parede de Knox, uma paisagem desértica com montanhas de pedra avermelhada e um pequeno aglomerado de cactos.

— Sonhar não custa nada — diz Knox, quando percebe que Sonya está observando. — Autorizações de viagem entre zonas reguladas não ficaram mais fáceis de conseguir hoje do que eram na época da Delegação, se é que dá para acreditar. Parece que o nosso governo atual não tem estabilidade suficiente.

— Você não consegue falsificar uma autorização?

— Acredite se quiser, a habilidade para mexer em computadores não se estende à falsificação de documentos impressos — diz Knox. — Mas tenho certeza de que se eu pedisse para a pessoa certa, com a influência certa...

Knox é diferente ali, Sonya pensa, em seu próprio espaço, sem uma plateia. Traz o joelho para junto do peito, e Sonya vê sua calcinha, preta, o elástico apertando a parte de cima da coxa pálida.

— Você deve estar desesperada — diz Knox. — Sabe que coisas muito ruins poderiam acontecer com você aqui neste apartamento, e ninguém ia ouvir os seus gritos, né?

— Só sei que deixei a sua porta da frente aberta.

Knox solta uma risada.

— Beleza.

Ela vai fechando as telas de comando que estavam abertas nas telas, uma por uma, até que a única coisa que sobra é o deserto. Pega o aparelho de áudio prateado do meio de outras traquitanas espalhadas pela mesa – capas extras para os teclados, pratinhos imantados cheios de parafusos minúsculos, canecas com café ressecado em volta da borda – e o estende para Sonya.

— Isso é basicamente inútil — diz ela. — Nenhum dado de localização. — Ela puxa um fio da meia. — No entanto, como mencionei, eu tenho outra ideia.

Sonya olha em volta procurando um lugar para se sentar, mas não encontra.

— Tem um jeito infalível de encontrar a sua garota — diz Knox —, e é através do EUI dela.

— EUI.

— Endereço Único de Identificação — explica Knox. — Cada Insight tem o seu, e ele não pode ser modificado nem enganado. Não é uma coisa que os pais dela saberiam; só a Delegação tinha acesso a eles, e era assim que mantinham o controle sobre todo mundo. Eu mesma nunca precisei usar, porque os meus clientes estavam sempre bem ali na minha frente, mas, se eu soubesse o número de Grace Ward... — Ela inclina a cabeça. — Poderia encontrar a localização exata dela.

À luz do dia, Sonya vê fios grisalhos misturados ao cabelo preto de Knox, e linhas no canto dos olhos. Uma mulher que é como uma chapa de aço martelada, desgastada pelo mundo, mas sem jamais se render a ele.

— Como eu descubro isso? — pergunta Sonya.

Os olhos de Knox faíscam, mas não de um jeito muito animador.

— Você vai precisar ter acesso ao banco de dados dos EUIs, que ficava no servidor da Delegação. O único problema é que...

— O servidor foi apagado logo antes da insurreição — diz Sonya.

— Será que foi? — Knox sorri. — A principal teoria é a de que algum imbecil bem-intencionado da Delegação viu que a merda ia bater no ventilador e fez um enorme favor aos funcionários da Delegação, deletando todas as evidências das coisas erradas que tinham feito. Só que, nos vários canais dos bastidores aos quais tenho acesso, outra pessoa reivindicou a autoria disso. Alguém de um pequeno grupo extremista conhecido como a Armada Analógica.

Sonya se lembra do assassinato noticiado na primeira página do jornal, do rapaz sorridente e da lista de crimes cometidos, presa ao peito dele com um alfinete. Do duplo A carimbado na parte de baixo.

— Mataram aquele cara uns dias atrás — diz ela. — Vi a manchete.

— Sempre esqueço que você quase não tem acesso a notícias naquela sua gaiola de passarinho — diz Knox. — Eles mataram bem mais gente. Além de uma ou outra explosão, só para garantir. Querem forçar a gente a retornar à época pré-digital *por quaisquer meios necessários*. Começaram devagar, hackeando uns Elícitos, fazendo umas ameaças vazias. Mandaram uma ameaça de morte para um dos membros do Triunvirato no ano passado. E partiram daí para assassinatos de verdade. A coisa toda tem sido minimizada pelos oficiais do governo, mas quem sabe, sabe. — Ela sorri. — E eu sempre sei.

— Se esse for o caso, por que eles iam querer eliminar todos os arquivos da Delegação? — pergunta Sonya. — Se odeiam os Insights, é de se imaginar que fossem querer expor o máximo possível de informações sobre as pessoas que se beneficiavam dos implantes.

— Você está presumindo que eles realmente apagaram os arquivos da Delegação — diz Knox. — A questão com os justiceiros é o quanto de hipocrisia eles conseguem justificar.

Sonya franze as sobrancelhas.

— Não consigo entender direito qual é o poder todo que esses arquivos têm.

A pergunta não lhe custa tanto quanto ela imaginava. Knox provavelmente já acha que ela é burra. Sonya passou boa parte da vida torcendo para não ser, e depois fingindo que não fazia diferença se fosse. Agora parece uma coisa irrelevante.

— Então você não entende direito o quanto é possível descobrir sobre uma pessoa só com base nos lugares aonde ela vai e nos horários em que faz isso — diz Knox. — Esses dados não só permitiam saber aonde uma pessoa ia sob o governo da Delegação, com registros das indiscrições dela, das conexões questionáveis, das *atividades extracurriculares* dela, mas também permitem, *hoje*, localizar qualquer pessoa em qualquer ponto da cidade.

— Então a Armada Analógica quer controlar esses dados — diz ela. — Porque eles acham que "quaisquer meios necessários" inclui usar a tecnologia para destruir a tecnologia, e que se dane se isso é hipócrita.

— Você é mais esperta do que parece, hein? — Knox se levanta, e a camiseta larga cai pelo corpo feito um vestido de baile. Ela põe a maçã em cima da mesa. — Não precisa ficar toda animada; isso não é bem um elogio.

— Nem me passou pela cabeça — responde Sonya, sem emoção. — Se a Armada Analógica tem o banco de dados dos EUIs em algum lugar, por que você mesma não foi lá pegar?

Knox passa a mão pela borda da mesa, a luz rosa dançando sobre seus dedos.

— Eles desprezam qualquer coisa que seja digital, então não é surpresa nenhuma que todos os dados deles fiquem armazenados num servidor independente, e eu teria que entrar, fisicamente, no quartel-general da Armada para ter acesso a ele — diz ela. — E eles não vão muito com a minha cara, já que sou uma pessoa que lucra com tudo que é digital, independente do regime de governo.

— E você acha que eles vão com a *minha* cara? — diz Sonya, rindo um pouco. — Ainda estou andando por aí com um modelo funcional da tecnologia que eles mais odeiam dentro do meu crânio.

— Verdade — diz Knox. — Mas você também está investigando o desaparecimento de uma criança e tem uma explicação plausível para querer conversar com eles.

— Então acha que eu devia fazer o quê? Simplesmente entrar lá e pedir o banco de dados dos EUIs?

— Isso — diz Knox. — Eles vão cair na gargalhada e te mostrar onde fica a saída. Mas eu só preciso que você passe pela porta. — Ela dá de ombros. — E que coloque um dispositivo duplicador no servidor deles.

— Você acabou de falar que eles são perigosos.

— E você passou a última década numa prisão — diz Knox. — Parece muito decidida a ter tudo. Não dá para ser a princesinha da Delegação e a presidiária durona da Abertura ao mesmo tempo.

— Own — diz Sonya. — Quer dizer que você me acha uma princesa?

Knox faz uma careta de desprezo.

— O que vou fazer? Vou até esse suposto esconderijo, onde quer que seja, bater na porta? — diz Sonya.

— Óbvio que eu tenho um plano — diz Knox. — Só preciso saber se você está dentro ou não.

Sonya analisa Emily Knox, da mesma estatura que ela, descalça no piso frio, com o hálito ácido da maçã. Ela agora sente que recebeu uma série de tarefas impossíveis; tarefas para as quais não seria a pessoa mais adequada. Mas há uma sensação de inevitabilidade em cada uma delas, a sensação de que qualquer caminho escolhido será o único a conduzi--la para a frente, e não para trás.

— Vamos deixar bem claro — diz Sonya. — O que você quer em troca da localização de Grace Ward... é um banco de dados cheio de EUIs que você já me falou que podem ser usados para localizar qualquer pessoa que já teve um Insight, esteja o implante desativado ou não. O que significa que vou arriscar a minha vida para dar a você a capacidade de chantagear qualquer pessoa na megalópole de Sea-Port.

Knox sorri, formando uma covinha na bochecha.

— Sério, Garota-Propaganda — diz ela. — Mais esperta do que parece.

Sonya suspira e se lembra de Cara Eliot olhando pela janela, para o filho que mal conhece. Esse é o presente que ela vai dar a Eugenia Ward, caso tenha sucesso. Parece algo um tanto insípido, na verdade, mas é a única coisa possível.

— Você tem que me ajudar a me esconder do meu supervisor — diz Sonya.

— Moleza — responde Knox, e, quando ela sorri, parece um pouco alegre demais.

ALEXANDER ESTÁ PARADO NA PORTARIA QUANDO ELA SAI DO ELEVADOR, com uma aparência desgrenhada, como sempre. Está usando um suéter azul com buracos de traças e a barra descosturada. Sapatos que já viram dias melhores, rachando nos pontos onde os pés fazem pressão quando ele anda. O bolso do casaco está quase caindo. Nikhil poderia consertar aquilo tudo, ela pensa, assim como costura as meias de todo mundo, fechando um olho para conseguir passar a linha pelo buraco da agulha com seus dedos delicados, a língua empurrando a bochecha por dentro.

Ao vê-la, ele diz:

— Vem cá, preciso falar com você. — Ele olha para um dos seguranças. — Err... melhor lá fora.

Sonya o segue até o pátio na frente do prédio, onde as trepadeiras se espalham por cima do vidro tingido de cobre. Uma árvore perenifólia com galhos pesados assoma por cima deles. A chuva foi reduzida a uma névoa.

Ela olha para ele e aguarda. O dispositivo de Knox distorceu a conversa, mas, se Alexander está ali, é porque sabe que ela foi se encontrar com Emily Knox sozinha.

— Imagino que ela tenha devolvido a gravação — diz ele.

Sonya tira do bolso o aparelho contendo a mensagem de voz de Grace Ward e estende para ele. Ele o pega e guarda no próprio bolso.

— Nada útil aqui?

— Não — responde Sonya, e ele assente com a cabeça.

— Estou esperando você começar a gritar comigo por ter me associado a uma notória contraventora — diz ela, após alguns segundos.

— Você deixou bem claro que achava melhor eu te deixar trabalhar do seu jeito — diz ele. — Então é isso que estou fazendo.

Ela mantém uma expressão passiva no rosto.

— O que você está fazendo aqui então? — pergunta ela.

Ele olha em volta – para a trepadeira no prédio, a árvore atrás dela, a rua ao lado.

— Aconteceu uma coisa estranha — diz ele. — Uma pessoa veio ao meu escritório hoje... uma pessoa do Triunvirato.

— Você trabalha para o governo. Todos vocês não são "do Triunvirato"?

— Tecnicamente. Mas quis dizer alguém do escalão mais alto.

Sonya solta um pequeno suspiro.

— Você vai ter que ser mais objetivo aqui, Price.

— O meu escritório é um buraco — diz ele. — Fica lá no fundo do prédio velho e mofado da administração, onde a Susa estagiava. Lembra desse lugar?

No verão logo após a formatura do colégio, Susanna chegava em casa todo dia reclamando do prédio escuro e com cheiro de mofo onde ficava a administração – do carpete manchado e da tinta descascando das paredes e do fato de estar trabalhando com um bando de gente esquecida pela Delegação, como ela dizia. E o pai delas não a corrigia, o que significava que ela devia ter razão.

— Ninguém nunca se interessou pelo que a gente faz — diz Alexander. — Venho investigando casos de restauração desde a queda da Delegação, basicamente, e isso nunca teve importância para ninguém. Só que, hoje, um tal de John Clark apareceu, usando uma porra de um sapato metido a besta, e me disse que já estava na hora de deixar o último caso pra lá.

— Ele falou para você desistir?

— Não exatamente. — Ele balança a cabeça. — Foi mais o tipo de retórica que tem rolado bastante pelo escritório ultimamente... que o único jeito de superar é deixando certas coisas no passado. Então ele colocou as coisas de um jeito que... era como se ele estivesse tentando ter compaixão por Grace. Tipo, faz dez anos, e de repente é melhor deixá-la quieta onde está... esse tipo de coisa. Mas...

— Mas por que agora? — diz Sonya. — Por que não antes?

— Exato — diz ele. — E o fato de ele ter ido até lá para me dizer isso, em vez de só falar com o meu chefe... parece um certo exagero.

Sonya assente. O vento sopra névoa no rosto dela, no cabelo de Alexander.

— E você veio até aqui para me dizer isso — observa Sonya.

— Por enquanto eles estão pedindo para eu deixar esse assunto de lado. Daqui a pouco pode ser que mandem. — Ele dá um passo para trás. — Só achei que você deveria saber.

ELA TEM UM JORNAL – UM EXEMPLAR DO *CRÔNICA* DAQUELE DIA – ENROlado e enfiado no bolso do casaco. Williams nem olha direito quando ela passa pela entrada da Abertura. Sonya desce a rua Verde, as mãos nos bolsos, e atravessa o túnel que leva ao pátio do Bloco 3.

O pátio é um labirinto de lençóis pendurados no varal. Jack está sentado ali no meio, a uma pequena mesa cujos pés já têm uma camada de musgo, com um caderno no colo. Acena com a cabeça para ela.

— Ei — diz ela —, você sabe qual é o apartamento de Marie e Kevin?

— A porta bem ao lado de Renee e Douglas, terceiro andar — diz ele.
— Aqueles quatro são inseparáveis.

— Obrigada — diz ela.

Sonya sobe dois lances de escada e abre o zíper do casaco quando chega lá em cima, para se refrescar um pouco. Bate na segunda porta à direita e desenrola o jornal para dar uma olhada na primeira página. REPRESENTANTE TURNER PROPÕE FLEXIBILIZAR RESTRIÇÕES NAS REDES DE ELÍCITOS. A fotografia granulada abaixo mostra Easton Turner apertando a mão do presidente da Auriga, uma das maiores fabricantes de Elícitos, de acordo com o texto. Sonya nunca viu uma foto de Easton Turner em que ele não estivesse sorrindo. Perto do ombro dele há um homem usando um terno de ombreiras marcadas. *John Clark*, diz a legenda, *assistente do representante Turner.* O homem que foi ao escritório de Alexander.

A porta se abre, revelando Renee numa velha camisola champanhe, a renda um pouco desfiada perto do decote profundo. A bainha bate nos joelhos dela. O tecido está meio esgarçado na área da barriga. Ela não está usando sutiã. O cheiro de comida queimada invade o corredor, e um rádio chia. Atrás de Renee, o apartamento tem o mesmo tamanho e formato que o de Sonya, um cômodo grande que se mistura com a cozinha. As roupas de Renee e Douglas estão empilhadas em diferentes lugares, junto com copos e pratos sujos, com bitucas de cigarro apagadas dentro deles. Renee levanta uma sobrancelha para Sonya, que mostra o jornal.

— Você deve estar querendo mesmo aquele cigarro — diz Renee. — Entra, vou achar um para você.

Sonya vai atrás dela, mas avança apenas alguns passos. Não fecha a porta atrás de si. O rádio está tocando a propaganda de um bloqueador de sinal, de uma marca chamada Seu Espaço. *Não deixe os sinais intrusivos tirarem a sua privacidade! Construa a quinta parede com Seu Espaço! A instalação é fácil e rápida, e por apenas três parcelas de* - a transmissão fica mais fraca, chiada. Renee enfia a mão numa caixa grande de plástico que fica ao lado da cama, fazendo as vezes de uma mesinha de cabeceira.

— Alguma novidade lá de fora? — pergunta Renee.

— Outro dia ouvi um comercial de uma vodca fluorescente — diz Sonya. — Serve?

— Na verdade não — diz Renee. — Qualquer idiota com um daqueles palitos que brilham consegue fazer isso.

Sonya deixa o jornal de lado no balcão da cozinha, perto de uma tábua de corte cheia de cascas de alho finas que nem papel. Parecem penas de aves.

Renee atravessa o cômodo com um cigarro entre os dedos. Oferece-o para Sonya, que estende a mão, mas Renee o puxa de volta, estreitando os olhos.

— Tem certeza de que ainda se lembra de como se faz?

— Ah, cala a boca.

Renee dá uma bufada, rindo, e solta o cigarro na palma da mão de Sonya.

Seus Insights se encontram e brilham um pouco mais forte, reconhecendo um ao outro. Sonya tenta imaginar Renee sem ele, o olho direito apagado, o fio da cicatriz na têmpora. Ela baixa os olhos para a barriga arredondada de Renee – não uma gravidez, porque ninguém pode engravidar na Abertura, mas o tempo, criando uma nova forma no corpo dela.

— Eu devia ter ido ao funeral de David — diz Renee.

— Não foi bem um funeral.

— É, mas eu devia ter ido.

Sonya enfia o cigarro no bolso.

— Eu entendo, sabe? — diz ela. — No fim, era difícil conviver com ele.

— Ele era uma espécie de profeta — diz Renee. — Só que ninguém quer ouvir sobre o futuro aqui dentro.

David estava sempre inquieto com a falta de sentido daquilo tudo. Sem crianças, sem novas pessoas chegando, o tempo estava só reduzindo os números na Abertura. Um dia sobrariam apenas alguns, ele dizia, os mais jovens, e o que eles iam fazer, no meio daqueles apartamentos inabitados, ruas vazias, pátios desertos? Não queria estar ali para ver.

Não deixou nenhum bilhete.

— Kevin e Marie estão em casa? — pergunta ela.

— Provavelmente — diz Renee. — Por quê?

Sonya fica parada no batente da porta de Renee e aponta uma das mãos para a direita, a outra para a esquerda, como quem faz uma pergunta.

— A da direita — diz Renee.

Ela acompanha Sonya até lá, em sua camisola champanhe, com os pés descalços. É Marie quem vem atender a porta quando Sonya bate, com o cabelo curto e escuro amarrado no alto da cabeça num meio nó, o corpo engolido por um moletom cinza grande demais. O apartamento dela, ao contrário do de Renee, é espartano – sem bagunça nem excessos, cada objeto com a sua função. Kevin está esparramado na cama que ocupa a maior parte da área de estar, segurando um livro diante do rosto.

— Pois não? — diz Marie.

— Eu preciso falar com o Kevin.

Marie dá um suspiro e se afasta para deixá-la entrar.

Kevin fecha o livro com força e se senta, as pernas longas penduradas na borda da cama. Os lençóis perfeitamente esticados.

— E aí, Sonya — diz Kevin. Ele põe ênfase no nome dela. Sempre foi uma pessoa difícil de decifrar, os olhos bondosos e sonolentos destoando dos comentários afiados aqui e ali. Renee certa vez disse a Sonya que ele era um valentão na época do colégio, mas, alguns anos atrás, Sonya o viu cuidando de um rato machucado numa caixa de sapato no pátio lá embaixo, falando baixinho com ele. As discrepâncias a deixam nervosa.

Ela diz:

— Charlotte me contou que você trabalhava na distribuição dos Insights.

— É — responde Kevin. — Mas o trabalho era basicamente o registro de dados, nada da parte mais emocionante.

— Estou tentando descobrir como uma pessoa poderia conseguir um Insight para uma filha ilegal — diz Sonya. — Fiquei imaginando se você não sabe alguma coisa sobre isso.

Na cozinha, Marie para de esfregar a bancada.

— Uma pessoa — diz Kevin. — Você quer dizer os pais daquela garota que você está procurando.

— O nome dela é Grace.

— Você já parou para pensar que talvez *Grace* esteja melhor no lugar em que está, onde quer que isso seja? — diz Marie.

Aqui é a sua Alice, a voz de Grace Ward fala na cabeça de Sonya.

— Ela se lembra dos pais — diz Sonya. — Então não. Ela não está melhor.

A postura de Marie relaxa muito discretamente. Ela volta a esfregar.

— Nunca tive acesso aos Insights. Ficavam numa sala trancada no hospital — diz Kevin. — Meu trabalho era garantir que o estoque atendesse à demanda, que os registros estivessem corretos.

— E quando não estavam?

— Sei lá. Eu fazia um relatório para a chefia e tocava o barco.

Marie limpa a garganta.

— Eu talvez saiba alguma coisa. — Ela limpa as mãos no moletom, deixando um rastro molhado. — Trabalhei no necrotério. Sabe… com aquele esquisitão do Graham Carter, que é o motivo pelo qual eu estou aqui.

Sonya se lembra de Charlotte ter mencionado isso. O necrotério era o lugar certo para colocar alguém como Marie – filha de membros importantes da Delegação, a mãe era chefe de Educação, o pai, um renomado redator de discursos, mas a própria Marie não era refinada, cheia de asperezas.

— Também estive com seu pai algumas vezes. Ele ficava *encarando* bastante, igual a você. Como se não tivesse ninguém em casa aí em cima. — Marie solta um assobio e agita a mão na frente da testa. — Não aguentava olhar para os corpos, como se fossem pular nele e mordê-lo.

— A maioria das pessoas não acharia estranho ficar desconfortável no meio de um monte de cadáveres — diz Sonya.

— É, bom. A maioria das pessoas que não gosta de cadáveres não ficaria indo à porcaria do necrotério com tanta frequência. Para ver o *Graham*, ainda por cima.

Sonya conhecia os amigos do pai. Vinham uma vez por mês para jogar gamão; traziam as esposas para os jantares; eles a cumprimentavam quando ela passava a caminho da escola. Ela não se lembra de Graham Carter ser um deles. É esquisito pensar que seu pai tivesse uma vida que ela não conhecia.

Ela diz:

— Você está aqui só porque trabalhava para o Graham?

— Não, um monte de peões dele escapou numa boa — diz Marie. — Mas eu era de um nível mais alto que os outros. Ele me falou para ficar na moita sobre os resultados de algumas autópsias. Queridinhos da

Delegação que tinham morrido por suicídio, overdose ou alguma coisa do tipo. Não dava para todo mundo ficar sabendo que os cidadãos-modelo não eram perfeitos, né?

— Bom — diz Sonya —, você não precisava ter obedecido.

— Ah, que gracinha. — Marie faz um biquinho. — Você também não precisava ter posado para aquele cartaz.

— É, acho que não.

— Enfim, eu tenho quase certeza de que o vi surrupiando Insights do estoque algumas vezes, aquele filho da mãe bizarro. — Ela joga a esponja na pia e se senta na bancada. — Os Insights crescem, você sabia disso? A gente faz o implante quando eles são minúsculos, e eles se expandem e aderem ao cérebro.

Renee enruga o nariz.

— Credo, eu realmente não quero saber dessas coisas.

Marie solta uma bufada pelo nariz e continua:

— A extração tem que ser feita até vinte e quatro horas depois da morte, porque eles voltam a encolher, como se estivessem envelhecendo ao contrário. E aí podem ser reiniciados e implantados de novo. Eles são recicláveis. É parte da maravilha toda.

Ela agita os dedos num gesto teatral.

— Mas a remoção é uma operação delicada, porque eles ficam muito aderidos ao cérebro — diz ela. — Até hoje eu não sei como o Triunvirato arranjou um jeito de removê-los.

Sonya pensa no que Knox lhe contou, que todo mundo lá fora vive na ilusão de ter se livrado do Insight. Talvez ela estivesse falando a verdade.

— Às vezes a gente perdia os que tinham encolhido — diz Marie. — Ninguém se importava muito, porque eram tão minúsculos, quem é que não ia perder um ou outro? Mas sabe como é, Graham era um cara detalhista à beça, contava cada segundo do meu horário de intervalo, estava sempre enchendo o meu saco para colocar o equipamento de volta *exatamente* no lugar onde estava antes. Não consigo imaginá--lo perdendo nada.

— Então você acha que ele pegava para vender?

— Se não era isso, então ele devia estar fazendo umas experiências esquisitas no porão de casa — diz Marie. — Eu não ficaria nada surpresa se antes da insurreição aquele homem guardasse um monte de cérebros em potes de vidro em algum lugar.

Kevin ri.

— Obrigada — diz Sonya. — Isso me ajudou.

— Acho que eu vou precisar apagar essas informações do meu cérebro com álcool — diz Renee. — Alguém mais quer uma bebida?

Enquanto desce a escada até o térreo alguns minutos depois, Sonya pensa no pai, e se era verdade que ele ficava mesmo encarando com aquele olhar em branco. Se ela também fazia isso. August fazia tudo com calma. Às vezes ela ficava parada na porta da frente antes de sair só para observá-lo amarrando os sapatos com a pontinha dos dedos, como se estivesse tocando harpa. Quando ele ajudava a mãe dela na cozinha, ela reclamava do tempo que ele demorava para picar os legumes, mas os cubinhos saíam sempre perfeitos. Perfeitamente enfileirados.

Ela vai flutuando nas lembranças até em casa. Passa em seu apartamento para acender a última ponta do cigarro, e em seguida sobe com ele entre o polegar e o indicador até o terraço, onde o jardim compartilhado com Nikhil ainda está encharcado com a chuva daquela manhã. Dá uma olhada nas folhas dos rabanetes para ver se não foram atacadas pelos insetos, depois vai até a borda do terraço e se debruça no parapeito. Lá embaixo, a mesma vista que ela tem do próprio apartamento. A lojinha da esquina com seus observadores curiosos; a rua suja.

Segura o cigarro entre os lábios e tenta puxar uma tragada. Os pulmões pegam fogo e ela tosse, tosse até lágrimas brotarem dos olhos. Um sabor de cinzas na boca.

Faz outra vez. Fecha os olhos e visualiza a luz vermelha piscando à medida que o saldo de DesMoeda diminui. Talvez ela não tenha perdido totalmente o gosto pelas pequenas rebeldias.

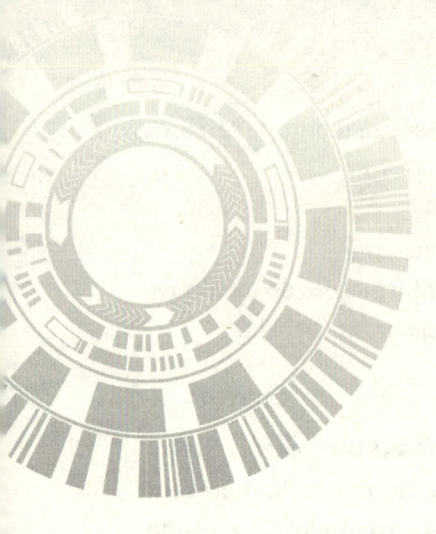

NOVE

Sonya está num provador, cercada por espelhos. Pendurado num gancho ao lado dela há um vestido preto com uma saia volumosa, não muito diferente de algum que ela teria usado para um jantar de sexta na casa dos Price, para provar que era digna de Aaron, a coluna reta no espaldar alto da cadeira e a mente atenta às diferenças entre os garfos. Passou a frequentar a casa deles semanalmente depois que a Delegação sugeriu a união. Ela e Aaron tinham sido melhores amigos por boa parte da vida, mas a promessa do consentimento da Delegação – e das DesMoeda que viriam junto com o casamento, como um dote – havia cimentado o relacionamento, e os Price a abraçaram na família da mesma forma que os Kantor acolheram Aaron.

Ela havia aprendido a não olhar para Alexander, aquele emaranhado de membros desengonçados e energia desorganizada do outro lado da mesa. Os olhos dela tinham a mania de ficar presos nele.

Um murmúrio fraco toma conta da cabeça dela, o arco de Knox interferindo no áudio do Insight. Alexander não pareceu notar da última vez, distraído demais por causa da visita de John Clark, mas talvez agora notasse, e ela está pronta para mentir se for preciso.

— Não sei pra que isso — grita Sonya para Knox, que está esperando por ela na loja.

— Você tem que atender a certas expectativas — diz Knox. — Seja uma boa princesinha e vista a roupa.

O monitoramento constante do Insight significava uma constante vulnerabilidade, algo que ela havia se treinado para ignorar quando criança. Os pais garantiam que o Insight era seguro, que não ia ficar olhando enquanto ela se trocava ou tomava banho, mas essa segurança se esvaziou após a insurreição, nas mãos de inimigos que não tinham qualquer motivo para se restringir. A princípio, na Abertura, ela trocava de roupa no escuro e tomava banho sem olhar para o próprio corpo, mas esse nível de atenção não era sustentável por muito tempo. Fazia bastante tempo que ela não pensava nisso, mas agora era diferente, sabendo que há uma pessoa específica que poderia estar observando, sabendo que é Alexander.

Ela tira o casaco e o suéter, cheio de bolinhas e remendado meia dúzia de vezes, e a calça, pontilhada de laranja no joelho por causa de um acidente com alvejante. Fica parada só de calcinha e sutiã, as peças tão surradas quanto o restante das roupas, o elástico frouxo na cintura. A gravidade já está começando a fazer efeito, agindo na testa, nos seios, no quadril, nas coxas – só o suficiente para ela reparar. Sonya o desafia a olhar para ela. Obriga-se a fazer uma pausa antes de colocar o vestido, para convencer a si mesma de que não está com medo de ser vista.

No entanto, quando põe o vestido, volta no tempo. A saia bate um pouco abaixo do joelho; a cintura é marcada.

— Está vestida? — grita Knox. Ela entra no provador sem aguardar a resposta. — Tanto faz, eu não me importo. Deixa que eu fecho o zíper.

As mãos de Knox estão geladas, e ela não é delicada com o zíper.

— Parece bom — diz Knox. — Vou arrumar um sapato para você. De que tamanho?

— Trinta e sete.

Knox sai do provador, e Sonya sente a presença de seu cabelo nos ombros, a mesma sensação que deve ter experimentado da última vez que usou alguma roupa daquele tipo. Mas já fazia uma década que ela não tinha o cabelo naquele comprimento.

A mãe de Sonya a ajudou a se arrumar para o baile de formatura, apenas um mês antes da insurreição. Elas foram juntas escolher um vestido novo, um modelo tubinho impecavelmente branco, o eco de um vestido de noiva. Susanna brincou que ela parecia estar enrolada numa toalha, porque Susanna nunca podia fazer um elogio à aparência de

Sonya. Mas a mãe havia sussurrado, enquanto fechava o zíper do vestido, que ela estava linda. E Sonya acreditou.

Mais tarde, num momento de espontaneidade, a boca de Aaron grudada em seu pescoço, ele disse que ela estava obscena, e ela achou que tinha valido a pena perder as DesMoeda para ouvir aquilo.

A coreografia é a mesma agora. As mãos de Knox no zíper. Ficar descalça no chão frio. O formigamento de nervosismo no pescoço. As pessoas dizem que a história se repete, Sonya pensa, mas ninguém fala de como ela se distorce a cada vez.

Ela desliza os dedos pela saia. O tecido é macio e encorpado, com um caimento perfeito. Knox volta bem nesse momento, e seus olhos se cruzam no espelho.

— Aqui — diz ela, empurrando um par de sapatos para Sonya. São de um preto fosco, assim como o vestido, e de salto baixo.

— Não sabia que você ligava para moda — diz Sonya. Knox está usando uma calça preta com uma camiseta branca de malha. No pulso, uma corrente fininha de ouro com um pingente prateado.

— Eu sei o que fica bem — diz Knox. — Encontro você lá fora. A gente tem que achar um lugar para discutir o plano.

Sonya dobra as roupas que estava usando antes e sai do provador com a pilha. A vendedora atrás do caixa tinha ficado olhando quando ela entrou, seus olhos seguindo Sonya pela loja enquanto Knox escolhia alguns vestidos, e agora a encaravam de novo.

— Com licença — diz Sonya —, você teria uma sacola para eu colocar minhas roupas?

— Ah... claro — diz a mulher, e se abaixa atrás do balcão para procurar.

Uma das luzes do teto pisca e se apaga, deixando-as na penumbra. A mulher xinga um palavrão, batendo a cabeça no balcão ao se levantar.

— Já é a terceira vez esta semana — diz ela, apontando para a luminária de teto. — Desculpe por isso.

Ela computa os valores do vestido e do sapato a meia-luz. Sonya olha para a luminária no teto. Volta até o provador para pegar o banquinho e o leva até a frente da loja, onde Knox está segurando o Elícito na frente de um sensor no balcão para pagar a compra.

Sonya põe o banquinho debaixo da luminária.

— Você poderia desligar o quadro de luz um minutinho?

A vendedora franze o rosto para ela, mas Knox, de sobrancelha levantada, vai até os fundos da loja, onde a tampa do quadro de luz foi disfarçada com florezinhas amarelas. Desativa o interruptor enquanto Sonya sobe no banco e desenrosca a lâmpada.

Ela dá uma olhada no bocal, o Insight projetando um círculo branco no teto. Enfia a mão ali, as reentrâncias de metal arranhando os nós dos dedos, e puxa a lingueta no centro do bocal. Em seguida, volta a enroscar a lâmpada e faz um aceno de cabeça para Knox.

Knox aciona o interruptor, e a luz acende.

— Uau — diz a vendedora. — Como fez isso?

— É um problema comum nessas luminárias antigas — responde Sonya.

— Bom... obrigada — diz a vendedora.

Sonya leva o banquinho de volta ao provador. Na saída, a vendedora lhe entrega uma sacola, e, quando ela a pega, a mulher acrescenta:

— Você é ainda mais bonita pessoalmente.

Sonya interrompe o movimento de enfiar as roupas na sacola. Knox solta uma risada pelo nariz.

— Obrigada — diz Sonya, e vai embora, seguida de perto por Knox.

— Uau — diz Knox. — Ela era tipo uma *fã*. Não deu até uma amolecida nesse seu coraçãozinho frio da Delegação?

— Não. Não deu. Aonde nós estamos indo?

— A um lugarzinho que eu curto. Você está com cara de alguém que precisa almoçar.

— O que aconteceu, você acordou hoje e decidiu brincar de boneca? — diz Sonya. — Me vestiu toda, e agora a gente vai sair para tomar chá?

— Tipo isso. — Knox sorri. — Como foi que ficou assim tão habilidosa?

Como sempre acontece com Knox, Sonya não sabe se ela está debochando ou não.

— As coisas estão sempre quebrando na Abertura — diz Sonya. — E cansei de ficar sem fazer nada.

Elas viram numa rua estreita que cheira a papelão molhado e tinta spray, e Knox para em frente a um pequeno café. Há duas mesas redondas na calçada, com cadeiras de metal em volta, e um arbusto murcho ao lado da porta, com bitucas de cigarro apagadas na terra.

Lá dentro está escuro, o piso ligeiramente grudento. As paredes são pintadas de cores vibrantes acima dos painéis de madeira, uma azul royal, outra magenta, e uma terceira laranja, e as mesas são cobertas com plástico. Um homem atrás do balcão as cumprimenta.

— Knoxy — diz ele. — Há quanto tempo.

— Sammy — diz ela. — O que aconteceu com o bigode?

Ele dá de ombros.

Sonya olha para o cardápio, escrito com giz ao lado do balcão.

— Café preto, e a minha amiga vai querer... — Knox faz um gesto em direção a Sonya.

Sammy repara em Sonya por cima do ombro de Knox, mas o sorriso nem estremece.

— Chocolate quente — pede Sonya. — E um queijo quente.

Knox faz uma careta.

— É pra já — diz Sammy.

Há algumas outras pessoas ali, com a cara enfiada em livros, bebericando em canecas multicoloridas, rabiscando em cadernos. Uma música eletrônica toca nas caixas de som, a batida desencontrada com o coração de Sonya.

Sonya enche um copo d'água na torneira que fica no canto e o leva até a mesa nos fundos, onde Knox já está sentada esperando. Bebe o copo todo. Não costuma comer nem beber nada fora da Abertura, a menos que leve alguma coisa consigo.

— Toda hora esqueço que eles não estão te pagando para trabalhar nessa missão — diz Knox. — É esquisito não ser paga por simplesmente seguir as regras?

— Não — diz Sonya. — Já faz uma década para mim, do mesmo jeito que para você.

O pingente prateado pendurado no bracelete de Knox bate na borda da mesa. Knox pega Sonya olhando para ele.

— Você não tem o hábito de fazer perguntas, né? — diz ela.

— Fui ensinada a não ser enxerida.

Knox suspira e apoia os cotovelos na mesa para abrir o pingente. Dentro dele está a foto de um rapaz. Ele tem o mesmo lábio apontado para cima, as mesmas maçãs do rosto altas que ela.

— Irmão gêmeo — diz ela. — Morreu.

— Sinto muito.

— Não sente, mas tudo bem, eu também não sinto por você. — Knox dá um sorrisinho sarcástico. — Meus pais eram legalistas da Delegação, mas não dos mais importantes. Só obedeciam, obedeciam, obedeciam. Mark não gostava muito disso. Mark também era um idiota, não fazia ideia de como apagar o próprio rastro. — Ela revira os olhos. — Então, quando a Delegação estourou a pequena célula de resistência à qual ele tinha se juntado, não só o prenderam como também limparam totalmente a conta de DesMoeda dos meus pais. Eles viraram indigentes. A ponto de quase passar fome, banidos da comunidade, perderam a casa, a coisa toda.

A amargura dela é tão potente que Sonya quase sente o gosto no fundo da língua.

— Mas agora estamos quites. A Delegação arrancou os nossos olhos, a gente arranca os seus. É assim que funciona, né?

Sonya não se lembra do discurso que o Triunvirato fez no dia em que ela foi presa na Abertura. Os representantes eram outros naquela época, apenas líderes interinos, e ela suspeita que tenham feito alguma observação sobre as coisas estarem quites. Mas, quando tenta se lembrar dessa época, a memória escapa. Lembra-se de não ter mais vontade alguma de estar no mundo exterior, de se sentir como o gato na caixa hipotética, ao mesmo tempo vivo e morto – ou talvez nenhuma das duas coisas. E era mais fácil se sentir desse jeito na Abertura, onde ninguém iria abrir a caixa para forçar um resultado por meio da observação.

Ela ainda não sabe direito se quer algo diferente disso. Mas precisa encontrar Grace Ward.

— E aí, nada? — diz Knox. — Não vai me dizer que isso tudo é uma injustiça, que você não fez nada de errado?

Sammy vem com uma bandeja na mão. Coloca uma caneca de café preto na frente de Knox, e o chocolate quente e o sanduíche diante de Sonya. O olhar de Knox está fixo nela, aguardando.

— Por que eu deveria? — diz Sonya. — Você claramente já decorou todas as falas desse teatrinho.

O cheiro do sanduíche a deixa com água na boca. O pai dela costumava fazer queijo quente aos sábados. Ele sempre tomava o cuidado de deixar o queijo escorrer na frigideira para ficar crocante em volta do pão. Usava o avental florido da mãe dela quando fazia isso, para proteger a roupa da gordura espirrando, e assobiava, mesmo que isso significasse perder duas DesMoeda. Ele sabia como fazer o som vibrar.

Dá uma mordida e fecha os olhos. Gostaria de saber assobiar.

Sonya tenta não se apressar muito, tenta ir saboreando, mas, agora que começou, é impossível parar. Ela lambe os dedos, um por um, e, se não estivesse na presença de Knox, teria lambido o prato. Sente-se aquecida e saciada.

Knox a observa com a sobrancelha franzida, como se estivesse tentando resolver uma equação.

— Vamos repassar o plano mais uma vez — diz Knox. — Você vai se encontrar com uma mulher chamada Eleanor, tenente da Armada Analógica, numa boate...

— Por alguma estranha razão — diz Sonya. Ela segura a caneca com as duas mãos, deixando os dedos esquentarem.

— A razão é que uma boate é barulhenta e caótica, mais fácil de passar despercebida. Solicitei a reunião através de um dos meus contatos desagradáveis, que se chama...?

— Bob, que traficava tecnologia de outros distritos quando a Delegação estava no poder — diz Sonya. — Quero quero conversar com um sujeito que deu a si mesmo o apelido de Mito, o que é simplesmente a coisa mais ridícula que...

— Eu daria uma segurada nesse comentário.

— Óbvio — diz Sonya. — Vou dizer a Eleanor que só falo com o Mito e com ninguém mais. E vou argumentar até ela concordar em marcar uma reunião.

Knox já terminou o café. Desliza o dedo pela borda da caneca.

— Pode ser que ela use um dispositivo chamado Véu. Vai impedir que você consiga ver o rosto dela. Mais tecnologia das pessoas que supostamente odeiam tecnologia. — Knox bufa pelo nariz. — E escuta...

Ela se inclina para a frente por cima da mesa.

— Você precisa agir como uma pessoa totalmente inofensiva — diz Knox, e, pela primeira vez, não há malícia em seus olhos. — Isso é muito importante. Uma Kantor sorridente, inocente e deslumbrada. É isso que vai ajudar você a conseguir o que quer.

— Você passa boa parte do tempo me chamando de "princesa". Não sei qual é o problema com o meu jeito normal de agir.

— Você é tipo... uma folha de papel — diz Knox, dando de ombros.

— Parece branca, pálida e sem graça, mas, se a pessoa não manusear do jeito certo, a folha pode cortá-la inteira. Eles vão ficar desconfiados se perceberem isso... então não deixe que percebam.

— E se alguma coisa der errado? — pergunta Sonya, e Knox dá de ombros.

— Você tira o aparelho de interferência sonora e reza para qualquer santo em que acredite para que Alexander esteja ouvindo — diz ela. — Pode ter certeza de que não vou poder fazer nada por você.

— Ah, que gracinha — diz Sonya, repetindo o que Marie disse para ela no dia anterior.

— Sou mesmo, né? — Knox abre um sorriso. — Sabia que o seu paladar é totalmente infantil? É constrangedor.

— Você teria o mesmo paladar se estivesse há uma década sem comer queijo nem chocolate.

Knox vira as últimas gotas de café na boca e suspira.

— Cuidado — diz ela. — Você está quase fazendo eu me sentir mal por você.

A BOATE SE CHAMA CURTO-CIRCUITO. SONYA TEM CERTEZA DE QUE O NOME é uma referência engraçadinha à Evasão, o método que as pessoas usavam para escapar da Delegação – como Knox havia explicado, o único jeito de manipular o Insight era ficar repetindo uma série de imagens inocentes por uma ou duas horas. Os intervalos criados por esses curtos-circuitos, em que a Delegação não estava ciente do que acontecia, representavam segurança para essas pessoas. Mas uma abertura também é um intervalo, e Sonya só viveu essa experiência na forma de desaparecimento. Na forma de deixar de se importar.

Apesar de já estar entardecendo, ela se aproxima da entrada usando óculos escuros, para que o Insight não chame a atenção. O homem grandalhão parado na porta a impede de seguir, colocando a mão em seu braço.

— Tire os óculos — diz ele.

Ela suspira e desliza os óculos pelo nariz. Ele fica olhando para o brilho do Insight em volta da íris, um farol no escuro. Em seguida, abre um sorriso, do jeito que alguns homens sorriem quando pegam uma mulher cometendo um erro.

— Pode entrar, srta. Kantor — diz ele. — Tem uma pessoa esperando por você.

Sonya sacode o braço para se desvencilhar dele e entra. É recebida por um corredor de espelhos fragmentados, cada um oferecendo um reflexo irregular. Ela tropeça, sem conseguir discernir profundidade nem formas. Há pequenos pedaços dela por todos os lados, um olho escuro aqui, um queixo arredondado ali, um punho fechado na lateral. Nesse momento, uma mulher dobra o corredor e surge no mosaico, rindo, com outra mulher no seu encalço; ambas estão usando vestidos justos e botas de cano alto, com sorrisos largos. Não prestam atenção alguma em Sonya, mas revelam o caminho.

Do outro lado do corredor de espelhos fica um espaço amplo, com pé-direito duplo. A iluminação é toda projetada de baixo para cima – branca, depois azul, rosa – e tudo é espelhado. Há espelhos pendurados no teto acima da ampla pista de dança revestida de espelhos; espelhos envolvem o bar circular no centro do ambiente; espelhos formam divisórias curvas entre as mesas que ficam em cabines cromadas sobre o tablado na lateral do espaço. Além do bar circular que fica no centro, há uma pista de vidro na outra lateral. Sonya fica parada, observando a si mesma repetida milhares de vezes, uma mulher pálida com um vestido preto que já não parece mais tão adequado.

A luz em seu olho, apesar de estranha, não é o único brilho ali dentro. Algumas das pessoas na pista de dança têm o mesmo brilho no braço, retângulos de luz, Elícitos implantados sob a pele. Sonya percebe que é uma tecnologia ilegal – todos os implantes tecnológicos são ilegais sob o governo do Triunvirato. Outras pessoas usam arcos no cabelo que parecem coroas vistos de trás, mas quando viram de frente ela percebe uma camada de luz projetada sobre seus rostos, cintilante como uma bolha furta-cor. Não querem ser reconhecidas ali.

Sonya vai em direção às mesas do lado direito do salão. Assim que seus olhos se ajustam à luz, encontram uma mulher sozinha sentada a uma das mesas altas mais para o fundo, com um copo na mão. O rosto dela está borrado, distorcido por uma camada de luz que se move. O restante do corpo parece fora de lugar, um suéter cinza que sobe pelo pescoço até o queixo, o cabelo preto e mirrado preso para trás num nó. A cabeça de Sonya vibra, um lembrete de que o arco está fazendo seu trabalho enquanto ela vai contornando as mesas. A ideia de que o Insight não chamaria a atenção numa boate escura está se provando incorreta; todos com quem Sonya cruza olham para ela, e continuam olhando depois que ela passa.

— Eleanor? — ela pergunta para a mulher.

O rosto irreconhecível da mulher vira para cima, depois para baixo, como se analisasse Sonya, e Sonya se lembra de ser quem esperam que ela seja em vez de quem ela é.

— Sim — responde Eleanor.

— É um prazer conhecê-la, srta. Lowry — diz Sonya, acomodando-se na cadeira em frente a Eleanor. Cruza as pernas no tornozelo e junta as mãos no colo. — Obrigada por concordar em me ver.

— Você é mesmo igualzinha — diz Eleanor.

— Devo tomar como um elogio? — diz Sonya, leve como o ar. Abre um sorriso, como se tivesse decidido que sim. — Talvez o tempo passe mais devagar na Abertura. Tanta coisa mudou aqui fora.

— *Alguns* diriam que não o suficiente — devolve Eleanor. A voz dela é monocórdia.

— Certo, e a sua organização gira muito em torno dessa... — Sonya agita a mão para Eleanor — ... *coisa*, né? Li um manifesto outro dia. Alguma coisa sobre Elícitos, eu acho.

— Sim, essa é a nossa *coisa* — diz Eleanor. — Se não tinha certeza de qual era a nossa *coisa*, por que pediu uma reunião?

— Ah, foi por causa do Bob — responde Sonya.

— Bob.

— Isso, Bob. — Sonya olha em volta, demorando-se nos Elícitos que brilham no braço de algumas pessoas, como se fossem uma janela para seus músculos e ossos. — Fico imaginando por que escolheu este lugar, cheio de pessoas que não compartilham muito... da mesma opinião. — Ela volta a se virar para Eleanor. — Com certeza você não aprova aquilo. — Ela toca o antebraço.

— Às vezes a gente precisa conviver com aqueles que não compartilham da nossa visão de mundo — diz Eleanor. — Não que você saiba nada sobre isso, morando na Abertura.

Sonya ri. Um barulho vibrante.

— Às vezes a gente discorda, sim — diz ela. — Outro dia mesmo eu tive uma desavença cordial com a sra. Pritchard por causa da frequência de descarte dos meus sacos de lixo.

As luzes mudam de cor. Nesse momento, mostram diferentes partes do rosto de Eleanor – a linha quadrada do maxilar; o canto da sobrancelha fina; a curva de uma narina. Sonya tenta juntar as peças para formar uma feição, mas não consegue. Ela se pergunta como uma mulher que usa gola alta para uma boate acabou indo parar num grupo extremista. Ou como encontrou em si mesma algum fervor por alguma coisa.

— O que você fazia antes? — pergunta Sonya.

— Antes?

— Antes da queda da Delegação.

Eleanor tamborila os dedos na borda da mesa.

— Trabalhava para uma empresa que analisava dados de Insights — diz ela. — Uma das *muitas* que faziam essas análises.

— Ah — diz Sonya. — Não sabia que esse trabalho era feito por empresas.

— Você não achou que a Delegação tinha mão de obra suficiente para olhar todas as pessoas durante cada segundo da vida delas, achou? — Eleanor dá uma risadinha. — Eles terceirizavam. Meu trabalho era criar programações que reconhecessem movimentos furtivos.

— Movimentos furtivos.

— Isso, as pessoas tendem a se mover de um jeito peculiar quando estão tentando se esquivar de alguma coisa — diz Eleanor. — Eu analisava milhares de horas de material bruto, conversava com dezenas de psicólogos comportamentais que trabalhavam para a Delegação, e ensinava os computadores a reconhecerem esse movimento. Quanto mais automatizados os Insights se tornavam, menos pessoas eram necessárias para assistir às imagens. O programa podia simplesmente reconhecer os desvios sozinho.

As luzes – que de repente ficam vermelhas – disfarçam o rubor de Sonya. Durante todos esses anos, nunca pensou em quem estava do outro lado quando falava com o Insight dentro de sua cabeça.

No fim das contas, ela pensa, *você não estava falando com ninguém.*

— E essas pessoas que odeiam os Insights... elas aceitaram você? — diz ela.

— Forneci bastante informação para a insurreição durante muitos anos — responde Eleanor. — Achei que teríamos uma revolução de verdade. Uma sociedade totalmente nova. Mas a maioria ficou contente em desativar os Insights, garantir um emprego confortável no governo e manter tudo igual. Então fui atrás das pessoas que me dariam a mudança prometida.

Eleanor se inclina para a frente e junta as mãos na mesa à sua frente.

— Você sabe... se dependesse de mim — diz ela —, você e todos os seus amiguinhos da Abertura teriam sido mortos no meio da rua em vez de ficarem presos e brigando por causa do lixo.

Sonya estremece.

Aaron tinha morrido na rua. Fora encontrado com o rosto virado para baixo, a alguns metros de casa, com uma faca cravada nas costas e uma frigideira fora de seu alcance por poucos centímetros.

— Então, me diga, srta. Kantor — diz Eleanor, recostando-se na cadeira. — O que quer de nós, e por que deveríamos lhe dar isso?

— Fui apresentada ao Bob porque estou investigando a garota desaparecida, Grace Ward — diz Sonya, o tom aveludado desaparecendo da voz. Ela aperta as mãos no colo enquanto as luzes mudam de vermelho para roxo.

— Apresentada por quem?

— Você certamente não espera que eu lembre de todo mundo com quem falei ao longo desta investigação — diz Sonya. — Enfim, Bob falou alguma coisa sobre a sua organização e eu pensei que vocês poderiam me ajudar.

— E como seria isso?

Sonya sorri.

— Não vou me entregar tão fácil, Eleanor. Eu vivo uma existência muito modesta na Abertura. Não tenho nada a oferecer além de informação. Então vou escolher bem a quem vou entregar a informação que tenho. E, se entregar a você, não tenho garantia nenhuma de que ela vai chegar aonde precisa. Que é o Mito.

Eleanor espera alguns segundos antes de falar outra vez.

— Você não confia em mim? — pergunta ela.

— Por que confiaria? — diz Sonya, com as sobrancelhas levantadas. — Não sei nem qual é a sua cara.

— E mesmo assim você está me pedindo para confiar em você ao deixá-la descobrir a identidade do nosso líder — diz Eleanor. — E não só você, mas quem quer que esteja vigiando você com essa... coisa.

— Nós duas sabemos que existem maneiras de despistar o meu Insight e maneiras de disfarçar a identidade do seu líder — diz Sonya. — Quanto a confiar em mim, bom, isso é uma questão de risco. Para mim, é um risco enorme confiar em você. Foi um risco até vir aqui sozinha. Para você, não existe risco nenhum em confiar em mim. Só quero encontrar a garota, conseguir a minha liberdade e desaparecer do radar de todo mundo.

— Por que eu deveria me importar com isso? — diz Eleanor. — O que é que a sua missãozinha tem a ver com a gente?

— Porque você quer saber o que anda rolando por aí a respeito da organização, não quer? Quer saber o que Bob me falou que me fez vir atrás de vocês. Porque, se for alguma coisa que alguém como eu é capaz de descobrir, então com certeza existem outras pessoas muito mais assustadoras e perigosas que também poderiam descobrir. — Sonya inclina a cabeça. — E talvez eles façam mais estrago do que eu seria capaz de fazer.

— Você acha que vou ajudar você só para ficar sabendo de uma fofoca?

— Talvez sim, talvez não — diz Sonya. — Ou talvez você decida ajudar porque tem uma garota por aí que foi tomada dos pais pelo mesmo governo que você lutou para desmantelar, e ela precisa de ajuda. Ou talvez você vá me ajudar porque está curiosa, ou porque acha que o Mito vai querer brincar com uma bonequinha da Delegação por algumas horas.

Ela se inclina para a frente, a borda da mesa apertando seu estômago.

— Ou talvez — diz ela — você esteja interessada em saber o que Emily Knox me contou quando conversei com ela.

O rosto sem feições se vira para ela bruscamente ao ouvir o nome de Knox.

— Sinceramente, não me interessa por que você vai me ajudar... mas você vai — diz Sonya. — Não é mesmo?

Eleanor fica parada por um tempo.

— Vou perguntar ao Mito se ele aceita se encontrar com você — diz ela. — E entramos em contato caso ele concorde.

— Obrigada — diz Sonya. Ela se levanta. — Tenha um bom dia.

Quando se afasta da mesa, suas mãos estão tremendo.

DEZ

Dessa vez, Alexander está esperando por ela na porta de casa. Sua silhueta alta e desajeitada apoiada na parede ao lado. Veste o mesmo casaco de lã, o mesmo sapato preto que está há tempo demais sem ser engraxado. Quando Sonya se aproxima, ele desliza as mãos pelo cabelo preto bagunçado e olha para ela.

— Posso entrar? — pergunta ele. Seu hálito está com a acidez do álcool.

— Não se tiver vindo aqui brigar comigo — diz ela. — Andou bebendo?

— Noite de barzinho — diz ele. — Tenho uma vida de verdade além do trabalho burocrático, sabia? Amigos. Hobbies. Essa papagaiada toda.

Ela empurra a porta com o ombro para abri-la, depois tira o casaco e o pendura no gancho aparafusado à parede logo na entrada da sala. Ela não entende por que ele está olhando fixamente até se lembrar do vestido e do sapato de Knox. No provador, a roupa parecia elegante, mas na Abertura parece uma fantasia.

— Ela insistiu — diz Sonya, sentindo as bochechas ficarem quentes.

— Eu acredito — responde ele. — Então, dei uma recapitulada nas gravações dos últimos dias... Eu não fico assistindo, só dou uma passada pelos momentos mais importantes.

— Ah — diz Sonya. — Por quê?

— Estou te dando espaço — diz ele. — Mas ainda tenho que fazer meu trabalho.

— E aí?

— E aí que ontem você estava usando um dispositivo que interferiu nos receptores de áudio do Insight — diz ele. — Cortesia de Emily Knox.

Sonya vai até a cozinha e pega um copo do armário. Liga a torneira e deixa a água correr por alguns segundos antes de enchê-lo. Às vezes os canos esguicham um caldo de ferrugem no começo.

— Sim — diz ela. — Eu estava.

Ele se apoia na borda da bancada, empurrando as mãos de modo que os ombros subam até perto das orelhas. Mais uma vez, ela tem a sensação de que ele está perto demais, embora exista uma bancada entre eles.

— Sabe, isso não é um emprego. É uma oferta que o Triunvirato generosamente estendeu a você — diz ele. — Ela pode ser revogada com a mesma rapidez com que foi concedida.

Ela pousa o copo na bancada. Um pouco da água espirra por cima da borda.

— Está me ameaçando?

— Não. — Ele fecha os olhos. — Meu Deus, você realmente pensa o pior de mim, né?

Ela pensa no menino segurando os negativos fotográficos entre os dedos longos, o joelho balançando debaixo da escrivaninha.

— Não estou *ameaçando*, só estou lembrando você de que não sou o único que está assistindo — diz ele. — Emily Knox tem tanto amigos quanto inimigos no Triunvirato. Ela provocou muito mau comportamento na época da Delegação. Chantageou muita gente. Quando eu digo que ela é perigosa, não estou de brincadeira. É óbvio que quer alguma coisa de você agora, mas, se não der... — Ele balança a cabeça. — Para ela, você é descartável.

— E acha que já não estou acostumada — diz Sonya — a ser descartável?

Alexander levanta os olhos e encontra os dela.

— Acha que não conheço as pessoas que só querem tirar coisas de você? — continua ela. — Aqui, neste lugar sem trancas nas portas e sem nada a perder.

Ela bebe o copo todo de água num gole só e volta a pousá-lo na bancada.

— Tem um homem na Abertura com um olho só — diz ela. — Pergunte a ele o que aconteceu com o outro.

Quando eram mais novos, Sonya e Aaron, com uns doze anos, às vezes se juntavam contra Alexander, na época com catorze, para jogar damas. Aaron odiava perder, e, quando isso acontecia, tinha o hábito de sair emburrado do quarto, e Sonya continuava para jogar mais uma partida, apenas ela contra Alexander. As partidas entre eles eram mais silenciosas, mais lentas. Sonya nunca tocava numa peça a não ser que soubesse para onde a moveria, e Alexander não tinha pressa alguma para pensar nas jogadas. Toda vez que um deles fazia um movimento, seus olhos se encontravam por cima do tabuleiro, e ele parecia tão concentrado, como se a estivesse observando através de um furinho de agulha.

É assim que ele olha para ela agora.

— Grace Ward está por aí, perdida e assustada — diz Sonya. — Não me diga que você também não escuta a voz dela na cabeça, dizendo *é a sua Alice*.

— Claro que sim. — A voz dele está um pouco mais suave agora. — Acho que só fiquei surpreso de saber que você também escuta.

Ela nunca teve muita consciência das próprias expressões faciais – no dia da sessão de fotos, achou que estivesse delicada e contemplativa, mas o resultado, no cartaz, foi uma declaração fria. *O que é certo é certo*, o texto refletido em sua expressão. Mesmo após uma década, ela ainda fica impressionada com a discrepância entre seu interior e seu exterior, com o fato de ninguém ser capaz de enxergar o tumulto dentro dela.

— Você não conseguiu encontrá-la pelos meios convencionais — diz ela. — Então vou encontrá-la por meios não convencionais. E você não vai ficar no meu caminho.

Ele franze o rosto, e por um segundo os únicos sons são a torneira pingando, a conversa distante das pessoas na feira do outro lado da rua e os passos de Laura no apartamento de cima, preparando o jantar. Sonya olha para o apartamento atrás dele, fazendo o cálculo de DesMoeda em tempo real, menos vinte e cinco por não ter feito a cama, menos cem pela bituca de cigarro na lixeira, menos dez pelo copo vazio e com marcas de dedo na mesinha de cabeceira feita de caixotes.

— Quer mesmo sair daqui? — pergunta ele. — Às vezes eu me pergunto se não tem algum outro motivo para estar fazendo isso tudo.

Laura está batendo os pés. Sonya não consegue ouvi-la nesse momento, mas sabe que deve estar cantando; Laura sempre canta quando está sozinha.

Sonya agita um braço indicando o restante do apartamento.

— E *você* não ia querer sair daqui?

Ele ainda está com o rosto franzido.

— O que quer que esteja fazendo, acabe logo com isso — diz ele por fim. — Antes que alguém que esteja ressentido com Emily Knox perceba.

— Não tenho interesse nenhum em arrastar esse assunto.

Ele assente. Abotoa o casaco. Vira a gola para cima na parte de trás, para proteger a nuca do frio. Passa a mão pelo cabelo para tirá-lo da testa.

— Eu também procurei o meu registro depois da insurreição, sabe? — diz ele. — Não gostei de quase nada do que encontrei ali. Acho que temos isso em comum.

Ele anda em direção à porta, mas para com a mão na maçaneta. Sonya não tinha percebido que ele a havia fechado ao entrar.

— A gente não precisa acreditar no que falaram de nós — continua ele.

Alexander vai embora. No silêncio que fica para trás, Sonya finalmente consegue ouvir Laura cantando com seu timbre soprano.

Na manhã seguinte, há um bilhete esperando por ela na guarita, num papel-cartão branco e liso:

Hoje às 7 na Curto-Circuito. Não se atrase. Venha sozinha.

— Não li esse, viu? — diz Williams.

— Percebi — diz ela. — Algum motivo especial para ter resolvido respeitar a minha privacidade?

Ele dá de ombros.

— Cheguei à conclusão de que ninguém se importa com o que qualquer um de vocês está dizendo ou deixando de dizer — responde ele —, então por que eu me importaria?

Ela lhe devolve um sorriso sombrio e enfia o bilhete no bolso.

Sonya leva o regador até o terraço, onde Nikhil está plantando as sementes. Mais cedo eles prepararam o solo juntos, soltando a terra que estava compactada nos canteiros, e ela ainda está com sujeira debaixo das unhas. Agora ele vai empurrar as sementes nos pequenos vasos que usam para adiantar o crescimento das mudas antes da primavera, como recomendado no livro que Nikhil leu dez anos antes, quando o carrinho da biblioteca ainda passava na Abertura a cada duas semanas. Agora ele vem uma vez por mês, se muito. O mundo exterior se lembrara deles recentemente, mas também os esquecera.

Ela arqueia as costas ao abrir a porta da pequena estufa. Antes o lugar funcionava como um barracão da manutenção, mas tinham substituído alguns dos painéis da parede por vidro, de modo que agora a luz se projetava em listras irregulares. Ela põe o regador em cima da mesa de trabalho perto de Nikhil. Ele o arrasta para perto de si e o inclina só um pouco, molhando a primeira fileira de sementes.

— Espinafre e ervilhas — diz ele. — Rose Parker tornou isso possível, sabia? Quando Nicole aceitou fazer a entrevista, pedi que contasse à srta. Parker que precisávamos de sementes.

Sonya se senta no baú empoeirado onde eles guardam as ferramentas e os vasos antigos. Desliza o polegar por baixo das outras unhas, uma por uma, para raspar os restos de terra.

— Por falar em Nicole — diz Nikhil. — Você talvez devesse visitá-la durante uma das suas saídas. Ver como está se adaptando à nova vida.

— Ela está recomeçando. Não vai querer ninguém da Abertura aparecendo para assombrá-la.

— Você não é um fantasma, Sonya. Ela ia ficar feliz de ver uma velha amiga — diz Nikhil. — E talvez ela te dê alguma ideia do que esperar quando sair daqui.

— Nikhil... — Sonya suspira. — Você não acha mesmo que vão me deixar sair, né?

— Acho que assumiram um compromisso publicamente, e, se eles não cumprirem, você deveria tornar isso público também — diz ele. — Você ainda tem o contato da srta. Parker, não tem?

No caixote ao lado da cama há uma latinha de metal onde ela guarda miudezas: um pequeno estoque de lápis; um apontador. Um pincel. Um envelope que cabe na palma da mão contendo um comprimido. Um pacote de sementes a serem plantadas na primavera. O cartão de visita de Rose Parker.

Sonya enfia a mão no bolso e tira o bilhete da Armada Analógica. Ela está autorizada a passar doze horas fora da Abertura. Se sair em quinze minutos, Williams vai registrar o atraso dela quinze minutos após o começo da reunião com Mito. A essa altura, Williams provavelmente vai avisar Alexander, que por sua vez vai pensar em checar a atividade de seu Insight.

Ela está pronta para sair. O almoço que preparou para viagem está esperando por ela no parapeito da cozinha, junto com um guardanapo de tecido e o cartão com o endereço do escritório de Alexander.

— Escuta — ela diz para Nikhil. Ele se vira para ela. As linhas em suas palmas estão cheias de terra. Ele bate as mãos para limpá-las, deixa a poeira se espalhar pelo chão.

— Vou fazer uma coisa perigosa hoje à noite — diz ela. — Pode ser que valha a pena. Pode ser que não.

— Perigosa — repete Nikhil. Ele enxuga os olhos com a manga da camisa.

— Uma reunião — diz ela. — Com uma gente que é capaz de machucar os outros. Se eu tiver sucesso, vou conseguir encontrar Grace Ward.

— E se não tiver?

— Não tenho certeza. Mas não vai ser bom.

Ele se inclina para trás, apoiado na mesa de trabalho.

— E isso vale a pena para você, esse risco?

Ela pensa com muita frequência nessa expressão, *valer a pena*. Momentos sombrios encarando o próprio reflexo, pensando que talvez não tivesse valido o esforço para conseguir a autorização de concebê-la. Momentos ainda mais sombrios na Abertura, depois que as luzes se apagavam, pensando em qual seria o objetivo de fazer qualquer coisa se tudo ficaria preso ali dentro, sem ser visto nem conhecido. O valor de uma palavra gentil em lugar de uma agressiva, de exercer o autocontrole em vez de se render aos impulsos, de uma mentira bondosa em vez de uma honestidade que iria machucar. Sua vida inteira, uma série infinita de colunas, isto ou aquilo, ação ou inação. É tudo subjetivo. É tudo matemático.

Mesmo assim, ela sabe a resposta.

— Sim — responde ela.

Os olhos de Nikhil faíscam, mas isso não é novidade. Ele assente com a cabeça.

— Se cuide — diz ele. — Viver para lutar mais um dia, né?

— É o que você sempre diz: ter projetos ajuda a manter a sanidade.

Ela está a caminho da entrada quando vê Graham Carter escapulindo para dentro do túnel que conduz ao pátio do Bloco 1. Antes que seja capaz de se controlar, já está perseguindo o homem.

— Sr. Carter!

Ele se vira na entrada do pátio, os olhos arregalados.

— Srta. Kantor — diz ele. — Como vai?

— Podemos conversar um minutinho?

Graham faz que sim com a cabeça, em seguida faz um gesto para que ela o siga até uma pequena mesa no pátio do Bloco 1. Ela suja os dedos de musgo ao puxar uma das cadeiras, reduzida a pouco mais que uma estrutura de metal, a madeira já apodrecida. Há uma pilha de garrafas vazias cobertas com uma camada de sujeira ali perto; aqui e ali, papéis amassados e retalhos esfarrapados de tecido em meio ao mato que cresce fora de controle.

Graham não parece reparar em nada disso. Fica olhando para ela, esperando.

— Não sei se ficou sabendo — diz ela —, mas fui incumbida de um... projeto. Estou tentando encontrar uma garota desaparecida. Era uma segunda filha não autorizada que só foi descoberta quando estava com três anos, o que significa que devia ter um Insight do mercado paralelo.

A expressão de Graham se fecha. Ele desvia o olhar.

— Ouvi falar que você talvez soubesse alguma coisa sobre a operação dessa coisa toda — diz Sonya.

— Andou conversando com a Marie, né? — A boca de Graham se contorce numa careta. — Achei que talvez, algum dia... algum dia todos nós tivéssemos o direito de deixar para trás as fraquezas do passado... Agora estou vendo que fui ingênuo.

— Não sinto prazer nenhum em ficar desenterrando o passado, sr. Carter — diz Sonya. — Mas não tenho ninguém mais a quem perguntar.

Ele suspira, tamborilando os dedos na beirada da mesa. O tampo tem uma flor gravada na madeira – uma rosa – coberta por uma película de algas.

— A minha mãe, minha e da Charlotte, não estava bem — diz ele. — Não estava doente, veja bem, não mesmo, mas achava que estava, o tempo todo. Charlotte não entendia, ela só queria que a mamãe superasse isso, parasse de se preocupar. Mas sempre fui um pouco mais parecido com ela, um pouco mais... sensível.

Ela não tem nenhuma dúvida disso. Graham é reativo, estremece e se sacode a cada movimento, cada barulhinho. Um pássaro piando, uma porta batendo, alguém batendo a roupa úmida. O necrotério devia ser um bom lugar para ele, um lugar de silêncio absoluto e de uma monotonia reconfortante.

— O negócio é que, durante o governo da Delegação, quando se visitava um médico sem justificativa plausível, havia uma penalidade. — Ele dá de ombros. — Às vezes a mamãe precisava de DesMoeda. Então quando os corpos chegavam frescos, com o Insight ainda funcionando... eu vendia. Havia toda uma rede para isso. Em código, para tentar despistar os algoritmos da Delegação.

— Que tipo de código?

— Eles davam nomes baseados em jogos de baralho — diz ele. — Os Insights eram Copas Fora, Blitz era Buraco, e tinha uns outros mais pesados, mas não cheguei a me envolver tanto. Com o código, se você quisesse marcar um encontro, era só dizer "E aí, anima um Copas Fora na sexta?", e ninguém desconfiava, entende?

Sonya faz que sim com a cabeça.

— Mas, então — ela quis saber —, como funcionava? Quer dizer, a parte do Insight, não da comercialização. Você disse que só fazia isso quando os corpos chegavam frescos.

— O mecanismo do Insight reconhece a morte imediatamente, mas o software demora um tempo para reagir. Se você remover logo, dá para botar em outra pessoa de modo que o Insight não registre a lacuna; então os compradores ficavam de sobreaviso assim que havia um Insight disponível.

Arrumavam um médico para fazer a implantação, que era uma agulha enorme bem aqui debaixo do olho... — Ele toca a pálpebra inferior, puxando a pele para baixo e revelando os capilares vermelhos. — E depois o sistema associava a criança não autorizada a qualquer que fosse o nome da pessoa que usava o Insight antes. Só que o nome pertencia a uma pessoa morta, então essa pessoa não estava mais no sistema. Era uma brecha, entende?

— Então se os Ward olhassem para a filha, Grace — diz Sonya —, os dados mostrariam que eles estavam interagindo com uma pessoa morta... mas, como essa pessoa estava morta...

— O sistema descartava a informação automaticamente — completa Graham. — Truquezinho inteligente.

Ela pensa novamente nos momentos em que estava sozinha e se abria com o Insight. Quanto mais descobre como o sistema era automatizado, mais tola se sente. Sozinha em casa, sozinha em sua mente, contando seus segredos mais profundos para um computador – e *óbvio* que não passava disso, mas na época parecia algo muito mais grandioso.

— Por acaso você se lembra de ter vendido para a família Ward?

Graham suspira.

— Dez anos é muito tempo para a memória de um velho, minha querida.

— Eu sei — diz ela. — Obrigada mesmo assim. — Ela se levanta. — Eu preciso ir, infelizmente. Tenha um bom dia, sr. Carter.

Ela o deixa sentado ali, encurvado sobre a mesinha. Sente que ele continua a acompanhá-la com o olhar até sair de seu campo de visão.

NA NOITE EM QUE ELES FUGIRAM DA INSURREIÇÃO, A MÃE DE SONYA LHE disse para não levar nada. O livro de matemática estava aberto na escrivaninha, a luminária apontada para ele. A tela de sincronização, cheia de marcas de dedo, estava acesa no tampo da mesa, esperando que ela fizesse a leitura com o Insight e transmitisse os dados para o sistema da escola. A roupa da escola estava pendurada na porta do armário. Ela deixou tudo para trás, só calçou o sapato antes de descer a escada correndo até a porta da frente.

A mãe estava esperando ali com o casaco de Sonya, segurando-o para ela do mesmo jeito que fazia quando a filha era criança e queria brincar na neve. Sonya enfiou um dos braços na manga. A porta da frente já estava aberta, e Susanna atravessava o gramado em direção ao carro, parado na calçada com o motor ligado, o rosto do pai iluminado pelo painel. A mão de Julia tocou de leve o ombro de Sonya enquanto ela se movia ao redor da filha mais nova, fechando depois o zíper. Não ocorreu a Sonya dizer à mãe que podia fazer aquilo sozinha. Naquele momento ela era uma criança. Sentia-se uma criança.

A respiração da mãe estava curta e acelerada. Ela olhou para Sonya. As duas tinham os mesmos olhos, todo mundo sempre dizia, e Sonya viu o próprio medo refletido de volta, numa simetria perfeita.

Ela pensa nisso, parada diante de Emily Knox em seu quarto. É um espaço vazio, só com uma cama – como se a cabeça de Knox desse um branco quando não estava lidando com tecnologia, e ela só conseguisse pensar no que era necessário para a sobrevivência. Estava bem na beirada da cama branca de Knox, coberta por lençóis brancos e envolvida por paredes brancas, Knox fechando o zíper da jaqueta que vai emprestar a Sonya para a ocasião, preta, de couro, um pouco grande demais. No pulso de Sonya, um aparelho tecnológico disfarçado de bracelete grosso. Os olhos de Knox encontram os de Sonya. Um olhar feroz, não assustado.

Existe simetria aí também.

Ela volta à Curto-Circuito de mãos vazias. O aparelho em forma de bracelete é um Duplicador Remoto de Ressonância Magnética – ou "um parasita", como Knox chama. Quando Sonya encontrar o servidor que abriga os dados da Delegação – e Knox lhe garante que vai ser fácil de identificar, porque a fonte de energia necessária para mantê-lo funcionando será bem chamativa –, ela vai abrir o bracelete e pressioná-lo esticado sobre alguma parte do servidor. Uma vez posicionado, ele vai levar dias, talvez semanas, para transmitir tudo, mas, se ela for discreta o bastante, a Armada não vai suspeitar de nada até que seja tarde demais.

Ela matou um pouco de tempo no apartamento de Knox, depois na rua; caminhou pelos corredores do mercado para ver as coisas que não podia comprar, andou por uma loja de Elícitos para ver os televisores de tela plana com seus acabamentos multicoloridos, alguns iridescentes, outros com um brilho cintilante ou tachinhas de metal. O mundo está cheio de coisas novas que parecem antigas: livros impressos e pilhas de jornais, as funções do Insight fragmentadas em meia dúzia de eletrônicos, câmeras, teclados, tocadores de música.

A caminho da Curto-Circuito, ela fica de ouvidos atentos. À buzina distante dos trens. Ao barulho dos sapatos batendo na calçada molhada. Ao rangido seco de um freio de bicicleta. Ao murmúrio de uma voz baixa em algum lugar atrás dela. Enfia as mãos nos bolsos da jaqueta e sente algo do lado direito. Uma coisa fina, com textura de papel. Ela a tira dali e deixa que a luz do Insight a envolva. Um cigarro. Dos antigos, guardado ali no bolso.

Sonya fica parada na porta da boate. O letreiro é um neon rosa, uma faixa de luz que deveria parecer uma forma espiralada – ilustrando um curto-circuito. O letreiro desaparece na curva do prédio. São sete horas, o que significa que ainda falta uma hora para o guarda da Abertura perceber que ela não apareceu após doze horas, como combinado, e em seguida entrar em contato com Alexander. Ela tira as mãos dos bolsos e espera.

Reconhece Eleanor pelas roupas austeras que não combinam com o lugar e pelo Véu cintilando na frente do rosto. Está acompanhada por duas outras pessoas – homens, a julgar pelo porte físico, usando roupas básicas e com os rostos também ocultos. Eleanor não a cumprimenta, apenas empurra um arco em suas mãos e diz "Ponha isto".

Sonya põe o arco como se fosse uma tiara, e, quando suas mãos se afastam, ele é ativado automaticamente, o Véu caindo sobre seu rosto. Não é a mesma teia que cobre o rosto de Eleanor e dos outros; o seu é opaco, uma parede escura que bloqueia sua visão. Ela leva as mãos à cabeça para remover o arco, mas Eleanor a segura pelos pulsos.

— Achou que a gente ia deixar você ver onde fica a nossa sede? — O hálito de Eleanor está com o cheiro pungente de álcool. — Se não usar, a reunião está encerrada.

Sonya afasta as mãos do arco. Eleanor a segura pelo cotovelo e a faz virar uma, duas vezes, como se estivessem dançando. Sonya tenta se

agarrar ao mapa da rua em sua mente, ao brilho rosa do letreiro da Curto-
-Circuito, aos galpões escuros que ficam em volta. Eleanor a direciona
para a direita, e ela vai aos tropeços, espirrando água ao pisar numa poça.
A conversa das pessoas do lado de fora da boate se torna um eco distante.
Ela sente o calor dos dois homens atrás de si, os passos acompanhando
os dela. Os barulhos da cidade estão mais abafados ali, o Trem Suspenso
não passa de um sussurro, as bicicletas, os passos e os sininhos que tilintam quando uma porta de loja se abre já não estão mais presentes.

— Meio-fio — diz Eleanor, e Sonya tropeça nele. Estão numa calçada.
A mão de Eleanor segura seu braço com firmeza. O parasita aperta o
pulso de Sonya. Ela tenta manter a respiração calma – está alta demais,
forte e entrecortada. Uma traição do próprio corpo, a ferocidade de uma
hora antes perdida atrás do Véu.

Atravessam um batente. Sonya escuta a porta abrindo, sente a mudança
no ar quando entra num prédio. Quando Eleanor remove o arco de sua
cabeça, ela olha por cima do ombro e vê uma fresta da rua enquanto a
porta se fecha, a lua alta, o horizonte da cidade borrado contra o céu que
escurece. Ela está num corredor largo com piso de cimento. As paredes
são de tijolos aparentes, meio caindo aos pedaços, com o rejunte malfeito.
As janelas atrás dela foram pintadas com tinta preta.

Há uma luz acima deles, uma única lâmpada pendurada do teto alto
e, bem mais à frente, linhas iluminadas contornando uma porta, mas
tudo mais está escuro entre os dois pontos. Eleanor se vira para ela.

— Pés afastados, braços estendidos. — Quando Sonya fica parada
olhando para ela, Eleanor faz um barulho impaciente. — Não vou correr
o risco de você estar trazendo alguma arma para cá.

Sonya estica os braços, e Eleanor desliza as mãos pelo seu corpo,
primeiro ajoelhando para tatear em volta dos tornozelos e depois subindo
pelas pernas. Sonya sente o coração pulsando na garganta, nas bochechas; o parasita está bem ali em seu pulso, apertando o osso. Eleanor
passa as mãos pelo tronco, pelos braços, e sente os bolsos sobre a barriga
de Sonya. Quando chega ao bracelete, desliza os dedos sobre ele, mas
não dá importância.

Eleanor faz um gesto para Sonya segui-la, e ela obedece, sentindo-
-se mergulhar num vazio. Os homens silenciosos andam atrás dela um

pouco perto demais, a menos de um braço de distância. Há um emaranhado grosso de cabos ao longo do corredor, e Sonya pensa no que Knox lhe contou sobre a fonte de energia do servidor. Os cabos desaparecem para dentro de um cômodo que se conecta ao corredor, mas ela não pode seguir esse caminho, e também não sabe por que sequer chegou a pensar que isso seria possível; está encurralada por todos os lados; foi tola de achar que os anos passados no caos do Bloco 2 a teriam preparado para isso.

Eleanor abre a porta no fim do corredor, e o que surge do outro lado não é o que Sonya espera. É um espaço largo e cavernoso com as mesmas paredes de tijolos do corredor atrás dela, mas está abarrotado de *coisas*. Pilhas de livros; mesas cobertas de toca-discos antigos, que Sonya reconhece apenas por causa dos livros de história; televisores com telas quebradas do tamanho do tronco dela; montes de calculadoras, tigelas com chaves de carros, caixotes cheios de secadores de cabelo, tubos de aspiradores de pó, fones de ouvido que mais parecem capacetes. Quase tudo tem um tom acinzentado, sujo de uma camada de poeira aderida demais para limpar. No canto da sala há um tapete de pele animal com uma cabeça na ponta – um urso com os dentes arreganhados. Em cima dele, sofás agrupados em torno de um aquecedor. Se o apartamento de Knox é um templo que professa seu amor pela tecnologia mais recente, aquele lugar celebra o oposto – cada centímetro denota reverência ao que veio antes.

Parece o apartamento de Sonya.

Sentado bem no meio de um dos sofás, um homem magro, usando um Véu, de pernas cruzadas. Suas meias em padrão xadrez são de um amarelo vivo. Ela ouve o sorriso em sua voz quando ele fala.

— Srta. Kantor! Bem-vinda. Por favor, venha se sentar.

Ele indica o sofá em frente. As almofadas são grandes e molengas, totalmente sem vida, de um tecido brocado azul-céu. Eleanor se afasta de Sonya, abrindo caminho. O homem – Mito, obviamente, ou pelo menos é o que querem que ela pense – está sentado numa postura relaxada, o braço estendido no encosto do sofá, a cabeça inclinada para o lado. Ela vê alguns traços através do Véu, mas não o suficiente para saber qualquer coisa sobre ele. No entanto, as mãos entregam, enrugadas e sarapintadas com manchas de idade.

Sonya se senta na beirada do assento, as pernas dobradas para o lado. O aquecedor na frente dela está ligado, atingindo-a com uma onda de calor.

— Não vai ficar por um tempo? — pergunta Mito. A voz é quase musical, mais de artista que de líder de uma organização que faz uso regular de explosivos. Sonya entende a deixa para tirar a jaqueta. Por um segundo, pensa em discordar. Sente Eleanor às suas costas. Ela teme que tirar a jaqueta vá chamar atenção para o bracelete, mas se Sonya se recusar a fazer isso vai chamar mais atenção ainda. Ela abre o zíper, dobra a jaqueta sobre o colo.

— Ouvi falar tanto de você — diz Mito. — Assim como tenho certeza de que ouviu falar de mim.

Sonya não ouviu quase nada. Mito é o líder da Armada Analógica, temido, mas não compreendido. Há quem desconfie da existência dele, e ela se pergunta se ele é real ou se os integrantes da organização se revezam no papel dele, cada um vestindo o Véu e assumindo uma personalidade diferente. Ela sabe que exigir falar com ele era o único jeito de conseguir entrar naquele galpão. Isso foi tudo que Knox lhe disse, e ela dedica um segundo para se ressentir disso, de Knox ter se aproveitado de sua inépcia, ciente de que não estava preparada para nada aquilo.

— Claro — diz Sonya, e se lembra do conselho de ser o que Mito espera que ela seja. — Estou até surpresa por você ter aceitado me receber.

— E por que eu não aceitaria a visita de uma convidada tão ilustre?

Apesar da simpatia, da voz animada, a pergunta é uma alfinetada, como se a testasse.

— Ah, só... pelo fato de eu estar trazendo um Insight para dentro do seu prédio — diz Sonya, fazendo um gesto displicente com a mão. Seus dedos estão tremendo. — Ele sempre causa uma comoção aonde quer que eu vá, então achei que aqui seria ainda pior.

— Entendo a sua dor. Todo mundo nesta cidade tem a opção de remover essa coisa, de graça. Mas você não. — Ele inclina a cabeça. — Creio que não devo supor que você faria isso, se pudesse.

Ele dobra as mãos sobre o joelho.

— Você faria?

Sonya não sabe como responder. Não sabe o que ele está tentando fazer, aonde está tentando chegar, o que deseja.

— Não sei — diz ela. — Antes ele falava comigo. Agora só fica aqui.

— E você gostava — completa ele. — De quando ele falava com você?
— Sim.
— Por quê?
— Por quê? — O calor toma conta de seu rosto enquanto ela procura as palavras. — Porque ele... ele fazia o mundo parecer mais... rico. Tudo que eu olhava tinha um contexto e uma complexidade que estavam ao meu alcance. Tudo que eu fazia tinha um sentido.
— Não — ele diz baixinho. — Tudo que você fazia era *quantificado*. Tem uma diferença.
— Parecia a mesma coisa para mim.
— Você era uma criança — aponta ele. — Não é mais, embora ainda esteja usando uma lógica infantil. Se uma coisa *parece* ser de um determinado jeito, ela *deve* ser desse jeito.

A voz dele é gentil. Ela tem a impressão de que ele só enxerga a garota da propaganda, e nada do que ela diga vai convencê-lo de que ela é mais que isso. Para ele, Sonya não passa de um slogan da Delegação com um filtro preto e branco.

— Então por que não me ajuda com a minha lógica? — diz ela. — Vi um desses panfletos do CiCAD outro dia, sobre o Elícito ser uma bola de neve que conduz de volta ao Insight. Imagino que seja o próximo item numa longa lista de tecnologias que desejam eliminar.

O Véu de Mito faz uma ondulação imperceptível. É apenas uma flutuação aleatória na iridescência, mas por um segundo ela enxerga algo quase expressivo.

— O Insight não era uma aberração, uma anomalia — diz ele. — Era o sintoma de uma doença que ainda infesta a nossa população: a vontade de tornar tudo *fácil*, de sacrificar a autonomia e a privacidade em troca da conveniência. Isso é a tecnologia, srta. Kantor. Se render à preguiça e desvalorizar o esforço humano.

— Você vai me desculpar, mas... — Ela se inclina para mais perto dele. — Esta sala é um santuário de tecnologia.

— Nem todas as tecnologias são iguais. Sugiro que não se apegue tanto à semântica — diz ele. — Um aparelho que você carrega consigo para todo lado, um aparelho que observa e monitora você, não é igual a um que fica na sua casa e só toca música ou seca o seu cabelo.

— Então onde a sua organização acha que deveríamos ter parado? — pergunta ela. — Ou só pretendem ir eliminando tudo o que facilita a vida até acharem que já está bom?

— Jamais seríamos tão imprudentes — responde ele. — De fato identificamos a origem histórica dos problemas atuais: a nuvem.

— A nuvem — repete ela.

— Está parecendo até que você não leu *nenhum* texto dos Cidadãos Contra a Ameaça Digital — diz ele.

— Peço desculpas. Não tenho acesso a muito material na minha gaiola de passarinho.

Ele faz uma breve pausa, as mãos apertando o joelho.

— Sim — continua ele —, a nuvem: a rede invisível que nos cerca a todos, saturando o ar que respiramos com dados que não podemos ver nem tocar, nem mesmo acessar, em grande medida. A maioria das pessoas já nem tem mais noção do que significa o termo; ele se perdeu com o tempo. Mas antes da nuvem, se você tivesse uma informação, um documento, talvez, ou uma foto, isso ficava armazenado num dispositivo a que somente você tinha acesso. O problema era que o dispositivo era físico; estava sujeito a todos os caprichos dos objetos tangíveis, podia quebrar, sofrer danos, ser roubado, perdido. Deteriorava-se com o tempo, como um corpo. Ele era, em outras palavras, finito.

Ele se inclina para a frente, e ela capta um vislumbre, através do Véu, de um olho castanho-mel.

— A nuvem tornou tudo infinito — diz Mito. — E facilitou a aquisição de uma quantidade massiva de dados. E, justamente, quem era a fonte dos dados, a nascente abundante a ser explorada, monetizada, distraída, controlada? — Ele bate no próprio peito com o dedo indicador. — Nós. Nós éramos, e ainda somos, uma fonte renovável e inesgotável de informação. Quanto mais sabemos uns sobre os outros, mais poder temos para manipular uns aos outros. Porque a nuvem não é, estritamente falando, real. Cada byte de informação que existe ainda precisa ser armazenado num local físico, mesmo que não seja um local a que você tem acesso de forma independente. Nós simplesmente cedemos esses lugares a terceiros para a nossa própria conveniência. A princípio deixamos isso nas mãos de empresas, o que já era ruim o suficiente. Mas depois cometemos um erro catastrófico. Consegue adivinhar qual foi?

Sonya fica em silêncio, parada.

— Entregamos tudo nas mãos — diz ele — do nosso governo.

Ele se recosta, descruzando as pernas e esticando os braços para os dois lados, abarcando toda a largura do sofá. Seu corpo é como um emaranhado de cabos. Se ele ficasse de pé, talvez tivesse a mesma altura que ela, mas há algo de grandioso nele, e algo instável, o coração acelerado de um fanático palpitando em seu peito.

Ela pensa nas fileiras e mais fileiras de registros na biblioteca, um mausoléu da Delegação. Sempre achou que os arquivos destruídos durante a insurreição eram comparáveis àquela biblioteca - algumas coisas tinham se perdido, talvez, mas, em grande parte, tudo que a Delegação sabia estava ali naquelas pastas. Isso agora lhe parece bobo. O Insight registrava tudo que ela já tinha visto, todos com quem já tinha falado, tudo que já tinha feito. A biblioteca não podia conter tudo isso nem para uma pessoa, que dirá para a megalópole inteira.

E toda essa informação agora reside ali, em algum lugar daquele prédio.

— O que nos traz de volta ao motivo da sua visita — diz ele. — Acredita que hoje temos esses dados, e existe mais alguém nesta cidade, de fora do Triunvirato, que gostaria muito de acessá-los.

A mão de Sonya aperta o parasita em seu pulso com tanta força que ela acha que ele vai quebrar.

— O que Emily Knox pediu para você fazer, exatamente? — diz ele.

Ela é jovem e pequena outra vez.

— Você está enganado — rebateu ela. — Quer dizer... sim, ouvi um boato de que teria os dados da Delegação, e sim, é por isso que estou aqui, mas eu... eu só quero encontrar Grace Ward.

— Não estou enganado — diz Mito. — Sabemos que está trabalhando para Knox; essa é a razão pela qual está aqui. Acha mesmo que eu faria uma reunião com alguém que está simplesmente procurando uma garota desaparecida de dez anos atrás?

— Você andou me seguindo? Posso até ter me encontrado com Emily Knox uma vez, recentemente, por causa das minhas investigações, mas...

— Se quisesse me convencer disso — Mito baixa a voz —, não teria se referido à Abertura como uma "gaiola de passarinho", porque eu só conheço uma pessoa que usa esse apelido, e o termo não teria ficado marcado apenas em um encontro.

Sonya fica em silêncio. Sente Eleanor às suas costas, os dois homens que a acompanharam até ali estão perto da porta. Não há para onde correr.

Mito diz:

— Tudo bem. Como eu disse, esse é o motivo da sua visita. Quero oferecer um acordo.

Mais uma negociação, pensa Sonya. Ela negocia o tempo todo na feira da Abertura, pinos reaproveitados de radiador por fios, as meias remendadas de Nikhil por botões, um eletrônico recauchutado por uma canja de galinha enlatada. E fora da Abertura também: as perguntas de Rose Parker pelo endereço de Emily Knox; uma música da Delegação pela ajuda de Knox; Grace Ward pela sua liberdade. Trocas dependem de confiança, a crença de que, se você der primeiro, vai receber o que foi prometido em troca. Por mais que se tente garantir uma troca, alguém sempre precisa ir primeiro, alguém sempre precisa passar por aquele momento de suspensão em que algo é dado sem que algo seja recebido.

Mito não vai ser o primeiro. Isso está bem claro.

— Se de fato só está preocupada em encontrar Grace Ward — diz Mito —, vamos fazer tudo que estiver ao nosso alcance para ajudá-la. Em troca, peço simplesmente que me diga quais são as intenções de Emily Knox, tanto para esta reunião quanto para o futuro.

O cérebro de Sonya, treinado pela Delegação, começa a fazer colunas e compará-las. Ela já está no meio de um acordo com Knox em que foi a primeira, a pessoa que confiou mais. Arriscou-se indo até ali, sem preparo nem qualificação, até a sede da Armada Analógica, para *talvez*, *quem sabe*, ter a ajuda de Knox através do EUI de Grace. Mas agora as chances de conseguir cumprir sua parte no acordo estão perto de zero. Ela não vai conseguir acoplar o parasita, não importa o que faça. Se trair Knox, é possível que Mito não cumpra a parte dele – mas ao menos existe uma chance.

De um lado, ela pensa, há o fracasso certo. Do outro, um sucesso possível. Não é uma comparação muito difícil. Mas sua mente pondera outro fator, mais difícil de quantificar – o custo de dar informações para um bando de extremistas, o perigo que isso poderia representar para Knox, o peso dessa culpa. Maior do que perder DesMoeda.

— Você quer que eu traia Knox — afirma Sonya, não por não ter entendido direito, mas porque está tentando ganhar tempo para pensar.

— O que ela fez para conquistar a sua lealdade? — pergunta Mito, inclinando a cabeça de lado. O Véu ondula mais uma vez, e mais uma vez Sonya vê aquele olho de um tom quente de castanho.

Ela não tem resposta para isso. Knox a humilhou no Clube Meia-Noite; toda cheia de desprezo e zombaria; não ofereceu nenhuma ajuda, nenhum plano de fuga.

— Ela me viu — diz Sonya. — Em vez de enxergar o cartaz.

— E acha que eu não te vejo?

— Acho que não tenho razão para acreditar que qualquer um de vocês vai de fato me ajudar — diz Sonya. — E, mesmo que eu conte o que Knox quer, você não vai ter como verificar se isso é verdade ou não.

— Talvez seja a sua melhor chance.

— Talvez. — Sonya suspira. Passa a ponta do dedo pela borda do bracelete com o parasita, pensa em arrancá-lo do pulso e mostrar a Mito a parte de baixo, capaz de extrair e duplicar os dados dele. Seu coração está disparado. Ela fica olhando para o Véu ondulante.

— Ela me mandou aqui para ver o lugar — garante Sonya. — Meu Insight gravou a planta do prédio. Meu contato no Triunvirato já concordou em disponibilizar essas informações se Knox me ajudar.

— Ah, é mesmo? — diz Mito. — E por que Emily Knox quer conhecer a planta deste prédio?

— É a sua base de operações — diz Sonya, dando de ombros. — Talvez ela queira roubar alguma coisa. Talvez queira espionar. Não perguntei.

Mito inclina a cabeça. Seu braço desliza pelas costas do sofá.

— Será que é? — pergunta ele.

— Que é o quê?

— Será que esta — Mito faz um gesto indicando a sala ao redor — é a nossa base de operações?

As mãos de Sonya ficam fracas em seu colo.

— Acho que eu não saberia dizer. — A voz de Sonya parece ter saído de outra pessoa.

— Nós jamais levaríamos alguém até lá — diz ele. — Você é mesmo tão ingênua assim?

Ele levanta a cabeça e acena, não para Sonya, mas para Eleanor, que ainda está parada atrás dela.

— Por favor, acompanhe a nossa convidada até a área de detenção — determina ele. — Façamos bom proveito dela.

O medo formiga em sua garganta. Em suas mãos. Sonya se levanta, vai em direção à porta. Os guardas estão no caminho, dois sujeitos do tamanho de armários que mal parecem humanos, rostos ocultos, roupas idênticas. Ela olha para eles, um de cada vez.

— Me deixem passar.

— Ah, mas o que é isso? — diz Mito. Ele está mais próximo do que ela esperava; bem atrás dela. — Esse não é o comportamento de uma filha da Delegação.

Ele põe as mãos no ombro dela, e o toque seco e gentil a faz estremecer. Sonya não pensa em gritar. Vira-se e direciona o cotovelo para o Véu que o protege. É apenas uma projeção, uma ilusão; o golpe o atravessa, atingindo alguma parte dura do rosto dele. Ele solta um grito, e um dos guardas joga Sonya no chão. A cabeça dela bate no cimento; ela se arrasta e fica de pé, sentindo o filete frio de sangue pingando da têmpora. Está cercada, subjugada, em minoria, mas a racionalidade a abandona. Ela ataca o guarda que tenta levantá-la do chão, cravando as unhas na pele dele o mais fundo que consegue. O homem soca o rosto dela com o punho pesado, e tudo perde o contorno.

Eles a arrastam até o corredor escuro por onde entrou, e depois seguem o emaranhado de cabos até a sala onde ela tinha achado que poderia estar o servidor. Seguram-na com tanta força que machuca. O emaranhado de cabos termina num gerador, zumbindo como uma colmeia num canto da parede. Em frente a ele há uma porta, um cômodo; os guardas a fazem entrar à força, e fecham a porta atrás dela.

O cômodo é pequeno e está vazio, exceto por uma mesa de aço. Parece ter sido usado como depósito; a parede está cheia de furos de parafusos, linhas semiapagadas onde as prateleiras ficavam. Cheira a mofo. Num canto, um montinho de poeira para onde alguém varreu vidro quebrado. Por uma janela fosca que não chega ao tamanho da cabeça de Sonya entra a luz amarelada da rua. Ela deixou a jaqueta para trás em cima do sofá, então agora está com frio, tremendo.

Depois que a tremedeira começa, domina seu corpo inteiro, braços, peito, pernas, tudo sacode de terror. Ela não sabe o que vão fazer com ela ali, mas sabe que vai ser ruim, sabe que aquilo não vai acabar no EUI de Grace Ward e no relativo conforto da Abertura. Ela xinga Knox, arrancando o bracelete e atirando-o contra a parede antes de afundar no canto, com a mão no maxilar que lateja.

— Price — diz ela, em voz alta, na esperança de que ele possa escutá-la de algum jeito, de que ele esteja ouvindo naquele exato momento. — Alexander, se estiver me escutando, por favor, me ajude.

Mas, mesmo que ele esteja escutando, não vai saber como encontrá-la.

ONZE

A pele dela ainda não tinha se acostumado ao frio quando eles retornam: os dois guardas, tão indistinguíveis um do outro quanto pareciam antes, junto com Eleanor e Mito. Todos com seus Véus no lugar, o mesmo brilho iridescente repetido quatro vezes. Sonya se levanta, ainda encurralada no canto.

— Vocês não precisam me manter aqui — diz ela. — Não vi nada de importante, não sou ninguém, podem me deixar ir embora que não vai dar em nada, vocês não...

— Por favor. — Mito levanta uma das mãos. A palma dele é de um rosa vivo. — Não vim para ouvir você defendendo o seu caso. Estou aqui para entender como podemos entrar em contato com Emily Knox e avisar que você está aqui. Talvez concorde com uma troca.

Sonya não imagina que possa sentir esperança. Conhece Knox, sabe do desprezo que Knox sente por ela, por todo mundo na Abertura. E também conhece as pessoas em geral, o suficiente para ter deixado de acreditar nelas há muito tempo; sabe que o conforto e a segurança podem ser irresistíveis como um anzol de pesca na bochecha, arrastando a pessoa pela vida afora. Mas descobre que a esperança existe dentro de si, uma chama piloto que ainda não se apagou. Talvez Knox seja mais do que Sonya imagina, talvez tenha começado a gostar de Sonya mais do que ela pensava, talvez...

— Ela mora na Torre Ártemis — diz Sonya. — Perto do mercado público.

— Muito bem. — A voz de Mito é suave, reconfortante. — Mas sabe, conheço a srta. Knox o bastante para saber que ela precisa de um pouco mais do que a mera informação de que você está aqui. Precisa que essa informação seja concreta. E é por isso que vamos enviar a ela o seu olho.

— Meu olho — repete Sonya.

— Bom, não temos como remover totalmente o seu Insight aqui sem causar danos cerebrais significativos, mas o seu olho já será bastante simbólico — diz Mito. — Não se preocupe, temos um sedativo.

Mito sai do cômodo seguido pelos guardas, um de cada vez. Eleanor faz uma pausa antes de atravessar a porta e deixa alguma coisa cair no concreto, quase como se tivesse tentado jogar o objeto pela janela. É uma latinha de metal do tamanho de uma maçã.

Ela sai e fecha a porta atrás de si. A lata se abre sozinha, e um vapor branco começa a preencher a sala como uma neblina matinal. Sonya fica olhando para o objeto por alguns segundos. Sente o coração batendo na garganta, tão rápido e tão forte que por um instante de delírio ela acha que consegue até sentir o gosto, e então cobre a boca e o nariz para não respirar qualquer que seja aquele gás.

Os pulmões ardem, os olhos ardem. Ela está desesperada para gritar, mas precisa ficar em silêncio. Cai de joelhos no piso de cimento, sofrendo, aterrorizada, desesperada por ar e desesperada para não precisar mais dele.

No fim das contas, deixa as mãos caírem com um grito abafado e inala a fumaça para os pulmões com toda força.

O efeito é imediato. A mente de Sonya se esvazia. Seus músculos afrouxam. Ela olha para a parede em frente e vê o halo brilhante do Insight. Quando a porta volta a se abrir, ela fica vidrada no Véu luminoso sobre o rosto de Mito. Ela se lembra de uma bolha de sabão. Sabe – uma sensação distante, como num sonho – que deveria sentir alguma coisa. Mas é um copo d'água vazio, um poço que secou.

— Sonya? – diz Mito. — Como está se sentindo?

Ela fica olhando para ele. Nada lhe vem à mente.

Somente um dos guardas entra dessa vez. Ele a pega pelo braço, com cuidado, e ela se levanta, obediente. Ele a conduz até a borda da mesa de metal, e ela se senta. Ele a empurra para baixo, e ela se deita, os calcanhares na beirada da mesa, as mãos ao lado do corpo.

É nesse momento que alguma coisa lhe ocorre. Seu olho. Alguma coisa relacionada ao olho.

Ela vê o brilho do Insight, tão constante que já se tornou parte indissociável de tudo que enxerga. Vê o pai agachado à sua frente para amarrar seu sapato quando ela era criança, o círculo branco em volta da íris dele ficando mais forte quando seus olhares se encontram. *Está vendo? Ele te ama tanto quanto eu.*

Observa Mito calçando luvas de borracha. Em algum lugar perto dos pés dela, há uma bandeja de metal contendo um bisturi.

O olho. Alguma coisa relacionada ao olho.

Ela vê Aaron se inclinando sobre seu corpo, deitada no sofá da casa dele, o cabelo dele caindo pela testa e a luz branca que responde quando ela é tocada pelo olhar dele, como se fosse um toque físico – *Vale as DesMoeda,* ela pensa, enquanto os lábios dele se aproximam dos seus...

Mito pega o bisturi com a mão firme e enrugada. Ela conhece a sensação daquela mão nela, leve, seca. Um dos guardas aparece na porta, o rosto protegido pelo brilho, ofegante.

— Alguém do Triunvirato — diz ele, a voz dura. — Lá fora.

— Como eles acharam a gente? — Mito exige saber.

Talvez seja o bisturi, a luz familiar do Insight ou a menção ao Triunvirato. Talvez seja apenas o fato de que ela está esvaziada, e o vazio é inconcebível, insustentável. Por qualquer que seja o motivo, Sonya grita.

No vazio que a cerca, dentro dela. Ela grita, a mão de Mito pressiona sua boca, e ela morde, sentindo tendões, osso e pele entre os dentes.

Mito faz um movimento brusco com o bisturi, cortando o rosto dela, e Sonya se debate, seu corpo escorregando pela beirada da mesa. Ela cai no chão com força, e a bandeja faz um estrondo metálico ao lado dela, e vozes chegam do corredor, vozes dentro de sua cabeça, vozes à sua volta.

O bisturi reluz no chão, em meio à poeira. Ela o segura pela lâmina, corta a mão; tenta alcançar o cabo num movimento desajeitado e o afunda na mão que vem em sua direção, a mão que pertence ao guarda. O guarda grita, e só por um segundo ela consegue ver sua boca através do Véu, um vão vermelho, uma ferida vermelha, e um piso salpicado de vermelho.

Por sobre o ombro de Mito, e das costas curvadas do homem, Sonya vê Alexander Price.

Ele está ofegante e agitado, o cabelo todo desgrenhado ao redor da cabeça. Segura um Elícito em uma das mãos, o braço esticado, e uma faca na outra, as duas mãos se cruzando na altura do pulso.

— A polícia está vindo para cá — diz ele. — Você pode perder o seu tempo criando dificuldades comigo ou pode se adiantar. De qualquer forma, vão receber esta gravação.

Mito põe a mão nas costas do guarda e o conduz para o corredor, para fora, para longe. Os pés do guarda deixam manchas ensanguentadas no cimento. Sonya cai de joelhos, sem ar. Alguma coisa quente desce pela sua bochecha. A princípio ela pensa que são lágrimas, e fica surpresa, porque faz anos que não chora. Depois se lembra do corte no rosto.

Alexander se agacha na frente dela, dobrando as pernas longas como se estivesse fechando um guarda-chuva. Põe as mãos no ombro dela e aperta, firme, quente.

— Você está bem — diz ele. — Merda. — Ele enfia a mão no bolso, tira um lenço de pano e o aperta contra o rosto dela.

De repente, ela pensa na tira de negativos fotográficos, os dedos dele segurando uma ponta e os dela segurando a outra; o tabuleiro de damas entre eles, Alexander sempre jogava com as vermelhas, e ela com as pretas; a bancada da cozinha que o mantinha afastado dela, mas não o bastante.

— Por que tem sempre tanta coisa entre a gente? — pergunta ela.

Sonya larga o bisturi entre os dois e se inclina para a frente, até tocar a testa no ombro dele. Ele tem cheiro de lã molhada. Cheiro de chuva.

Os policiais chegam, inundando o galpão com seus uniformes brancos, calça, camisa, jaqueta e botas, tudo combinando. Colocam luvas e começam a examinar os itens da sala onde ela se encontrou com Mito. Ficam parados em volta do gerador do outro lado do corredor e falam de extrair os dados pela rede elétrica. Ocupam a calçada do lado de fora. Sonya está sentada na mesa de metal, as costas apoiadas na parede, quando eles vêm fazer perguntas a ela. Ela só fica olhando para eles em resposta.

Uma mulher entra, o macacão vermelho-vivo indicando que é paramédica. Ela expulsa os policiais da sala, e Alexander também, mas ele fica parado na porta, onde Sonya consegue vê-lo. A julgar pela mancha oval em seu peito, ele sujou de sangue o casaco já surrado.

O nome da mulher é Therese. Está escrito na lapela. Ela pousa a bolsa ao lado de Sonya em cima da mesa.

— Pelo seu olhar, estou vendo que te deram algum tipo de sedativo — diz Therese. — Pode descrever para mim?

Sonya limpa a garganta.

— Era um aerossol. — A garganta dói; ela está rouca. — Um vapor branco. Eu me sinto... — Ela franze as sobrancelhas. — Vazia.

— Parece ter sido Aplacol — diz Therese. — Foi desenvolvido pela Delegação para lidar com a desobediência civil, e olha no que deu. Achei que a insurreição tivesse destruído tudo... pelo visto não. Vou injetar um medicamento para combater o efeito dele. Tudo bem?

Sonya faz que sim com a cabeça. Ela acha que faz, não tem certeza. Mas logo Therese está passando uma gaze encharcada de antisséptico fedorento na parte interna do cotovelo dela e perfurando a pele com uma agulha. Uma onda fria se espalha pelo braço de Sonya e comprime seu coração. Sua cabeça desanuvia. O que se derrama no vazio dentro dela não é algo agradável. Lembra muito um grito.

— Melhor? — pergunta Therese, e ela não sabe direito como responder.

— Ela está melhor — diz Alexander, de braços cruzados. — Não estaria me olhando desse jeito se não estivesse.

Sonya levanta uma sobrancelha. Ele esfrega a nuca e desvia o olhar.

Therese limpa os cortes na mão e no rosto dela. Gruda os dois com uma cola e faz curativos. Oferece a Sonya uma bolsa de gelo para o maxilar inchado, põe alguns comprimidos de analgésico na mão dela e vai embora. No silêncio antes do retorno do policial, Sonya olha para a bandeja de metal no chão. Há um cauterizador ao lado dela – de uso médico, não para uso em fios elétricos como o ferro de solda que ela tem em casa. Uma pilha de gaze. Um vidro pequeno.

Ela leva a mão trêmula até a testa.

— Como foi que me achou? — ela pergunta a Alexander. — Pelo meu Insight?

— Não dá para localizar você sem o EUI — diz ele. — Mas quando não apareceu na Abertura, fui avisado. Bem no meio da revelação de uns negativos, aliás, que é provavelmente o motivo pelo qual estou cheirando a ovo podre... mas, enfim, assisti às suas imagens. Teve um momento, antes da porta fechar atrás de você... você olhou para a lua. — Ele tira o Elícito do bolso, toca nele com o dedo algumas vezes e lhe mostra uma imagem. É um segundo congelado do Insight dela. Uma fresta da rua lá fora, da lua, do horizonte da cidade desaparecendo contra o céu.

— Fui até a boate onde você estava — continua ele — e tentei encontrar este ângulo. Levei um tempinho.

Sonya solta uma risada fraca, percebendo que escapou por um triz. Ela cobre o rosto com as duas mãos e se recosta na parede áspera.

— Que gentileza a sua por ter salvado a minha vida, Price.

— Disponha — diz ele, trocando o peso de um pé para o outro.

Ela assente, em seguida abre uma das cartelas de analgésico. Sua cabeça está começando a latejar.

Um dos policiais os leva de volta até a Abertura. A última vez que ela esteve num veículo de uso pessoal foi após sua prisão. Depois que a insurreição a encontrou cercada de corpos num chalé no meio do mato, seus pulsos foram atados com um lacre plástico um pouco mais apertado que o necessário e ela foi jogada no banco de trás de um sedan bege. Sonya não se lembra muito do trajeto, apenas árvores dando lugar a casas, e casas dando lugar a prédios, apenas algumas imagens de corpos nas ruas e vidro quebrado e fumaça, resultados da derrubada da Delegação.

Ela esqueceu como era estranho se deslocar por uma cidade fervilhando de passos, vozes, trens e bicicletas dentro de uma bolha silenciosa. Vai olhando pela janela, com o nariz quase encostado no vidro frio, até que o carro estaciona em frente ao portão da Abertura.

Ela se sente pesada por causa de tudo que aconteceu, como se estivesse vindo de uma tempestade com as roupas encharcadas. Alexander desembarca também, e ela não discute como fez da última vez que ele tentou acompanhá-la até em casa. Ele não a toca, mas ela consegue sentir a mão dele pairando sobre suas costas quando eles cruzam o portão da Abertura, como se a sombra dela tivesse alguma materialidade.

Renee e Douglas estão parados logo na entrada com Jack, passando uma garrafa de bebida de mão em mão. Jack está com seu caderno enfiado debaixo do braço. Todo mundo fica em silêncio quando ela entra no túnel que leva ao pátio do Bloco 4.

Os vestidos com estampa floral da sra. Pritchard – são três deles – estão pendurados no pátio, secando no varal. Alexander quase vai de encontro a uma das peças no caminho até a porta, dobrando o corpo para desviar.

— Onde ele mora? — pergunta ele.

Ela sabe de quem ele está falando.

— Quarto andar.

Os ferimentos são no rosto, na mão, mas todo o resto do corpo dela está dolorido também. O medo debilita o corpo. Ela sobe as escadas devagar. A palma da mão dele de fato a toca nesse momento, apoiada firme no meio de suas costas. Ela sente o cheiro do xampu dele, fresco como grama. Os dois chegam ao patamar do quarto piso, e ela ainda espera que ele volte atrás, evitando o desconforto do reencontro com o pai, mas ele não faz isso. Fica parado diante da porta junto com ela e espera Nikhil vir atender.

Nikhil está usando seu cardigã favorito, cinza com os botões marrons, e os óculos de leitura, que ampliam seus olhos castanhos e úmidos. Por um segundo, ele nem repara nela. Fica apenas encarando o filho. Eles podem até estar sem se falar há muitos anos, ela pensa, mas a existência de Alexander continua sendo o acontecimento que reorientou o universo inteiro de Nikhil. A postura de Nikhil se desmonta um pouco; ele parece velho, grisalho, cansado. E então ele olha para ela.

— Puxa vida — diz ele. — Entrem, entrem.

Nikhil a conduz para dentro de seu apartamento. Está escutando o rádio dela. Sonya ainda não acabou de consertá-lo – os fios estão saindo pela parte de trás. Há um livro surrado aberto na cama. Alexander permanece na porta, as mãos segurando o batente como se pudesse esmagá-lo a qualquer momento.

— Achei que ela não devia ficar sozinha — diz Alexander. — Só isso.

— Que bom. — Nikhil não olha para ele. — Obrigado.

Dirigindo-se a Sonya dessa vez, Alexander avisa:

— Volto daqui a uns dois dias para ver se você está bem.

— Vou ficar bem. — A frase sai mais fria do que ela gostaria. A expressão dele parece magoada, mas só por um segundo.

Um impulso a impele na direção de Alexander. Ela pega a mão dele. Enlaça os nós dos dedos rígidos dele. Aperta de leve. Solta.

Ela nunca o tocou antes. Toda vez que ia para a casa dele, abraçava Nora, abraçava Nikhil, beijava Aaron no rosto, mas nunca tocava Alexander, nem quando chegava, nem quando cruzava com ele na cozinha, nunca. Tinha a sensação de que algo ruim aconteceria se ela fizesse isso.

E talvez fosse acontecer.

Ele parece quase atordoado. Faz um aceno de cabeça para ela, para Nikhil, e vai embora.

Sonya fecha a porta e se apoia nela, suspirando. Nikhil já está ocupado na cozinha, reaquecendo uma panela de... alguma coisa. Lentilhas e tomates – enlatados dessa vez. Um pedaço de pão do tamanho do punho dela.

— O que aconteceu? — pergunta Nikhil.

— Dei um passo maior que a perna. — Ela não quer contar como nem por quê. Só vai fazê-la se sentir burra. — Ele me ajudou.

— Que bom — diz Nikhil, arrumando o lugar dela à mesa.

Ela não percebe que está com fome até levar a colher à boca. E então come rápido, apaziguando a aflição do vazio. Aplacol. Uma substância do mal, ela pensa, e se pergunta como nunca ouviu falar nela antes. Talvez por não ter ido a nenhuma manifestação – só via quando elas apareciam nas atualizações de notícias do Insight de vez em quando, ou quando ouvia a mãe falando mal delas à mesa de jantar. *Eles se denominam soldados da liberdade. Liberdade do* quê *eu já não sei.*

Ela usa o pão para raspar a tigela. Nikhil está sentado de frente para ela, agora com os óculos dobrados diante de si.

— Você já... — Ela balança a cabeça. — Deixa pra lá.

— Se eu já o quê?

Ela engole o último pedaço de pão e leva a tigela vazia até a pia. Fica parada ali sem ligar a torneira.

— Você acha que a Delegação era boa?

— Nenhum governo é perfeito — diz ele. — Mas no geral... sim. Eu acho.

Ela olha para a vidraça acima da pia: oito blocos organizados numa grade retangular. A luz vermelha de um disjuntor reflete dentro deles.

— A Armada Analógica me drogou e tentou cortar fora o meu Insight — diz ela. — A droga que usaram foi desenvolvida pela Delegação. Aplacol.

— Bom, isso era para ser usado em situações extremas, querida.

— Não é só isso. — Ela se apoia na beirada da pia. — É o... o custo em DesMoeda dos absorventes ou a punição por dar ao seu filho o nome da sua família, e não o da família da Nora, ou confiscar todas as DesMoeda da conta dos pais porque o filho se rebelou; pontos pela postura, pontos por ouvir as músicas deles, pontos por *dormir com o seu companheiro ou companheira...* — Ela engole uma risada.

— São coisas tão pequenas...

— As *crianças*, Nikhil! — Ela dá um tapa na borda na bancada, com força. — As crianças, porra, tiradas dos pais.

Ela engasga de novo, mas dessa vez não é engolindo uma risada. Fecha os olhos.

— Sonya — diz ele. Nikhil se aproxima, inclinando-se sobre a bancada ao lado dela. — Você teve um dia difícil...

— Isso não tem nada a ver com o meu dia. — Ela faz uma careta olhando para as próprias mãos. — Eu não paro de descobrir coisas que não me agradam.

— Então talvez você devesse se perguntar: o Triunvirato é melhor?

— O Triunvirato não tem nada a ver com o fato de a Delegação ser boa ou não.

— Num mundo ideal, talvez não. Mas não estamos falando de ideais, estamos falando da vida prática, estamos falando da *realidade*. — Os olhos dele se acendem com uma luz que ela não reconhece. Uma lágrima escorre pelo canto de um olho e desce pelo rosto dele. Ele a limpa com a mão. — Se um sistema perfeito é impossível, então nós precisamos olhar para os sistemas possíveis. E eu ia preferir viver sob o regime da Delegação do que sob... *aquilo*. — Ele abana a mão indicando a parede externa do apartamento, onde a megalópole se esconde atrás de uma cortina feita com uma colcha.

— A Delegação era boa para nós — diz ela.

Ele sorri.

— Era sim.

— Mas não era boa para todo mundo.

— A Delegação não era boa para pessoas que trabalhavam pela destruição da ordem e da segurança, ou para pessoas que desrespeitavam as regras da sociedade sem nenhum motivo — declara Nikhil. — Sinto muito se não me preocupo com essas pessoas.

— Você teve o Aaron só porque quis. Pela vontade de ter um segundo filho — diz ela. — Assim como a mulher com quem conversei outro dia, a que teve o filho tirado dela.

— A diferença é que Nora e eu fizemos tudo pelos *canais adequados*...

— A diferença é que esses canais estavam abertos para vocês, Nikhil. Não estavam abertos para todo mundo.

O olhar dele nesse momento a faz voltar no tempo, para a noite em que ela ficou na rua com Aaron até tarde e ele tentou entrar escondido em casa depois do horário permitido. Nikhil estava acordado, de roupão e chinelos, e acendeu a luz da varanda. Não gritou com eles, só olhou para Sonya, que observava da calçada, e para Aaron, congelado nos degraus da entrada, com uma decepção tão profunda que Sonya teve vontade de murchar e morrer.

Depois disso, eles nunca mais ficaram na rua até tarde.

— Você está mudando — observa ele —, só porque o mundo quer que você mude.

Ele se vira de costas e vai até a área de estar. Com o rosto quente, Sonya liga a torneira e enfia a mão machucada debaixo da água fria. Lava a tigela e a deixa secando sobre um pano de prato. Ela sai do apartamento sem agradecer a ele.

DOZE

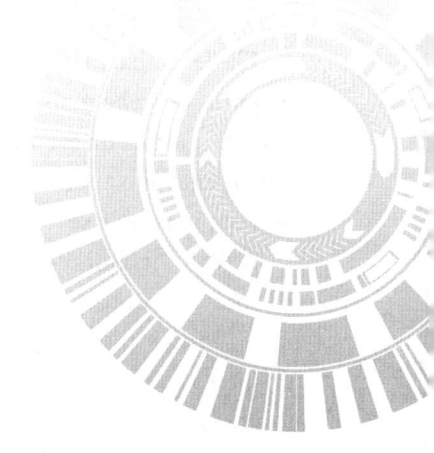

Na manhã seguinte, Sonya acorda com dores no corpo e em pânico. Não se lembra de ter sonhado com nada, mas o coração está acelerado mesmo assim; ela põe a cabeça entre os joelhos e acalma a respiração. Depois enfia a cabeça debaixo da torneira da cozinha.

Ela se veste, prepara um mingau de aveia, ferve água para o café. Enquanto come, olha para a luz do sol que atravessa o cobertor pendurado na janela, e o contorno dos prédios lá no fundo lança sombras fracas no ambiente. Raspa o fundo da tigela para pegar o restinho da aveia, em seguida afasta o cobertor e abre uma das janelas.

As janelas não abrem totalmente, só o suficiente para deixar entrar uma lufada de ar frio. Ela fica olhando para a rua lá embaixo, vazia naquela hora, cedo demais para os espectadores ou os clientes da lojinha da esquina. Pega a faca com o cabo preso com fita, embrulha-a num pano de prato e a atira pela janela, mirando uns poucos centímetros além da espiral de arame farpado que fica alguns andares para baixo.

O embrulho aterrissa na calçada rachada bem ao lado do muro da Abertura. Ela fecha a janela e puxa o cobertor de volta para o lugar.

Recupera o embrulho minutos depois, com a autorização de saída da Abertura em mãos. Segura a faca dentro do bolso enquanto caminha até a estação de trem, os ombros tensos, o corpo alerta e preparado. Mantém o capuz na cabeça. No trem, fica de costas para a parede. A cidade passa num borrão, cada prédio se misturando ao seguinte.

Ela desembarca perto do mercado público e, ao se aproximar da Torre Ártemis, percebe mais as batidas do próprio coração. O doutrinador do CiCAD que fica na esquina enfia um panfleto na mão dela ao passar; ela não o pega, deixando-o cair no chão. Sonya escorrega um pouco ao pisar nele, na pressa de se afastar.

A Torre Ártemis cintila ao sol feito uma obturação de ouro no fundo da boca. Ela se abaixa ao passar por alguns ramos da trepadeira que cobriram a porta e entra na portaria. A agente de segurança a reconhece e faz um gesto para que passe.

A mão de Sonya está suada no cabo da faca. Ela entra no elevador. O parasita que Knox lhe deu está no bolso. Ela bate na porta de Knox com o mesmo punho fechado que segura o dispositivo. O olho mágico mecânico no centro da porta gira em direção a ela. Ele pisca, e a porta se abre.

— Visitante: Kantor, Sonya. Autorização de segurança nível dois — anuncia a voz computadorizada, enquanto o nome de Sonya é projetado no teto em luz vermelha.

O cabelo preto de Knox está preso num coque frouxo no alto da cabeça, e ela está parada na janela usando uma calça de moletom cinza. Vira-se para Sonya e fica tensa. Seus olhos pulam do hematoma no maxilar para o corte no rosto e para o parasita que ela traz na mão.

— Ah, que bom — diz ela. — Você conseguiu.

— Consegui — diz Sonya. — Muitíssimo obrigada por toda a ajuda.

Knox dá um sorrisinho e se vira. Os pés descalços deixam pegadas grudentas sobre o piso reluzente.

— Eu avisei que você estaria por conta própria, não avisei? Achou que eu estava blefando?

— Por que não me diz o que isto aqui faz? — Sonya joga o parasita em cima dela. — A verdade desta vez.

— Como assim "o que isso faz"? — Knox abre e estica o bracelete, olhando para o pequeno aparelho dentro dele. — Ele copia e transmite dados. Eu não menti sobre isso.

— Então você mentiu sobre *o quê*?

Knox dá aquele sorrisinho de novo, e Sonya avança, tirando a faca do bolso e segurando-a na garganta de Knox, a lâmina logo abaixo da linha do maxilar. Ela recua até uma janela, levantando as duas mãos num gesto de rendição, e Sonya vai atrás dela, ainda com a faca em riste.

— Não dá essa porra de sorriso para mim — exige Sonya.

— Fica calma, beleza? Caramba, não sabia que eles deixavam você sair da Abertura com essa coisa. — Ela soa equilibrada, mas depois de falar engole com dificuldade.

— Não sei por que eu deveria ficar calma — diz Sonya. — Você está brincando comigo esse tempo todo.

— Não estou. Tudo bem, vai, talvez um pouco... Mas, se você me matar, não vai conseguir a informação de que precisa, e no fundo esse era o objetivo da coisa toda, não era?

— Você está se esforçando bastante para que eu não consiga essa informação! — diz Sonya. — Já sabia que aquele não era o quartel-general da Armada, não sabia? Sabia que não ia ter servidor nenhum, sabia que era uma missão fracassada, então por que me mandou para lá? Só para se divertir? Fazer a garota da Delegação dançar depois de já tê-la feito cantar?

— Tira essa merda dessa faca do meu pescoço que eu te falo.

Sonya fica olhando para o ponto em que a pele e a lâmina se encontram, e se pergunta se teria coragem. É a sensação de estar no topo de um prédio: tudo que a separa do fim são um instante e uma escolha. Como no momento em que não engoliu o comprimido. Como no momento em que enfiou o polegar no olho daquele homem. Ela pode até se conhecer a fundo, mas, em momentos como esses, ainda se surpreende.

Ela abaixa a mão, dá um passo para trás. Knox esfrega a mão na garganta, afastando-se da janela. Parece um gato se recuperando de uma pequena humilhação, andando com cuidado pelo piso e se acomodando na beirada da mesa de trabalho.

— Faz meses que sei onde fica a base de operações da Armada — diz ela. — É difícil esconder tanto consumo de energia numa cidade como a nossa, que monitora tão de perto os seus recursos. Eles simplesmente não sabem o que estão procurando, mas eu sei. — Ela dá um sorriso discreto. — Já viu um truque de mágica?

— Vá direto ao ponto. — Sonya aperta o cabo da faca.

— O ponto é: despistar — diz Knox. — Eles já sabiam que eu ia agir. Eu só precisava convencê-los de que era um movimento diferente daquele que eu estava fazendo de verdade. Então, enquanto você estava lá atraindo toda a atenção deles... fiz exatamente o que mandei você lá para fazer, na mesma hora. Conectei um parasita ao servidor deles.

Ela toca um dos botões do teclado e acende a tela pendurada acima da mesa. Uma grande quantidade de janelas aparece ali, mas a do centro é uma barra de progresso verde, subindo e descendo com o influxo de dados. Knox faz um gesto amplo, deslizando a mão pela tela.

— Daqui a pouco — explica ela —, vou ter acesso aos EUIs, do jeitinho que a gente planejou.

Sonya trinca os dentes com tanta força que eles rangem.

— Que bom, então, que sobrevivi.

— Mesmo se não tivesse, eu ainda ia tentar encontrar Grace Ward — diz Knox. — Não sou um monstro.

— Ah, é? — Sonya inclina a cabeça. — Você podia ter me contado o que estava acontecendo de verdade.

— Eu não sabia se você era capaz de mentir bem o bastante.

— Eu sou — garante Sonya. — Menti por você. Só para a sua informação.

— Nunca pedi para que fizesse isso — diz Knox em voz baixa.

— Eu fiz mesmo assim. — Sonya guarda a faca de volta no bolso e anda em direção à porta.

— Ei — diz Knox. — Você ainda precisa descobrir o nome associado ao Insight de Grace Ward. Imagino que os Ward não fizeram um registro com o nome Grace.

— É — responde Sonya. — Eu sei.

Ela olha de volta para Knox, ainda sentada na beirada da mesa de trabalho, de braços cruzados, o cabelo meio solto em volta dos ombros. Knox tem razão: ela nunca prometeu decência. Desde o começo, deixou bem claro o desprezo que sentia por Sonya e pelas pessoas da Abertura. Não há motivo para se sentir traída. Ela recebeu exatamente o que esperava.

Mas é ligeiramente humilhante perceber sua esperança exposta.

Ela vai embora, fechando a porta atrás de si.

***

Sonya fica sentada no meio-fio em frente ao prédio dos Ward por quase uma hora, mastigando a bochecha por dentro até doer.

O prédio é um bloco de tijolos vermelhos com doze apartamentos e um pátio lateral cercado por uma cerca de metal. Os Ward moram no primeiro andar, no apartamento mais próximo dos trilhos do trem. Com uma guirlanda de trigo pendurada na porta. Um capacho vermelho surrado.

Sonya passava de Trem Suspenso em frente a esse prédio todos os dias, no caminho de ida e volta da escola. O trem já ficou parado bem ali ao lado meia dúzia de vezes enquanto ela fazia o trajeto, esperando o sinal para seguir viagem. Uma vez, ela passou vinte minutos observando o sr. Ward desmontar um balanço enferrujado no pátio lateral, enrolado com as correntes, pisando nas juntas para conseguir soltar os parafusos.

Alguém pousa uma sacola de compras ao lado dela no meio-fio e suspira. Sonya olha para cima e vê uma garota já perto dos vinte anos, talvez, de cabelo castanho cacheado e bochechas arredondadas. Está usando uma capa de chuva amarela.

— Você pode só bater na porta, sabe? — diz a garota, indicando o apartamento do outro lado da rua com um aceno de cabeça. — Ninguém vai te morder.

A rouquidão na voz dela é familiar.

— Meu nome é Trudie. Ward. O que houve com o seu rosto?

— Ah — diz Sonya. Trudie, Gertrude Ward, é a filha mais velha dos Ward, a que tornou Grace ilegal. Ela tem a cintura larga e bochechas rosadas. Os dentes têm aquela aparência certinha demais de quem usou aparelho.

Sonya se levanta, espanando os pedacinhos de cascalho grudados na parte de trás do casaco. Os bons modos da Delegação a conduzem mesmo quando seu cérebro não faz isso: ela estende a mão para apertar a de Trudie.

— Sonya Kantor.

Ela não explica o que houve com o próprio rosto.

Trudie retribui o aperto de mão e pega a sacola. Sonya vê um cacho de uvas ali dentro e começa a salivar. Faz muito tempo que não come uvas.

— Você vem? — pergunta Trudie, e começa a atravessar a rua.

Sonya vai atrás dela até o capacho vermelho e entra numa cozinha iluminada. O cômodo parece velho, mas de um jeito aconchegante, como se tivesse sido bastante usado, um lugar onde as pessoas ficam satisfeitas após uma refeição. Os azulejos do chão estão lascados, a porta do forno respingada de gordura na parte de dentro. Os armários são brancos, com uma camada tão grossa de tinta que Sonya consegue ver as marcas do pincel ali de onde está, na entrada. Uma mulher baixinha e atarracada usando luvas acolchoadas tira uma forma de pão do forno e a coloca sobre o fogão.

— Mãe, Sonya está aqui — diz Trudie, como se Sonya fosse uma amiga que tivesse trazido da escola; como se ela fosse jovem e bem-vinda.

Eugenia Ward endireita a postura, de olhos arregalados, a porta do forno ainda aberta perto de seus pés. As luvas são no formato de pinças de lagosta. Ela fica encarando Sonya. É uma mulher bonita, com olhos grandes e cálidos, o cabelo cacheado e bem cortado em estilo chanel preso atrás de uma das orelhas com um grampo.

— Ah — diz ela. — Ah. Oi, srta. Kantor.

— Me desculpe por incomodar a sua tarde — começa Sonya, e de repente Eugenia Ward se dá conta de si mesma. Tira as luvas e fecha a porta do forno. Desliga o forno. As unhas estão aparadas com cuidado.

— Estávamos imaginando quando você ia aparecer — diz Trudie.

Ela descarrega as compras: uvas, maçãs, um pacote de farinha, uma caixa de leite. Sonya costumava olhar para aquela cozinha – que na época talvez fosse de outra cor – e sentir a disparidade entre as bancadas brancas impecáveis da própria casa e a fórmica craquelada dos Ward. Agora ela sente a disparidade outra vez, mas do lado oposto. A abundância de comida ali, de espaço, tão diferente de seus armários nus na Abertura. Até o excesso de peso na cintura da sra. Ward lhe parece um luxo agora. Um corpo macio é sinal de conforto e estabilidade.

— Trudie, não seja mal-educada — Eugenia a censura. — Tenho certeza de que a srta. Kantor está se dedicando.

Trudie revira os olhos.

— É só que... eu não queria incomodar vocês até que fosse necessário — diz Sonya. Tecnicamente é verdade, mas talvez não no sentido em que Eugenia entende, como se fosse por cortesia, e não pelo conforto de Sonya. A garganta de Sonya está tensa e seca. Ela junta as mãos na frente do corpo.

— Ah! Por favor, sente-se. — Eugenia indica um dos bancos altos debaixo da ilha da cozinha. — Aceita alguma coisa? Um suco de laranja? Uma água?

Sonya não consegue evitar a alegria que sente ao pensar num copo de suco de laranja. Eugenia dá um sorrisinho e abre a geladeira. Presas ali com ímãs, fotos dos Ward com Trudie, de um cachorro que Sonya vê enrolado no corredor, com o rabo encostado no nariz. Sonya se lembra de que um cachorro custava três mil DesMoeda. Uma compra grande para uma família como os Ward, que não eram favorecidos pela Delegação, não tinham empregos importantes.

Eugenia põe o copo de suco de laranja na frente de Sonya enquanto ela se acomoda no banco, ainda de casaco.

— Você se machucou? — pergunta Eugenia.

— Não foi nada.

— Você é igualzinha ao cartaz — diz Eugenia, e, do modo como ela fala, soa como um elogio. — Eu não tinha certeza se seria.

— A maioria não acha que isso é uma coisa boa — responde Sonya, e toma um gole de suco. Por um segundo, fica chocada com a *doçura* dele. A textura parece granulada. Seus dentes doem.

— Mas você era tão linda — diz Eugenia. — Quer dizer, você é. E era só uma garota. Não muito mais velha que Trudie.

Trudie dobra a sacola de papel e a enfia debaixo da pia.

— Idade suficiente para se recusar a aparecer num cartaz de propaganda política.

— Trudie! — reclama Eugenia, e a menina sai da cozinha, colocando uma uva na boca. Sonya ouve a fruta explodindo entre os dentes dela.

— Me desculpe — diz Eugenia.

— Tudo bem — diz Sonya. — Você é muito gentil, obrigada. — Ela toma mais um gole do suco de laranja. — Vim aqui para saber mais sobre Grace, sra. Ward.

O sorriso suave desaparece dos lábios de Eugenia, mas ela faz que sim com a cabeça.

— Imaginei.

Sonya limpa a garganta.

— Eu sei que, pelo fato de Grace ter três anos quando foi descoberta... — Ela faz uma pausa. Recomeça. — Quando foi *tirada de vocês* — diz ela.

Não faz sentido usar eufemismos com essa mulher, que envelheceu uma vida inteira na última década, a testa enrugada e a pele debaixo dos olhos escurecida como um hematoma.

— Isso significa — Sonya continua. — Isso significa que ela tinha um Insight do mercado paralelo, provavelmente fornecido por alguém que trabalhava no necrotério da Delegação.

Eugenia se encolhe de leve.

— Eu não preciso saber os detalhes dessa... transação — diz Sonya. — Mas a minha melhor chance de encontrar Grace é através do nome da pessoa que estava associada ao Insight dela. A pessoa... morta.

Eugenia alisa a parte da frente do avental florido. Desliza a língua pelos lábios.

— Eu não me orgulho disso. — A voz de Eugenia treme. Sonya percebe que ela está chorando. A mulher endireita a postura.

— Eu não... — Sonya balança a cabeça. — Não estou em posição de julgar ninguém, sra. Ward.

— Não é do que fiz para manter a minha filha que não me orgulho — diz Eugenia, e um tom ligeiramente atravessado transparece na voz dela ao voltar a levantar os olhos e encarar Sonya. — Por que quer saber?

— Infelizmente, não posso explicar — responde Sonya. — Esta investigação me levou a lugares inesperados. Lugares sobre os quais a senhora não vai querer saber.

Eugenia suspira. Limpa as lágrimas debaixo de um olho, depois do outro.

— Você ouviu a mensagem de voz que recebemos algumas semanas atrás?

Sonya faz que sim com a cabeça.

— Então vai entender o que vou dizer bem rápido — continua Eugenia. — O nome da mulher morta era Alice Gleissner.

Sonya escuta a voz falhando na gravação. *Aqui é a sua Alice.* Alexander havia dito que era uma referência a Alice no País das Maravilhas.

— Uma piada de mau gosto, talvez, entre mim e o meu marido — conta Eugenia. — Nós a chamávamos de nossa Alice porque não queríamos disparar um alerta dos nossos Insights ao chamá-la por outro nome. Fomos assegurados de que isso não aconteceria, que o curto-circuito resolveria isso... Você sabe o que era o curto-circuito? Sim, claro que sabe, você investigou tudo. Mas nunca nos sentimos seguros. Então demos o apelido a ela, e dissemos que era por causa da menina da história Alice no País das Maravilhas.

— Ah — diz Sonya. — Err... você teria um pedaço de papel onde eu pudesse anotar o nome?

Eugenia a examina por um segundo, como se não confiasse nela. Abre uma gaveta na ponta da ilha e tira um caderninho com uma caneta. Sonya rabisca uma mensagem para Knox: *O nome associado ao Insight de Grace* - e pede para Eugenia soletrar *Alice Gleissner* ao escrever o nome no papel.

— Você não é como eu imaginei — diz Eugenia, arrancando a página do caderninho e dobrando-a. — É mais séria.

— Bom. Sim. — Sonya guarda o papel dobrado no bolso e se afasta da ilha. Sente uma necessidade repentina de sair dali, como se tivesse ficado muito tempo debaixo d'água e agora começasse a ficar desesperada por ar. Deixa o copo de suco de laranja pela metade em cima da bancada e vai em direção à porta. — Obrigada pelo seu tempo, sra. Ward.

Ela já chegou à porta quando a sra. Ward a interrompe.

— Sonya.

Ela olha para trás.

— Muito obrigada — diz ela — por todo o esforço que está fazendo para encontrar a nossa filha.

Sonya puxa o ar de forma brusca.

— Não. — Sonya abre a porta. — Não me agradeça, por favor.

Ela sai da casa se esquecendo de fechar a porta atrás de si e ganha a rua, desvia de um ciclista que grita alguma obscenidade para ela e cambaleia até a estação de trem, respirando de modo acelerado e profundo, como se nunca tivesse sentido o sabor do ar antes.

Pega o trem de volta até o apartamento de Knox, deixa o bilhete para ela na portaria e retorna à Abertura.

Naquela noite, sonha que está sentada à mesa do chalé enquanto alguém cantarola "O caminho estreito" bem atrás dela, bem em seu ouvido. Fica olhando para o comprimido amarelo na palma da mão e, quando levanta a cabeça, vê os Ward em vez da própria família, os três sentados à sua volta: Trudie, Eugenia e Roger. Eles inclinam a cabeça para trás todos ao mesmo tempo, engolindo.

Quando acorda, assustada, percebe que era ela quem estava cantarolando.

TREZE

Ela não consegue tirar a música da cabeça. Fica se movimentando ao ritmo dela, mastigando as palavras. *Deixe para trás as mentiras, a ilusão.* Pensa em Sam na caixa de areia, usando o graveto para fazer furos. Na neblina do Aplacol se aproximando dela. Nas horas sem supervisão que as pessoas compravam de Knox. *Não sabia que é melhor caminhar por este chão?* Depois que tinha ficado um pouco mais velha, pensava em Aaron quando ouvia esse trecho. Teria sido bom, ela pensava, ter se casado com ele, ter tido uma casa bacana, recebido os amigos para jantar toda semana, dois filhos – com uma autorização para o segundo, como a lei exigia. Não adiantava resistir, e nem havia motivo para isso. Era bom, porque lhe rendia DesMoeda; DesMoeda botava tudo em ordem, medida e ranqueada de acordo com a escala de Desejo.

Parecia fácil.

Ela sobe para o terraço, até a pequena estufa onde as mudinhas se desenvolvem. Já aprendeu o bastante sobre plantas a esta altura para saber que é melhor deixá-las quietas, então apenas se senta no banco e as observa, cantarolando um "Parabéns a você" para expulsar o "O caminho estreito" da cabeça. As mãos estão tremendo, então ela se senta em cima delas.

Sonya ouve passos no terraço e suspira. Faz dois dias que não fala com Nikhil, desde que ele dissera a ela que o mundo a estava fazendo mudar. Dá uma empurradinha com o pé para abrir um pouco a porta, esperando encontrá-lo ali. Mas quem aparece é Alexander.

— A sra. Pritchard falou que você talvez estivesse aqui em cima — explica ele. — Ela continua igualzinha, né?

— É — diz Sonya. — Ela te deu uma bronca por causa de alguma coisa?

— Fez um comentário sobre o comprimento do meu cabelo. — Alexander entra na estufa e a faz parecer ainda menor do que já é. — Ela nunca gostou de mim. Uma vez arranquei todas as frésias dela e dei para a minha mãe, como se eu tivesse comprado o buquê.

O olhar dele está preocupado. Ele é sempre meio agitado, mas há um certo desespero no modo como passa a mão pelo cabelo, puxando aqui e ali. Ela ainda não quer perguntar o que aconteceu.

— Você também nunca foi muito bom de papo furado — comenta ela.

— Continuo não sendo — admite ele. — Tentei a fotografia por um tempo, você sabe. Não queria muito trabalhar para o Triunvirato. Mas um aspecto-chave da atividade de fotógrafo é lidar com os clientes. E ninguém quer um esquisitão mal-encarado no próprio casamento.

Ela segura um sorriso.

— Mas então — diz ela. — Qual é o problema?

Ele fecha a porta e usa o bico do sapato para arrastar o outro banco que está embaixo da mesa de trabalho. Senta-se de frente para ela, as mãos unidas entre os joelhos.

— Emily Knox está morta — diz ele.

A canção volta a tocar em sua mente, não cantarolada no timbre melódico da mãe, mas entoada numa voz esganiçada para um bar cheio de estranhos.

— Morta — repete ela.

Alexander confirma com a cabeça. Ele olha para as mudas de plantas, que mesmo tão pequenas já se inclinam em direção à janela, em direção à luz. Está tão frio que ela consegue ver a respiração dele no ar.

— A polícia encontrou o corpo dela ontem à noite — diz ele. — Na água. Havia... evidências de agressão. Um investigador veio falar comigo hoje de manhã; sabia que eu havia estado com ela recentemente. Pode ser que ele queira conversar com você também.

— Eu não... eu não entendo. — Sonya fecha os olhos. Não aguenta mais olhar para ele, as sobrancelhas franzidas de preocupação; também não suporta o modo como a voz dele transparece o que aconteceu, mas quanto a isso não há nada que possa fazer. — Estive com ela ontem.

— Você esteve com ela ontem?

Sonya assente. A última imagem dela: calça de moletom, pés descalços, braços cruzados, cabelo bagunçado, observando Sonya ir embora do apartamento. Agora ela não sabe como se sentir. Knox a enviou para o encontro com Mito sem a menor preocupação com a vida dela. Knox também a ajudou, compreendeu que encontrar Grace era o que realmente importava.

E agora estava morta.

— Deve ter sido a Armada — diz Sonya. — Ela me mandou até eles como uma distração para conseguir invadir a verdadeira base de operações e copiar os dados deles enquanto estavam todos desatentos. Eles sabiam que ela tinha me enviado. Devem ter descoberto o que ela fez e ido atrás dela.

— Os dados *deles* — repete ele.

— Os dados da Delegação — diz ela. — Estão com eles. Era por isso que eu estava... foi por isso que *achei* que estava indo lá, para roubá-los.

Os dedos de Alexander tocam o pulso dela, como se tivesse se lembrado do bracelete com o parasita.

Os dois ficam um tempo se olhando, os joelhos a poucos centímetros de distância.

— Você sabe que horas aconteceu? — pergunta ela.

— Tarde da noite ontem — ele responde. — Mas não se sabe onde. Ninguém consegue entrar no apartamento dela.

— Ninguém consegue *entrar*?

— Ela tem um sistema de segurança impenetrável — diz ele. — Isso é uma surpresa para você?

Sonya balança a cabeça. Não chegou a pensar sobre isso. O olho mágico mecânico na porta parecia engraçadinho demais para ser um obstáculo de verdade, mas não devia ser a única precaução que uma pessoa como Knox usaria.

Uma linha de expressão surge entre as sobrancelhas de Alexander.

— Tem alguma coisa... que não está certa — aponta ele. — Antes, sempre que a Armada matava alguém, reivindicava a autoria. Agia de forma... *teatral*.

Sonya se lembra.

— A lista de crimes pregada no peito da pessoa.

— Isso, exatamente. Mas desta vez... uma das pessoas mais famosas no mundo da tecnologia, a famigerada *Emily Knox*, assassinada no meio da rua e desovada na água? Não acha que esse seria um feito que eles reivindicariam com orgulho?

— Vai ver foi um ato de desespero. Não tiveram tempo de planejar.

— Pode ser — diz ele. — Mas por quê? O que ela estava fazendo que tornava a coisa toda tão urgente? Ela já tinha os dados. Se fosse só uma questão de vingança, por que não esperar até conseguirem fazer algo que estampasse todas as capas de jornal?

— Ela ainda não tinha todos os dados... a transmissão do parasita é lenta — diz Sonya. — De repente havia alguma coisa ali que eles não queriam que ela descobrisse.

— Se ela ainda não tinha descoberto, eles podiam desativar o parasita, acabar com a pressão do tempo — rebate ele. — Só pode ser alguma coisa que ela *já tinha* descoberto.

Sonya franze o rosto.

— Ela tinha os EUIs — diz ela. — Ontem passei para ela o nome associado ao Insight de Grace Ward. Ela tinha me falado que, quando eu descobrisse isso, ela conseguiria encontrar a garota. Você acha que alguém matou Emily Knox por causa de uma garota desaparecida?

— Não sei. Só sei que John Clark veio ao meu escritório me pedir para deixar esse assunto pra lá. Sei que Grace Ward está sendo mantida à força em algum lugar. E agora a única pessoa que era capaz de nos ajudar a encontrá-la está morta, e ninguém reivindicou a autoria do assassinato.

Ele soa tenso, quase agitado. Mas Sonya está pesada. Murcha.

— Alguém queria me impedir — aponta ela — e conseguiu. Você percebe isso, né? Não tenho para onde ir agora.

— Tem que haver um caminho — diz ele. — Você não pode desistir agora, Sonya.

— Por que não?

— A sua *liberdade*.

— Foda-se a minha liberdade, Sasha! — ela grita de repente. — O que eu vou fazer lá fora? Não tenho família, nem amigos. Não tenho nenhuma habilidade. Nenhum sonho. Só estou matando o tempo que me resta, me perguntando por que não engoli aquele Solo dez anos atrás.

O rosto dele se contorce.

— Se é assim mesmo que você se sente, por que concordou com tudo isso? — diz ele em voz baixa. — Fico me perguntando.

— Isso... — ela fecha os olhos — não é da sua conta.

— Beleza. — Ele fica de pé e anda em direção à porta. Para, olha para trás. — Você acabou de me chamar de Sasha, sabia?

Ela sabe. Ainda sente o nome na boca, o formato errado. O nome pelo qual ela o chamava quando era criança, porque era assim que a mãe dela o chamava. Muito antes de Sonya odiá-lo.

Ele hesita com a mão no batente da porta, depois se vira e encosta no ombro dela, suavemente, no ponto onde se junta com o pescoço. Ela levanta os olhos para ele.

— Estou feliz por você ainda estar viva — diz ele. — Se é que isso significa alguma coisa.

Ele vai embora. Ela põe a mão no pescoço, onde os dedos dele tocaram a pele nua.

Sem Nikhil para recordá-la, Sonya esquece que o aniversário da insurreição é naquele dia. Só lembra no fim da tarde, quando alguém na cidade fora da Abertura solta fogos. Ela puxa o cobertor da janela em seu apartamento para observá-los. Raios azuis, verdes, roxos pontilhando o céu acima dos prédios no horizonte. Lá fora, a ocasião é marcada por um feriado. O dia em que o povo finalmente triunfou sobre a Delegação e se libertou da tirania do Insight.

Dentro da Abertura, não é uma data comemorativa.

Ela veste o suéter mais quente que possui, põe o casaco por cima, pega a lanterna e desce as escadas. As viúvas estão reunidas no pátio. A sra. Pritchard está usando suas pérolas. Só conseguiu levá-las para a Abertura porque estava com elas no pescoço ao ser presa pela insurreição junto com o marido. Poderia tê-las vendido a algum guarda, conseguido alguns luxos – um edredom, um tapete, uma geladeira –, mas se recusou. Sonya a respeita por isso.

Sonya cumprimenta as viúvas e segue para o túnel. Para no nome de David e acende a lanterna para enxergá-lo, gravado em caixa-alta com uma caligrafia cuidadosa. Depois continua em frente, cruza a rua Cinza e atravessa o túnel que leva ao Bloco 2. Faz anos que ela não pisa ali. Ignora Gabe e Seby, que dividem um isqueiro no pátio, e aponta a lanterna para os nomes de sua família.

Julia Kantor

August Kantor

Susanna Kantor

Tenta se lembrar deles, mas seus rostos não passam de borrões na memória. Não tem nenhuma foto da família, apenas a lembrança vívida de todos eles caídos sobre a mesa, os olhos vidrados, enquanto Sonya ficava ali congelada, o comprimido na palma da mão. Ela acredita que a insurreição cremou os corpos junto com todos os demais, e descartou as cinzas... em algum lugar. Algumas pessoas na Abertura encaram aqueles nomes como lápides, vão até ali para conversar com os mortos. David sempre dizia que isso era idiota, que eram só nomes na porra de uma parede.

Ela apaga a lanterna e desce a rua Cinza. Os outros estão reunidos no cruzamento com a rua Verde. No lugar da feira, uma fila de quatro pessoas paradas bem no centro da interseção, segurando papéis. Um representante de cada bloco, para ler os nomes dos familiares que morreram na insurreição. Sonya esqueceu-se de enviar os seus esse ano, mas Nikhil deve ter se lembrado.

Ela fica no meio dos espectadores. No primeiro ano na Abertura, eles fizeram a cerimônia com velas, mas velas são um bem precioso agora. Lanternas, porém, são itens a que todos têm acesso. Fazem parte do kit de segurança e primeiros socorros que o Triunvirato manda para a Abertura todo ano. Alguém lá na frente do grupo bate com uma colher numa panela para fazer todo mundo se acalmar, e o silêncio logo cai sobre a pequena multidão. Todos desligam suas lanternas, deixando a Abertura na escuridão total. Sonya segura a lanterna junto ao peito, como se fosse uma vela de vigília, com o polegar pousado no botão.

Em anos anteriores, algumas pessoas fizeram discursos. Quatro anos atrás, alguém decidiu ler um poema – tinha sido terrível. Mas esse ano ninguém se sente muito inclinado. A representante do Bloco 1 – Kathleen – simplesmente começa a recitar a lista. Quando ela diz o primeiro nome, "Michael Andrews", uma lanterna se acende no meio do grupo, uma mulher no meio de onde se agruparam os moradores o Bloco 1. Mais luzes vão se acendendo nessa parte à medida que Kathleen prossegue.

Fogos de artifício espocam na cidade, *poc poc poc*. Sonya ouve uma cantoria distante. Seus pés formigam enquanto ela aguarda os nomes dos Blocos 1, 2 e 3. Flexiona os dedos segurando a lanterna. Nikhil começa a lista, com sua voz grave e ressonante. Não se esquece da família dela. "August, Julia e Susanna Kantor", diz ele, e Sonya acende sua lanterna, lançando o feixe de luz em direção ao céu indiferente.

A voz dele falha apenas uma vez, em "Aaron e Nora Price", e ele se atrapalha um pouco para acender a própria lanterna. Quando ele termina, ficam todos parados em silêncio, as lanternas acesas projetando um brilho macabro em cada rosto ali reunido, o que confere ao grupo uma aparência fantasmagórica. É uma imagem adequada, visto que eles são o que restou daqueles que foram perdidos, incompletos, ocos.

Alguém apaga a lanterna, e logo todos fazem o mesmo. Ela pensa em procurar Nikhil na multidão, mas não quer contar a ele que todas as esperanças foram destruídas, que a tarefa impossível que ela achava ter recebido no princípio agora é de fato impossível. Em vez disso, pega-se caminhando até Renee, parada junto com Douglas e os outros moradores do Bloco 3.

— O que houve com a sua cara? — pergunta Renee.

Sonya já havia quase se esquecido do corte no rosto, o hematoma no maxilar. Ela dá de ombros.

— Topei com uma galera do mal lá fora.

Renee franze o rosto.

— Bom, a gente está indo encher a cara no terraço — diz ela. — Quer vir?

— Quero — responde Sonya. — Quero sim.

Marie, Kevin e Douglas estão tentando cantar uma cantiga da escola em que os três estudaram quando crianças, mas Kevin toda hora erra a entrada. O ritmo desanda e Marie começa a tropeçar na letra, e de repente estão todos caindo na gargalhada. A cena já se repetiu algumas vezes, mas a cada vez eles riem mais.

Renee passa a garrafa para Sonya. Sonya pega, dá um gole. Reconhece o formato da garrafa – é a embalagem de seu chá gelado preferido. Ainda tem as marcas do rótulo, e o logotipo no fundo.

A bebida tem gosto de plástico derretido. Queima os lábios rachados de Sonya. Ela passa a língua para limpá-los e sente o gosto do ar, úmido e frio.

— Foram quantos hoje para você? — pergunta Renee. Seus olhos estão opacos e fora de foco. Ela desliza a lanterna pelas mãos, apertando o botão a cada ida e vinda. Liga, desliga. Liga, desliga.

— Goles? Sei lá, não estou contando — responde Sonya. Sua boca está ficando pesada, os sons saem embolados. — Por quê? Você vai me cobrar um jornal para cada gole?

— Não, não. — Renee solta uma risada pelo nariz. — Nomes. Leram os nomes de quantas pessoas para você hoje?

— Ah, você quer dizer familiares mortos. — Sonya pousa a garrafa entre as duas. Não se lembra de quem fabrica essa bebida. Pode ser feita de batatas ou maçãs. São os ingredientes mais comuns na Abertura. — Três. Mãe, pai, irmã. E você?

— Um. Meu irmão. Meu pai morreu quando eu era pequena, e a minha mãe ainda está por aí. — Renee faz um gesto indicando a cidade lá fora. É a mesma vista que Sonya tem da janela de casa. Os fogos acabaram, pelo menos a parte principal. De vez em quando um estoura, um feixe de luz se desfazendo no ar. — Fingindo que *tentou* ajudar os filhos desencaminhados, mas eles não quiseram *ouvir*...

— E eles não a enfiaram aqui dentro mesmo assim?

— Não, pelo visto ela ajudou a insurreição. Não sei nem como.

— Que bacana da parte dela envolver você.

— Pois é, menina. — Renee sorri. — Mesmo assim, acho que fico feliz por ela não estar morta.

Ela pega a garrafa e a aponta para Sonya.

— Ao seu trio perdido — diz ela, e bebe.

— Ao seu irmão — responde Sonya.

Sonya perdeu mais de três. Perdeu Aaron e Nora também. Sua melhor amiga da escola, Tana, tentou fugir com a família, mas eles não conseguiram nem sair da cidade. As pessoas que ela via todos os dias, com quem almoçava, trocava bilhetinhos nas aulas – alguns estavam na Abertura, alguns estavam do lado de fora, mas boa parte deles tinha morrido. E ainda tem David. Não morto pela insurreição, claro, mas esmagado pela Abertura, pela permanência ali.

Sonya pega a garrafa da mão de Renee, sacode os ombros para tirar o casaco. Está sentindo calor, apesar do clima frio. Deseja sentir o ar na pele, então sobe no parapeito do prédio e começa a andar como se estivesse numa corda bamba, com os braços abertos.

— Sabe de uma coisa da qual não consigo me esquecer? — diz ela.

— O que é que você está fazendo? — diz Renee. Ela soa assustada. — Desce daí, você vai cair!

— Será que vou? — Sonya olha para ela e levanta um dos pés. Renee já se levantou, estendendo os braços para ela. Sonya toma um gole grande da bebida e recua com um passinho de dança, saindo do alcance. — Como eu ia dizendo... Não consigo me esquecer da coreografia. Sabe, de todas aquelas danças que eles faziam a gente decorar. — Ela dá um passo para a frente, outro para trás, com os braços estendidos à frente do corpo como se estivesse dançando valsa com um parceiro.

— É, eu também me lembro delas — diz Douglas. Ele está de pé agora, e os outros pararam de cantar. — Desce aqui, vamos mostrar para o pessoal.

— Aaron não dançava bem. Não sabia conduzir, então era eu que tinha que fazer isso naquelas aulas de dança — conta ela. — Era esquisito, porque ele *amava* falar para as pessoas o que elas tinham que fazer. Ele *amava*. E ninguém achava que eu levava muito jeito pra nada. — Ela ri. — Acho que tinham razão.

— Aaron, né? — pergunta Douglas. — O seu amigo, de antes?

— Amigo? Não sei dizer — responde Sonya. — Estava mais para um Parceiro Predeterminado.

Ela se vira para olhar para a cidade. A grade de luzes fica borrada diante de seus olhos. O ar está frio.

— Foda-se! — ela grita. Encosta a garrafa fria na bochecha, e ela sai molhada de lágrimas. Põe a mão no rosto. Faz anos que não chora. Lambe a garrafa para ver se é salgado. Só sente gosto de poeira.

Seria fácil cair para a frente. Em certo sentido, mais fácil do que engolir o Solo. Nos instantes logo antes de quase morrer junto com a família, ela se preocupou que o comprimido fosse ficar agarrado na garganta. De que ela fosse cuspir e derramar a água toda em si mesma, como acontecia às vezes quando ficava nervosa. Fazia diferença para ela, não morrer com um suéter todo molhado. Morrer erguida e sem dificuldade. Diziam que o Solo era indolor, mas quem podia ter certeza?

Estou feliz por você ainda estar viva, Alexander Price havia falado, e ela se pergunta se é para ele que está dizendo "foda-se", ou para Emily Knox, ou para os três familiares de quem teve a chance de se despedir, mas os quais nunca perdoou por terem morrido, ou para David, por não ter deixado nem a merda de um bilhete.

Qualquer que seja a resposta, ela desce do parapeito, e Douglas a enrola em seu casaco. Marie pega a garrafa de bebida. Renee a envolve com o braço e a puxa para perto de si.

Na manhã seguinte, ela ainda está tonta por causa do álcool, mas todos os contornos amaciados por ele já estão afiados de novo. Ela se arrasta ao longo da rotina matinal, dolorida e ansiosa, e logo já está novamente no Trem Suspenso, parando na estação perto do apartamento de Emily Knox.

Foi até ali movida por um palpite. Uma lembrança de Knox parada na cozinha, comendo uma tigela de cereal enquanto a porta liberava a entrada de Sonya – não havia sido ela a deixá-la entrar; a porta conhecia Sonya do mesmo jeito que um Insight piscava ao reconhecer outro.

Além disso, não há outro lugar aonde ir para prestar uma homenagem a Emily. Sonya, no geral, não tivera a materialidade de um corpo para velar, então aquilo não era nenhuma novidade.

Ela fica parada em frente ao prédio de Knox, debaixo das trepadeiras, e aperta os dedos sobre os olhos fechados para aliviar a pressão. Seu estômago ameaça se rebelar, mas o ar frio ajuda a acalmá-lo. Ela entra na portaria, e o segurança levanta uma sobrancelha.

— Ficou sabendo? — pergunta ele.

Sonya faz que sim com a cabeça.

— Porra, é uma pena — diz ele. — Uma mente brilhante daquela indo embora.

— É mesmo.

— Sabe que a porta dela não abre, né?

— A porta em si já basta.

Ele não a impede de passar por ele e ir até o elevador. Sonya se apoia na parede do fundo para manter o equilíbrio enquanto o elevador sai do térreo. A mudança de pressão quase a faz vomitar. As portas se abrem de novo e ela pisa no corredor, jurando a si mesma que nunca mais vai beber.

O coração acelera quando ela se aproxima da porta. Para com a mão no batente, respira fundo e se posiciona em frente ao olho mecânico. Um anel de luz branca brilha em volta da pupila. A fechadura solta um clique, e a porta se abre.

— Visitante: Kantor, Sonya. Autorização de segurança nível quatro.

Sonya fica parada, as mãos trêmulas.

Entra no apartamento.

Existe um lado dela que espera encontrar a mulher de carne e osso ali dentro, descalça, bebendo um espresso, após ter fingido a própria morte e plantado um cadáver inchado na água.

Ela anda de um cômodo a outro, da cozinha para a sala de estar, do banheiro para o quarto, e vê que todos estão vazios. Há pratos, tigelas e canecas espalhados aqui e ali, ainda com restos de comida. Knox não fez a cama; as cobertas ainda estão emboladas no formato do corpo dela, o travesseiro com longos fios de cabelo preto.

Sonya pega o sabonete do chuveiro. A barra tem florezinhas cor-de-rosa. O xampu tem cheiro de maçã. O papel higiênico acabou, mas o rolo vazio ficou ali pendurado. O rótulo num vidro de comprimidos no armário de remédios diz "Levant", um antidepressivo bastante comum. Um estojinho de lentes de contato está na beirada da pia.

Ela vai até a área de estar, com a mesa grande de trabalho e o conjunto de telas, agora apagadas. Sonya não entende muito de computadores. Tudo que ela sabia antes era feito através do Insight. Senta-se na cadeira de Knox mesmo assim e procura na borda da mesa pelo botão que acende as luzinhas cor-de-rosa.

Por fim, toma coragem de tocar no teclado. Pressiona a barra de espaço e aguarda. A esperança é traiçoeira. Por mais que Sonya tente sufocá-la, ela sempre dá um jeito de escapar. Ela odeia isso, e odeia a agitação que sente quando as telas piscam e ganham vida, e fica olhando para a janela de comando escura de Knox.

Então o nome dela aparece na caixa de texto. Bem, não exatamente o nome.

```
Olá, Garota-Propaganda.
C:\FortKnox\diretorio>cd
C:\FortKnox\GarotaPropaganda
C:\FortKnox\GarotaPropaganda>"porviadasduvidas.avi"
```

Alguma coisa vibra. Uma imagem de Knox surge na tela – na verdade, um vídeo.

Ela aparece sentada na mesma cadeira em que Sonya está agora, usando a calça de moletom e a camisa larga que estava vestindo da última vez que Sonya a viu. Puxa um dos joelhos para perto do peito e começa a falar. A voz vem de todos os lados – da frente, de trás, das laterais de Sonya, o apartamento todo é inundado pela voz dela.

— Bom, se você está assistindo a isso, as coisas deram muito errado — diz Knox. — O que sempre foi uma possibilidade. Passei a vida inteira cutucando onças com vara curta, e uma delas ia acabar se tornando homicida mais cedo ou mais tarde. Mesmo assim, espero que este programa nunca entre em ação. Talvez um dia eu o mostre a você, e vamos poder dar boas risadas juntas. Você acha que nós seríamos capazes de rir juntas, Sonya? Não estou totalmente convencida de que você ainda saiba como se faz para rir.

Ela estica o braço para fora do enquadro da câmera e pega uma caneca de café. Segura a caneca junto ao peito e continua:

— Se eu tiver batido as botas, existem algumas coisas que você deveria saber — diz ela. — A primeira é que eu não te contei um detalhe sobre o roubo dos dados da Armada. Eu não só roubei os dados. Eu apaguei tudo. O meu parasita estava mais para... verme. Ele se fixou ao sistema, copiou as informações e depois devorou o original. Quando a

Armada descobrir isso, vai ficar... — Ela sorri, mas é um sorriso incerto. — Espumando de raiva.

Atrás dela, o sol está se pondo sobre a água. Ela deve ter gravado o vídeo logo depois que Sonya foi embora.

— Fiz isso porque acho que ninguém deveria ter essas informações — diz ela. — Porque acredito que devemos criar sistemas estáveis. A Delegação usava dados de localização para encontrar e eliminar seus opositores. Depois da insurreição, todas as coisas que faziam uma pessoa ser beneficiada na Delegação passaram a torná-la uma criminosa no Triunvirato, e vice-versa. Só porque você não está cometendo um crime agora, ao ir aonde vai, ao encontrar com quem encontra, não quer dizer que outro governo, outro grupo de pessoas com outras prioridades, não possa aparecer e chamar você de criminosa um dia. Os jogadores mudam, as regras do jogo mudam, isso é inevitável... O máximo que a gente pode fazer é montar um tabuleiro que imponha fronteiras ao que é possível. Estabelecer *limites para o poder*. Entende?

Sonya se inclina para a frente, porque Knox está inclinada para a frente, já sem qualquer traço de humor no rosto, os olhos cintilando. Sonya percebe que ela também é uma justiceira, assim como Mito e os integrantes da Armada Analógica. Mas é um senso de justiça menos perigoso.

— Minha intenção é usar o banco de dados dos EUIs para ajudar você a encontrar Grace Ward, e depois deletar tudo — continua ela. — Se eu estiver morta, não vou conseguir fazer isso, mas você vai. Não posso garantir que você vai vai mesmo deletar tudo. Tenho só que acreditar nisso. Tenho que acreditar em você. — Ela ri. — É difícil acreditar em você, Sonya Kantor. Sabe quantos adolescentes participaram da insurreição? Pessoas que foram criadas para obedecer à Delegação, mas que ainda assim enxergaram a verdade, e estavam dispostas a morrer para derrubá-la. Pessoas que *de fato* morreram para derrubá-la. Você não foi uma delas. Você não vai ter desconto, Garota--Propaganda, só porque era jovem. Mas, sei lá, acho que preciso acreditar que você não ficou cristalizada no tempo. Porra, eu realmente espero que não.

Ela se recosta na cadeira, limpa a garganta.

— Na gaveta de baixo, à sua direita, estão dois conjuntos de instruções. Em papel. — Ela dá um sorriso irônico. — O primeiro vai ensinar você a usar a base de dados dos EUIs para localizar a srta. Ward.

O segundo vai mostrar como apagar o sistema do meu computador. Não recomendo botar o segundo em prática até você realmente ter visto a srta. Ward ao vivo, só por precaução.

Sonya desliza a cadeira de rodinhas para mais perto do gaveteiro embaixo da escrivaninha e puxa a gaveta de baixo para abri-la. Há duas folhas de papel na parte de cima, uma com o título BANCO DE DADOS EUI e outra intitulada FIM DA LINHA. Sonya dobra a que diz Fim da Linha e guarda no bolso interno do casaco. Estica sobre a mesa a folha do Banco de Dados EUI, com as mãos tremendo. Começa a digitar.

As anotações de Knox são uma confusão, a letra miúda e difícil de ler, exceto nas partes dos códigos. Sonya digita sequências aleatórias, os dedos sem costume de saber onde fica a barra, o acento, os colchetes. Ela pressiona "Enter" e uma nova janela se abre em uma das outras telas. É um mapa enorme e detalhado da megalópole, uma teia de linhas finas que, por um segundo, Sonya sequer reconhece.

As instruções de Knox explicam como abrir o painel lateral e buscar um nome.

DIGITE O NOME QUE VOCÊ DESCOBRIU ATRAVÉS DOS WARD, O SOBRENOME PRIMEIRO. Sonya pensa em seu bilhete, aguardando com o segurança que estava lá embaixo na outra noite. Que por pouco não cruzou com Knox. Ela digita Gleissner, Alice.

Nada acontece.

Sonya se curva um pouco para a frente. O mapa está se movendo, mudando, as linhas estão se redesenhando. A malha rodoviária desaparece e dá lugar a linhas curvas umas por cima das outras, com formatos, sombreados e números estranhos. Um mapa topográfico. O sinal não vem da cidade; mas da região que fica *além* dela.

Um ponto azul pisca no centro do mapa. Um quadrado branco aparece ao lado dele, com o texto:

```
EUI #291-8467-587-382, "Gleissner, Alice
    Elisabeth"
47° 27' 01,3'' N
121° 28' 26,5'' O
Status: Online
```

CATORZE

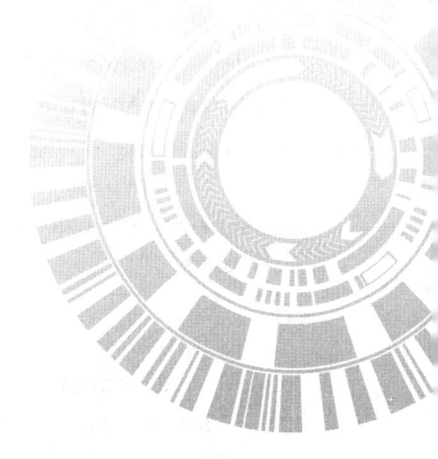

O Trem Suspenso vai deslizando de uma estação a outra. Em algum lugar, um bebê grita, e ela sente um desejo irracional de gritar de volta. Status: Online. As palavras pulsam dentro de Sonya feito um segundo coração. Grace Ward está sendo mantida numa área erma fora da megalópole; não é à toa que nunca foi encontrada.

Ela está inquieta. Não tem nenhum plano além de ir até lá. Vai passar na Abertura; arrumar o que tem e partir numa viagem. Vai achar um mapa... em algum lugar. Na biblioteca. Na lojinha da esquina. As possibilidades se apresentam como se ela estivesse folheando um livro, virando as páginas rápido demais para prestar atenção em todas.

Status: Online.

Ela está parada em frente à porta quando o trem chega à estação. Desce apressada a escada para o nível da rua e vai correndo, os pés batendo com força no chão, até a entrada da Abertura. Parado em frente ao olho de metal do portão está Alexander Price, com aquela cara de quem está prestes a fazer uma revelação que ela não vai querer ouvir. Ela para a alguns metros dele.

A verdade é que ele não se parece tanto com Aaron, Sonya pensa, e talvez ela só achasse isso porque faz muito tempo que viu o rosto de Aaron pela última vez. Seus traços são mais duros, mais alongados. O tempo o deixou mais afiado – deixou tanto ela quanto Alexander mais afiados.

Ele se aproxima, e ela faz o mesmo. A rua está vazia exceto pelo guarda no portão da Abertura e pelo homem trabalhando no balcão da lojinha da esquina. Eles se encontram numa bolha de silêncio.

— O Triunvirato — diz ele — revogou oficialmente a oferta.

As palavras se acomodam dentro dela. Não exatamente pesadas, mas estranhas.

— Ah.

— Ordenaram seu retorno imediato para a Abertura — diz ele —, onde deverá permanecer por todo o tempo em que ela existir.

— Eles deram algum motivo?

— Disseram que está na hora de seguir em frente. Vão extinguir totalmente o meu departamento e remanejar todos os funcionários — revela ele. — Agora acho que ficou bem claro que a pessoa interessada em impedir que a gente encontrasse Grace Ward está trabalhando para eles.

Ela assente. Olha para o portão, para os segmentos sobrepostos que agora estão fechados. Ouve de novo o que ele falou, e dessa vez parece novo.

— Trabalhando para *eles*. — Ela levanta os olhos para Alexander. — Não para *nós*? Eles não remanejaram você?

— Não, na verdade eu fui demitido.

— Demitido.

— Bom, discuti com eles — diz Alexander — e posso ter sido meio insubordinado. E posso ter eliminado do sistema todos os dados do seu Insight para que não possam usá-los contra você no futuro. — Ele inclina a cabeça. — Não se preocupe, salvei uma cópia.

Ela pensa que isso deveria deixá-la preocupada ou irritada. A esperança da liberdade acabou. Knox está morta. Quem quer que esteja tentando impedi-la de continuar, tentando fazê-la deixar Grace Ward em paz, é uma pessoa desesperada e poderosa.

Mas ela se sente firme. Sabe o que está fazendo. Sabe para onde está indo.

— Você tem um mapa? — pergunta ela. — Do nosso distrito inteiro, incluindo a área da floresta e tudo?

Uma das sobrancelhas grossas dele se levanta.

— Tenho.

— Que bom — diz ela.

— Você tem... você sabe onde ela está?

Sonya fica satisfeita ao ver a luz nos olhos de Alexander quando ele entende. Ela confirma com a cabeça.

— Knox cumpriu a parte dela do trato — diz ela. — Eu entendo se você não quiser vir, se estiver pronto para simplesmente encerrar esse assunto e voltar para a sua vida, mas...

— Eu vou — declara ele. — Não estou pronto para encerrar nada, Sonya.

Ela também fica satisfeita ao perceber que a voz dele fica mais suave ao pronunciar seu nome. Dá um sorriso discreto, e os dois se afastam juntos do portão da Abertura, andando em direção ao Trem Suspenso.

O apartamento de Alexander, localizado a apenas uma parada da estação dela, é um espaço apertado e cheio de objetos. Ele faz coleções: peças de xadrez apinhadas na estante de livros, bonequinhos de vidro decorando a mesa perto da porta, um amontoado de vasos pequenos com flores secas transbordando que ocupam o centro da mesa de jantar. As paredes estão cobertas de quadros, mas as fotografias são todas de prédios: o quadriculado de janelas; o King County, onde ele trabalhava, com sua padronagem de hexágonos e losangos na fachada; as listras estruturais na parte inferior da Space Needle. As estantes estão repletas de câmeras, algumas velhas e empoeiradas, outras novas e reluzentes, e algumas entre uma coisa e outra.

Ela fica parada enquanto ele pega duas mochilas vazias no armário do corredor, cheio de cabides sem casacos pendurados neles; pega na cozinha um pacote de pão e um vidro de pasta de amendoim; enfia a cabeça na cômoda em busca de suéteres. Enquanto ele faz as malas, Sonya vai até a cozinha, que tem a aparência encardida de um lugar que jamais ficará limpo, não importa o quanto a pessoa esfregue. As bancadas são de fórmica branca, com círculos queimados aqui e ali por frigideiras quentes. Também há fotografias na geladeira: grupos de pessoas rindo, ou sorrindo e se abraçando para a câmera; uma mulher na beira da água, usando óculos escuros; um bebê segurando o rabo de um cachorro com a mãozinha gorducha. Ela nunca pensa em Alexander Price como alguém que tem amigos ou uma namorada. Em vez disso, dedica seu tempo a desgostar dele.

Sonya foi até a cozinha por um motivo. Abre uma das gavetas e encontra medidores e colheres, uma espátula, um espremedor de alho. Abre outra e encontra uma faca de lâmina curta com uma capa protetora de plástico. Enfia a faca no bolso.

Knox está morta. Não custa nada carregar uma faca.

Alexander aparece e lhe entrega uma das mochilas. Está cheia, mas não abarrotada. Ela ajeita as alças nos ombros, e ele lhe dá um chapéu, um par de luvas e óculos escuros com as pontas levantadas.

— Estilo gatinho, hein? — diz ela.

— Uma antiga namorada deixou aqui. Assim como uns sutiãs que não me servem para nada, a não ser talvez... como estilingues?

— Uma ideia interessante. — Ela encaixa os óculos no rosto, logo acima do nariz. — Você precisa avisar alguém que vai viajar?

— Não — responde ele, parecendo confuso. — Tipo quem?

— Sei lá. — Sonya dá um tapinha na foto com a moça perto da água. — Ela?

— Só uma amiga. O nome dela é Ryan — conta ele. — Na verdade, o bebê com o cachorro é dela.

Sonya faz um gesto com a cabeça, concordando.

— Eu não fico sempre sozinho — diz ele. — Em geral não fico. Mas... nada sério.

Alexander fica parado por um segundo antes de pegar o mapa, agora dobrado do tamanho de sua mão. Ele o desdobra e o estica sobre a mesa da cozinha, derrubando um dos vasinhos de planta. O mapa mostra o setor deles, a megalópole que se estende da água até a borda da reserva florestal, a vegetação selvagem depois dela, o rio do outro lado que faz a fronteira com o outro setor, governado por outro grupo político, segundo algum outro sistema.

Ela tira do bolso o pedaço de papel onde anotou as coordenadas de Grace Ward e procura a latitude enquanto ele localiza a longitude. Seus dedos se esbarram quando eles chegam ao ponto de encontro das duas linhas. Fica no meio da floresta, perto de um lago, à sombra de uma elevação. Alexander desenha uma marca vermelha com uma caneta e dobra o mapa com essa parte para fora.

— Parece que podemos pegar o Estalo no sentido leste, até o fim da linha — diz ele. — E de lá temos uma boa caminhada pela frente. Se sairmos agora, eles talvez ainda não tenham começado a procurar por nós.

Sonya não sabe exatamente quem são "eles". Mas eles estão sob o Triunvirato, o que significa que, se acessarem o Insight dela, vão conseguir deduzir onde ela está, onde quer que isso seja. Então ela e Alexander precisam chegar lá primeiro.

Uma hora depois, ela está sentada no Estalo, no assento ao lado de Alexander. Ele estica as pernas compridas debaixo do banco da frente. A mochila dele está entre os joelhos. Ficam os dois olhando para os comerciais na tela brilhante. Os pixels formam o rosto de uma mulher. *Viva a vida sem limites*, diz ela, com um sorriso largo e branco. Os pixels se dissipam e depois se reorganizam para formar as palavras Focolit: força para quem se esforça.

Alexander faz uma careta.

— Eles sempre fazem isso? — pergunta ela. — Anunciam um produto sem dizer o que ele faz?

— É um remédio — diz ele. — Mas para pessoas saudáveis, não com alguma doença. O que está na moda ultimamente.

Sonya se lembra da pichação que viu assim que saiu da Abertura pela primeira vez: *Desmedicalização Já*. Ela se pergunta se as duas coisas estão relacionadas.

— Você toma alguma coisa? — pergunta ela.

— Tomo um para as pessoas doentes — diz ele, dando batidinhas com o dedo na lateral da cabeça. — Levant.

— Eu não descreveria você como doente — diz ela.

Ele olha para ela.

— Eu pareço bem? — pergunta ele.

Ela pensa na escala de humor sobre a qual a dra. Shannon sempre lhe pergunta – o "cinquenta" permanente, o número de quem está "bem". *A maioria das pessoas não se sente bem o tempo todo, Sonya*. Mas ela sim

– ela tem que se sentir. Quando não estava bem, tentava o máximo que conseguia fazer o tempo passar o mais rápido possível, e isso a assustava. Ela se assustava consigo mesma.

Alexander – sempre desgrenhado, desconfortável no próprio corpo – não a assusta desse jeito. Mas tem muita coisa que ela não sabe sobre ele. Onde ele esteve. O que viu. O que quer.

— Estou bem, no geral. Tenho amigos, um emprego... bom, pelo menos tinha até algumas horas atrás. Vou a encontros. Tiro fotos. Saio para correr. — Ele dá de ombros. — Mas durante muito tempo eu via coisas, ouvia coisas e... não conseguia respirar. Não conseguia pensar. — Ele pigarreia. Dá de ombros outra vez. — Pode não parecer certo para você que eu sinta os efeitos do que aconteceu com eles. Mas eu sinto.

Ele fica olhando para a frente, para o comercial seguinte, anunciando árvores sintéticas que crescem sem luz. Deixe a vida iluminar seu apartamento escuro!

Ela não responde. Suas palavras secaram. Em vez disso, pousa a mão no braço dele. Um toque brevíssimo, e então ela abre a mochila a seus pés para ver o que há ali dentro, só para disfarçar o constrangimento.

Quando volta a se endireitar, ela sente um calor na nuca, e não é de vergonha. Sonya espia por cima do ombro e observa o vagão atrás de si. Alguns grupinhos de adolescentes, um casal mais velho dividindo uma barrinha de refeição, alguns homens com camisas engomadas digitando em seus Elícitos. Ninguém está prestando atenção neles.

Mesmo assim, ela toca a faca dentro do bolso, para ter certeza de que ainda está lá.

Quando eles desembarcam do Estalo, o vagão já esvaziou. Um comunicado informa que todos os passageiros devem descer ali, na estação Gilman. É um lugar pacato, uma sequência de prédios baixos, dos quais metade era ocupada no passado por pequenas lojas ou lanchonetes de fast-food, antes de a Delegação fazer pressão para centralizar tudo na megalópole. Agora as vitrines estão cobertas com tábuas de madeira. Um policial passa em uma motocicleta, patrulhando os prédios vazios para garantir que ninguém esteja ocupando os imóveis ilegalmente.

Duas pessoas descem do trem atrás deles: um homem com um chapéu de aba larga e uma mulher cujos sapatos estalam no chão. Todos caminham para a mesma rua. Sonya sente a presença deles atrás de si, embora pareçam estar todos andando em direção ao único bairro de Gilman, um pequeno amontoado de casas perto da linha das árvores.

Alexander tira o mapa da mochila e o desdobra o suficiente para encontrar a localização atual. Aponta para a avenida extensa que divide Gilman ao meio – seis pistas de largura e um canteiro central com árvores e grama que agora crescem sem manutenção, rachando o pavimento nos pontos em que as raízes ficaram grossas demais.

— A gente segue por aqui — diz ele, se referindo à avenida. — Por uma parte do caminho. Um dia de caminhada, no mínimo. E aí vamos ter que montar acampamento. Tomara que não chova.

Eles vão até uma lojinha para comprar água, sacos de dormir que podem ser presos na frente das mochilas e FogoFirme, uma marca de combustível para fogueira que acende até na umidade. O homem no balcão fica encarando Sonya. Ela o encara de volta.

A mochila está pesada. Fica batendo nas costas dela a cada passo. Eles andam em direção à linha das árvores. Colinas baixas surgem a distância, um verde ondulando atrás da névoa.

Os passos dele são maiores que os dela, e Sonya precisa segurá-lo pelo cotovelo para diminuir o ritmo; ela já está ofegante, e a caminhada está só começando. Ele acata o pedido. Alexander carrega a maior parte do peso na própria mochila, estufada até o limite. Ela segura o mapa com firmeza na não esquerda, com tanta força que as pontas dos dedos ficam esbranquiçadas.

Os dois andam por um bom tempo em silêncio, até que Gilman desaparece de vista atrás deles, e o suor vai aumentando debaixo dos braços de Sonya, fazendo-a abrir o zíper do casaco. A umidade do ar é fria em suas bochechas.

— Quando você se juntou à insurreição? — pergunta ela.

Ele reage com um olhar surpreso.

— Não sei se a gente deveria conversar sobre isso.

— Esse elefante está no meio da sala. Você prefere continuar fingindo que não?

Ele suspira. Ajusta as alças no ombro.

— Tarde — diz ele. — Eu entrei tarde. Só alguns meses antes de a Delegação ser deposta. Ofereci acesso aos arquivos de Nikhil. Tudo que ficava armazenado nos servidores dos Insights também era arquivado separadamente, no escritório dos chefes de departamento. Foi fácil, na verdade. Ele não desconfiava de mim.

— Bom — ela diz baixinho —, você era o filho dele.

— É assim que ele fala de mim? — pergunta ele, com amargura. — Que eu *era* o filho dele?

Ela franze a testa. Vê um rápido movimento nas árvores, mas, quando olha para o lado, não há nada ali. Um veado, ela pensa, ou um esquilo.

— Não, ele não fala assim — diz ela. — Mas eu falava.

— E agora?

— Agora — responde ela —, eu me pergunto como você sabia que o que a sua família estava fazendo era errado, se tudo ao seu redor dizia que aquilo era o certo.

O braço dele encosta no dela enquanto eles andam. Ela se afasta com um estremecimento. Seu maxilar já está dolorido de tanto cerrar os dentes.

O olhar dele fica mais suave.

— Eu só senti — diz ele. — Pesquisava as pessoas que tinham sido condenadas por ele. Que ele chamava de criminosas... mas eu só enxergava desespero. E eu estava desesperado também. — Ele suspira, puxando uma nuvem de vapor. — Tentei ignorar. Mas não consegui.

— Nunca senti nada desse tipo.

— Sentiu sim. — Ele faz uma pausa, tocando o braço dela para fazê-la parar de andar. Ele está próximo demais. Ela não se afasta. Mas deveria; sabe que deveria. Assim como sabia que não devia entrar no quarto dele, tantos anos antes, e inspirar o aroma da casca de laranja, e deixar que ele lhe mostrasse vislumbres de outros mundos. Assim como ela sabia que não deveria, nunca, jamais, tocá-lo. Ele traiu a própria família. E a dela.

— Eu sei que você sentiu — diz ele, a mão escorregando para longe. — Acha que eu não enxergava você naquela época? A sua escuta atenta. As caras que fazia para certas coisas que Aaron falava. Como se não estivesse gostando do que ele dizia. Eu via isso. Você sentiu, mas se convenceu a ignorar, porque era uma coisa que estava em todos os lugares, porque você não confiava no próprio julgamento. Porque eles disseram que você *não podia* confiar no próprio julgamento. "Deixe para trás as mentiras, a ilusão", certo?

Ele franze as sobrancelhas, formando vincos na testa escura. Já tem algumas linhas ao redor dos olhos. Não é mais um adolescente brincando de revolução. Ele é um serviçal do Triunvirato, um trintão mal-ajambrado que vai deixando atrás de si um rastro de relacionamentos superficiais. Ela tenta, *tenta* vê-lo desse jeito.

— Você sabia quem o seu pai era — aponta ele. — Ele deu veneno para a própria esposa, para as próprias filhas. Já parou para pensar em que tipo de homem ele era por causa disso? — Sua voz treme. — Já parou para pensar por que você não engoliu?

Sonya sente uma resposta subindo pela garganta feito bile. Mas não retruca.

Eles continuam andando.

Após algumas horas, eles fazem uma pausa para ir ao banheiro. Alexander desaparece no meio das árvores, pegando a direita; Sonya vai para a esquerda. Ela põe a mochila no chão e abre uma das garrafas de água para tomar um pouco. A floresta não é silenciosa, nem estática. Em toda parte, o vento sopra por entre as árvores, fazendo as folhas voarem feito confete, e os esquilos se agitam de um galho para o outro, os pássaros se lançam em direção ao céu.

A pergunta de Alexander não sai da cabeça dela. Sonya pensa no pai distribuindo os comprimidos, uma pílula amarela para cada. Em sua lembrança, o comprimido brilhava na palma da mão. Ele diz que a ama. Ela sabe que a insurreição está chegando, sabe que é uma onda que vai varrer a todos. A mãe aperta a mão dela, uma última vez. Ela sabe o que são os comprimidos, que efeito vão ter. O fim indolor que oferecem.

Em que momento decidiu não tomar?

Ela se apoia numa árvore e abaixa a calça para se aliviar. A casca do tronco arranha suas costas. Enquanto fecha o zíper, franze o rosto. Faz bastante tempo que não ouve os passos de Alexander.

— Sasha? — ela grita, e volta para a estrada. Vai se aproximando devagar das árvores, ciente de que deixou a mochila lá atrás, junto com a água. — Você está vestido?

Um grito abafado rompe o silêncio. Ela corre para dentro da floresta. Os galhos arranham seu rosto e as raízes se embolam em suas pernas. Alexander está no chão, sendo estrangulado por um homem grande e forte em cima dele. Caído ali perto há um objeto escuro em formato de L, uma forma específica, ideal para o encaixe de dedos. Uma arma.

Os braços de Alexander se sacodem. Ele arfa, se debate todo. O homem o levanta do chão e em seguida o arremessa de volta com força. A cabeça de Alexander ricocheteia.

Sonya chuta a arma mais para dentro da floresta, em seguida se lança sobre os ombros do homem. Pego de surpresa, ele tropeça. Ela tenta pegar a faca no bolso, mas logo o homem está em cima dela. Ela pensa no dedo afundando no olho do sujeito que a atacou na escuridão do antigo apartamento. Ela se sacode com violência. Grita. E então se vira e morde a mão dele com toda a força. Sente a pele se rompendo e depois o gosto metálico.

O homem grita e soca. Sonya vira a cabeça. Estende os braços, tateando o chão, desajeitada, em busca do cabo da faca. O corpo dele está em cima dela, pesado, o hálito quente e ácido. Tão pesado que ela não consegue respirar. Ela revira a terra acima dela com a ponta dos dedos. A lâmina espeta seu dedo; ela agarra o cabo e desfere um golpe, num movimento para cima, para dentro.

No pescoço do homem. Ele solta um gorgolejo nauseante. O sangue sai quente e escorre sobre ela. Sonya está olhando para os olhos dele quando ficam vidrados.

Ela se sacode debaixo do corpo, com o peito apertado, desesperada para sair de perto dele. O peso desaparece e o homem cai para o lado; Alexander está parado acima dela, com uma das mãos na parte de trás da cabeça, os olhos tão arregalados que ela vê a parte branca. Tudo está silencioso exceto pela respiração dela, entrando e saindo do peito em ondas fortes. Soa como a respiração de outra pessoa.

Alexander estende a mão para ajudá-la a se levantar. Ela ergue a própria mão e fica espantada com o vermelho que escorre por ela. Alexander a pega mesmo assim. As pernas dela estão bambas. O corpo dói.

Alexander lhe dá um empurrãozinho indicando a estrada, e ela resiste ao movimento. Quer sair de perto daquelas árvores, daquela faca, daquela forma excessivamente imóvel do homem caído na terra – mas ela precisa ver.

A garganta dele é uma poça vermelha. Um Véu cobre seu rosto. Ela põe a mão atrás da orelha dele para desativar o aparelho. O rosto parece familiar, mas é tão comum que ela se pergunta se ele não pareceria familiar para qualquer um. É mais velho do que ela, os olhos com pequenas rugas nos cantos, mas ainda é jovem. Os braços estão abertos na frente do corpo, os dedos curvados, relaxados depois da morte. Há um curativo em uma das mãos.

Franzindo a testa, Sonya se agacha ao lado dele e puxa a ponta da gaze. Ele tem um corte limpo na mão, que já começou a cicatrizar, mas ainda é recente.

— Acho que fui eu que fiz isso — diz ela. — Acho que fui eu que fiz esse corte. Ele é da Armada.

— Ele tinha uma arma. — Alexander esfrega o rosto com a mão limpa. Como conseguiu uma arma?

— Não sei.

— Eu não entendo — diz Alexander. — Não entendo por que alguém ia querer seguir a gente até aqui desse jeito. Não pode ser só uma vingança pelo que Knox fez.

— Talvez seja — diz Sonya. — Talvez não. Mas agora não dá para perguntar a ele, né?

Ela arrisca dar um passo, depois outro, em direção à estrada. Esfrega as pedrinhas de terra do cabelo.

— Sonya... — Alexander vai atrás dela. Ela deixou a mochila perto da linha das árvores; vai até lá, e as mãos tremem quando ela tenta abrir a garrafa d'água. O sangue mancha o plástico. Ela não consegue girar a tampa. — Sonya. — Ele cobre a mão dela com a sua, interrompendo o gesto. — Ei, ei. Olhe para mim.

Frustrada, ela joga a garrafa no chão. Ele encosta em seus ombros, vira o corpo dela para si. Encosta no rosto dela. As mãos dele estão frias em seu pescoço, em seu maxilar. Ela olha para ele, para os olhos dele, castanhos como um lago claro e profundo no verão.

— Você salvou a minha vida — diz ele. Ela sente a garganta apertada. Assente com a cabeça. — Obrigado.

As mãos de Sonya acabaram pousando no casaco de lã dele, indiferentes à mancha que vão deixar ali. Ela aperta o tecido, em seguida puxa o corpo dele contra o seu, com força, seu nariz repousando na base da garganta dele. Ele a envolve com os dois braços. Os dois ficam um bom tempo parados assim.

Enquanto caminha, ela tenta não pensar – no homem, na faca, na proximidade do fim.

Já sentiu isso antes. Sentada à mesa com a família, quatro cadeiras, quatro copos d'água, um comprimido amarelo na mão. Um tablete, não uma cápsula, estampado com as letras SOLO.

Solo. Abreviação de Consolo, a droga receitada para pacientes terminais em busca de um alívio permanente para a dor. Induzia um estado de euforia e pertencimento, seguido por um sono profundo que culminava numa parada cardíaca. *Mergulhe com doçura na noite mansa*, diziam os comerciais, uma referência que deixava claro que ninguém na equipe de marketing havia de fato lido o poema.

SOLO. Também podia ser uma abreviação para SÓ LOuco, que era como Sonya se sentia sentada à mesa no chalé, a mãe cantarolando, a irmã chorando, o pai servindo água. Quatro olhos acesos, quatro caminhos convergindo. O fim é inevitável. Inexorável.

Quatro cabeças inclinadas para trás, para engolir. E então ela observa todos eles morrendo.

QUINZE

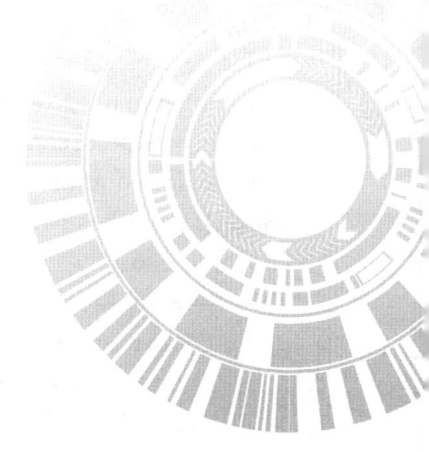

Eles andam até escurecer. Em determinado momento, param um pouco para limpar o sangue das mãos e raspar o que ficou ressecado debaixo das unhas. Alexander é quem sugere que eles parem durante a noite. Os dois montam o acampamento no meio das árvores, mas num lugar de onde ainda conseguem ver a estrada. Sonya encontra alguns galhos quase secos entre a vegetação rasteira, e, quando volta, se depara com Alexander lutando com o toco de FogoFirme. Ela se agacha perto dele e lhe dá um empurrãozinho para tomar seu lugar.

Ela sabe como preparar o espaço para a fogueira, como desembrulhar a embalagem complicada para expor a lenha artificial sem remover o papel – o papel é o que alimenta a chama inicial. Ela acende com as mãos firmes, e em seguida se ajoelha ao lado da fogueira com os braços esticados. Está com cortes debaixo das unhas, de quando afundou as mãos na terra. O corpo está dolorido da luta, da caminhada.

Alexander olha para ela com admiração.

— Que foi? — pergunta ela.

— Não esperava que você conhecesse técnicas de sobrevivência — diz ele. — Eu com certeza não conheço nenhuma.

Ela sorri de leve.

— Meu pai me ensinou — conta ela. — A gente acampava na infância, só eu e Susanna, ou eu e papai. Eu poderia caçar um coelho se fosse preciso.

Ela pega os galhos que recolheu e os empilha perto do FogoFirme, para alimentar o fogo mais tarde. Alexander desenrola o saco de dormir. O pescoço dele está com marcas do estrangulamento, marcas escuras no formato de dedos. Ele pega o pão e a manteiga de amendoim e começa a fazer sanduíches para os dois. Sonya o observa por entre as chamas enquanto isso.

— Sabe aquela música que tive que cantar para Knox? — pergunta ela.

Ele confirma com a cabeça, sem olhar para ela.

— "O caminho estreito", né?

— Isso — diz ela. — Minha mãe estava cantando essa música logo antes de... logo antes.

Ele para com uma fatia de pão equilibrada na palma da mão e olha para ela.

— Ah.

— E aí meus pais distribuíram Solo para cada uma de nós — diz ela. — E meu pai serviu um copo d'água para cada. E é isso que me pega agora: o fato de ele ter enchido o copo inteiro quando a gente só precisava de um gole. — Ela ri um pouco. — Quer dizer, o Solo começa a fazer efeito meio que imediatamente, e eu tenho certeza de que ele sabia disso. É engraçado, né? Como a lógica vive abandonando a gente.

Alexander franze as sobrancelhas. Ela desvia o foco, olha para as árvores. O céu está tão escuro agora que ela não enxerga mais o contorno dos galhos. A lua é um crescente nublado lá no alto.

— O Solo não mata imediatamente — continua ela. — Ele induz uma euforia. Então, depois de engolirem os comprimidos, eles começaram todos a *gargalhar*. Eu não sabia o que fazer, então fiquei só sentada ali. A cada segundo que passava, eu quase tomava, eu *quase*... — Um arrepio lhe desce pela espinha. — Mas aí eles meio que só... tombaram.

Lembrar disso é como olhar para uma coisa através de um copo d'água. Tudo fica com um formato estranho.

— Fiquei sentada ali — continua ela. — Até a insurreição vir.

Ela volta a olhar para ele e fica surpresa ao perceber que seus olhos estão brilhando de lágrimas.

— Você me perguntou se eu já tinha parado para pensar em que tipo de homem ele era por causa disso, por ter decidido dar veneno para a gente — diz ela. — A resposta é não. Eu nunca penso. Tenho certeza de que sei o que eu veria, se olhasse assim em detalhe. E é mais fácil só lembrar de todos eles... desfocados.

— O que impediu você de tomar? — ele pergunta, num tom suave.

— Não sei direito. Mas eu acho... Eu não sabia pelo que estaria morrendo.

As chamas envolvem o toco de FogoFirme, azuis, laranja, amarelas. Os olhos deles se encontram acima da fogueira. Os dele parecem pretos à noite. Concentrados nela como se não houvesse nada mais para ver.

— Sabe — ele diz para ela —, você nunca balança só porque o vento está soprando. É meio irritante, Sonya.

A luz da fogueira acentua os contornos do rosto dele, a linha alongada do nariz, a elevação da sobrancelha. Ele está sentado de pernas cruzadas, a mão pousada em um dos joelhos, os dedos compridos balançando. Ela olha para ele, com cuidado. Quer colocar as mãos no cabelo dele. Quer remover as camadas que o envolvem. Quer provar o declive de suas clavículas.

Ela o deseja.

Agora ela sabe, e é como se sempre soubesse, mas ao mesmo tempo como se só estivesse descobrindo agora. Suas mãos tremem. Ela se levanta, contornando a fogueira para ficar na frente dele. Ele levanta os olhos para ela, iluminado pelo fogo, paciente. Não pergunta o que ela está fazendo. Ela também não se faz essa pergunta.

— Eu sinto — sussurra ela — que isso é uma traição. Com todos eles... mas principalmente com ele.

— Com Aaron, você diz.

Ela assente.

— Só que — conclui ela — é tarde demais.

Ele dá um impulso para a frente, fica de joelhos. O fogo aquece as costas dela. Ele desliza a mão por baixo do casaco dela, apoiando-as no quadril de Sonya, um toque gentil, cuidadoso. Ele inclina a cabeça para trás e olha para ela.

— Então traia — diz ele.

Alexander fala como se fosse fácil, e talvez seja.

Fácil...

Ela levanta a barra do suéter por cima das mãos dele, e seus dedos tocam a pele nua. As mãos dele estão frias e firmes. Ela se inclina para baixo e desliza os dedos pelo cabelo dele, até chegar à nuca.

Fácil...

Sonya faz pressão com as mãos, segurando-o para beijá-lo. Ele se levanta com força em direção a ela. Vai tateando o caminho pelas costelas, pelas costas dela. Ele tem gosto de pasta de amendoim. A respiração de Alexander falha quando ela monta nele de frente, afundando em seu colo. Não era assim antes, antes de ela se permitir querer as coisas só por desejo. Sem prestar contas de certo e errado, bom e mau, desejável e indesejável, apenas *isso*, invisível e incalculável, o gosto, o calor dele. A delicadeza de suas mãos ao remover o casaco, puxar o suéter dela por cima da cabeça. O modo como ele arfa no pescoço dela, como se não conseguisse parar nem para respirar.

Ela está nua, e a noite está fria, mas o fogo e o corpo dele não. As mãos agarrando suas coxas. A cabeça dele recostada na pilha de roupas que eles deixaram para trás, expondo as marcas no pescoço. O fim também está próximo aqui, a pele tão frágil marcada de hematomas do que poderia ter sido uma tragédia. Ela vai tocando cada um deles com cuidado, enquanto os dois se movem juntos.

Pela primeira vez, ela não pensa no que veio antes.

Está apenas ali. Apenas no agora.

Ela emerge do sono e, por um segundo, antes de abrir os olhos, esquece que matou um homem no dia anterior.

Então sente o hálito quente de Alexander no rosto, o peso do corpo dele contra o seu, e desperta de repente. Alexander sai da cama e tropeça pela terra, nu, enquanto tenta vestir a calça. Ela solta uma risada pelo nariz, e ele se vira para ela, estreitando os olhos.

— Você está rindo agora — diz ele —, mas quando eu me recusar a pegar as suas roupas não vai ser tão engraçado.

Ela estica um pé para fora do saco de dormir que eles usaram como cobertor e pega a calça com os dedos.

Sonya se veste debaixo da coberta para não sentir frio, depois adentra mais a floresta em busca de um riacho que pareça limpo o bastante para se lavar. O barulho da água não está longe. Ela se abaixa perto de um córrego ali perto e lava o rosto; molha os dedos e passa pelo cabelo. Senta-se nos calcanhares e olha para o alto, para os galhos espinhosos dos abetos e para as nuvens pálidas ao fundo. Pensa no homem da Armada deitado na terra com os braços abertos. Estremece uma vez, e depois não consegue parar de tremer, caindo de joelhos na lama, as palmas abertas dentro d'água.

Quando volta ao acampamento, com as mãos vermelhas por causa da água fria e o cabelo úmido nas têmporas, não comenta nada sobre o episódio. Alexander está com um sanduíche de pasta de amendoim esperando por ela. Eles comem lado a lado, seus ombros se tocando quando eles se movem.

— Eu odeio pasta de amendoim — diz ela. — A gente recebe muito na Abertura; não é perecível, pode ficar fora na geladeira. Não aguento mais.

— Você estava de sacanagem comigo quando disse que sentia falta do biscoito Arf?

— Eu estava totalmente de sacanagem com você — responde ela. — Mas, sério, eu amo esse biscoito.

Ele enfia a mão na mochila e tira um embrulho de papel laminado do tamanho de seu pulso. Dentro dele há uma pilha de biscoitos amanteigados no formato de ossinhos.

— Meu Deus do céu — diz ela.

— Acho que é a primeira vez que escuto você quase xingar assim — comenta ele, enquanto ela pega os biscoitos da mão dele. — Além do mais, esse é o biscoito mais sem graça que você podia ter escolhido.

— Eu e Susanna costumávamos partir os biscoitos ao meio — diz ela, quebrando um dos biscoitos na metade. — E quem ficasse com a metade maior fazia um pedido. Claro que ela sabia o jeito certo de segurar para ficar sempre com a metade maior...

— Mais velho que andar para a frente.

— Mas às vezes ela me deixava ganhar.

Eles arrumam as coisas e enterram as cinzas do tronco de FogoFirme. O sol já saiu. Grace Ward está logo à frente, a isca na ponta do anzol. Sonya ignora as bolhas nos pés e a dor intensa nas pernas, tentando acompanhar as passadas largas de Alexander.

O Triunvirato provavelmente já acessou as imagens de seu Insight a esta altura, e vai conseguir deduzir onde eles estão com base no que ela vê. Sonya e Alexander abriram uma vantagem no dia anterior, já que sua autorização de saída da Abertura era válida por doze horas, mas, quanto mais rápido eles se deslocassem, melhor.

— Eu fico tentando entender — diz Alexander depois de um tempo. — Por que a Armada estaria envolvida nisso. E não consigo chegar a nenhuma conclusão.

— Acho que a gente não vai saber até descobrir onde Grace está sendo mantida, e por quem.

— É bom que a gente tenha as imagens do seu Insight — diz Alexander. — Vai ser fácil provar que você agiu em legítima defesa.

Ela olha para ele.

— Vou passar o resto da vida na Abertura. Já aceitei isso.

— Bom. — O tom dele é igualmente ponderado. — Eu não aceitei.

Ela pensa: *que idiota*, mas com um carinho inesperado. Segura a mão dele.

A estrada os conduz pelas ruínas de civilizações antigas: estacionamentos com a vegetação rompendo o asfalto – tão imensos que Sonya tenta imaginar todos os veículos que seriam necessários para enchê-los, mas não consegue. Estações para recarregar carros elétricos que parecem fusos cheios de fios, os cabos agora apodrecidos. Lojas de aparelhos oculares externos, os precursores do Insight, com nomes tipo ClearVision e Veja Bem Assistência Ótica (PROCEDIMENTO SIMPLES! VÁ PARA CASA HOJE MESMO COM A ÚNICA ASSISTÊNCIA DE QUE VOCÊ VAI PRECISAR!, diz uma das placas, em letras rosa-choque). Espaços complexos para jogos de realidade virtual, os capacetes alinhados na vitrine, completamente datados, cobertos de poeira.

Negócios que foram abandonados sem que ninguém se desse ao trabalho de arrumar. A Delegação prometia recompensas para quem trocasse o velho pelo novo. As pessoas largavam suas casas e se mudavam para apartamentos na cidade com janelas amplas; trocavam câmeras, celulares, jogos de videogame e computadores pessoais por Insights, e o governo lhes pagava por isso.

Depois de um desses trechos de civilizações passadas, Alexander para e consulta o mapa. À frente, a estrada faz uma curva para a direita.

Em algum ponto para trás, tinham passado por uma placa que dizia ABATEDOURO.

— Hora de sair da estrada — diz ele. — O lugar para onde estamos indo fica perto daquela montanha.

Ele aponta para uma elevação de terra a distância. Sonya abre o zíper da frente da mochila de Alexander e pega o Elícito. Ele o desligou no dia anterior para não gastar a bateria – mas agora eles precisam usar a bússola.

Ela o deixa ligar o aparelho, visto que ainda não aprendeu a usar um Elícito, e os dois seguem para dentro da floresta.

Não conversam tanto ali. Estão se aproximando de Grace Ward, e Sonya consegue sentir – a mandíbula cerrada, a tensão nos ombros. Ela se abaixa para desviar dos galhos baixos, e as agulhas dos pinheiros roçam seu rosto. Segura na mão de Alexander para transpor galhos caídos ou barrancos escorregadios. Agora já não precisa pedir que ele vá mais devagar – está satisfeita com o cansaço, a respiração ofegante no ar úmido, se isso significa chegar mais rápido ao destino.

A agitação de esquilos e passarinhos acompanha seus passos, as árvores estalando com o vento, a água rumorejando. A montanha está lá na frente, ela própria uma bússola que os atrai irresistivelmente para o norte. Eles param perto de um lago para pegar água, ir ao banheiro e fazer um lanche – ela come duas fatias de pão puro, sem pasta de amendoim –, e ficam sentados num tronco de árvore perto da margem, mastigando e observando a água.

— Acabei de perceber uma coisa — diz ele, a voz cortante rompendo o silêncio. — Você mudou de ideia quando viu o nome dela.

— O quê?

— Você estava decidida a não aceitar a missão. Até o exato segundo em que concordou, eu estava achando que me mandaria à merda e que aquela seria a última vez que nos veríamos — diz ele. — Mas aí eu te entreguei o papel com o nome de Grace Ward anotado.

Sonya não ousa olhar para ele. Observa o vento criando ondulações na superfície.

— Não foi a oferta que fez você mudar de ideia, foi *ela*. — Ele franze as sobrancelhas. — Por quê? Vocês se conheciam?

— Na verdade não — diz ela.

— Mas eu não estou enganado. Você não está fazendo isso pela sua liberdade, está fazendo por *ela*, especificamente.

Sonya hesita com a palavra entre os dentes. Mas o momento tem certa atmosfera de inevitabilidade.

— Sim — diz ela.

Sonya - dezesseis anos, o cabelo perfeitamente cacheado - está sentada no Trem Suspenso, no assento da janela, tentando não resmungar. *Perturbação da paz sem gravidade, menos três DesMoeda*, ela pensa. Fica quieta e espera o trem voltar a andar. Ele fica retido ali, quase no mesmo lugar, todos os dias.

Está a apenas duas estações de casa, voltando da escola. A mochila – verde e cinza, cores patrióticas – está no chão entre os pés. Joelhos unidos, as mãos sobre o colo. Ela ignora o homem cochilando ao seu lado e olha pela janela.

Uma garotinha brinca de balanço no pátio lateral do prédio de tijolos ao lado dos trilhos suspensos. Num outro dia em que o trem ficou parado ali, ela observou o pai montando o balanço, com o rosto vermelho e a testa brilhante de suor. Agora a menina dá impulso com as pernas para a frente e para trás, tentando ganhar altura. O balanço sacode toda vez que ela chega no alto. A grama está baixa no lugar onde ela bate os pés, provavelmente pelo atrito na hora de frear, quando o impulso sai de controle.

O dia chega ao fim, mais tarde do que o horário em que Sonya costuma voltar para casa. Tinha ficado depois da aula para o ensaio do coral. É primeira contralto, nunca solista, mas sustenta bem a afinação. A apresentação já é na semana seguinte, e o grupo está tendo dificuldade para manter o ritmo. Quando Sonya tinha reclamado, na outra noite, sobre a inabilidade de algumas garotas para ler partituras, Susanna revirou os olhos e apontou que ela também não sabia ler partituras. *Eu não preciso*, retrucou Sonya, petulante. *Sou capaz de ouvir o compasso perfeitamente.* Menos dez DesMoeda por contar vantagem.

As luzes estão acesas no apartamento do primeiro andar, bem ao lado do balanço. Sonya só consegue enxergar silhuetas, porque as cortinas estão fechadas. O movimento em um dos cômodos da frente chama sua atenção, a agitação de um lado para o outro de alguém na cozinha – a mãe, provavelmente. Ela vê o retângulo azulado de uma tela do lar – o pai, talvez, descansando depois do trabalho. Inventa uma família igualzinha à sua, mas com uma filha em vez de duas, obviamente – essas pessoas, morando naquele apartamentinho, com aquela grama falhada, as cortinas esfarrapadas, jamais seriam autorizadas a ter um segundo filho.

E então alguma coisa se mexe nos fundos do apartamento. Sonya franze o rosto e se aproxima mais da janela, até que o nariz esteja quase encostando nela. A cortina do quarto dos fundos está só com uma fresta aberta. O cômodo está apagado, mas Sonya vê um pequeno círculo branco entre as ondas do tecido.

Um Insight, brilhando no escuro.

Seu coração dispara. Os olhos de Sonya ficam travados no Insight, e ela acha que consegue distinguir, pela luz que ele emite, a curva de uma bochecha pequenininha, a ponta de um queixo. E então o trem começa a se mover, enquanto uma voz calma pede desculpas pelo atraso. Mas Sonya não consegue parar de olhar pela janela. Ela sabe o que acabou de ver: um segundo filho ilegal.

Arma a equação na cabeça, como sempre faz. Há um risco de penalização. Ela não conhece a família daquele apartamento – talvez a filha deles seja a que está escondida no escuro, e a garota no balanço seja outra criança do prédio. Ela vai perder DesMoeda por ter mentido caso a informação não esteja correta. Mas não, ela já viu a menina do balanço antes, e sabe que foi o pai dela que montou o brinquedo.

Não, ela sabe o que acabou de ver.

— Fui para casa — diz Sonya, numa voz sem emoção — e contei para o meu pai. Contei o que eu tinha visto, e onde ficava o prédio. Me senti orgulhosa depois disso. Passei a noite inteira esperando o meu saldo de DesMoeda aumentar. Contei vantagem para Susanna quando isso aconteceu. Contei até para Aaron. Todo aquele saldo verdinho. Olha como eu podia ser útil.

Sonya pega uma pedrinha perto dos pés, dobra o cotovelo e a arremessa na água. Ela afunda direto, fazendo *ploc*.

— Alguns dias depois, os Ward foram presos, e a Delegação tirou Grace deles.

Alexander ficou em silêncio durante toda a história, apenas sentado ali, ao lado dela.

— Você não sabia — diz ele, com a voz falhando.

Ela responde:

— Eu sabia o suficiente.

Ela nunca frequentou a igreja – não havia recompensas nem penalidades de DesMoeda relacionadas à prática religiosa, dizia a Delegação, e não havia nenhuma igreja na Abertura –, mas imagina que a sensação seja parecida com aquela. Ficar sentada desejando ser outra pessoa. Desejando poder voltar no tempo.

Ele põe o braço em volta dela, e Sonya o afasta, pondo-se de pé.

— Eu sabia o suficiente — repete ela, dessa vez com firmeza. — Vem. Eu devo a verdade a ela.

Eles avistam a fumaça da chaminé antes de verem a casa em si. Subindo em direção ao céu numa única coluna cinzenta, a montanha atrás dela oculta pela neblina.

Em seguida surgem as marcas de pneu. São sulcos profundos, fazendo curvas por um caminho que Sonya não tinha ainda reconhecido como um caminho até ver as marcas. Há vegetação brotando nos sulcos, indicando que quem quer que tenha dirigido até ali não faz isso há um bom tempo.

E então... a silhueta escura de uma construção por entre as árvores. Eles diminuem o passo à medida que se aproximam. É um chalé, embora a palavra seja pequena demais para dar conta do tamanho. A porta principal foi pintada de azul. O jardim da frente a faz se lembrar, com uma pontada de dor, das mudinhas crescendo na estufa do terraço no Bloco 4. As plantas estão protegidas por telas de arame, supostamente para impedir que os animais selvagens comam as folhas.

Alexander interrompe a caminhada enquanto eles ainda estão longe o suficiente da casa para não serem ouvidos.

— E se eles atacarem a gente, quem quer que sejam? — pergunta ele.

Ela levanta os olhos para ele.

— Você realmente veio até aqui sem pensar em como as pessoas que estão mantendo Grace Ward em cativeiro podem ser perigosas?

— Bom — diz ele. — Para falar a verdade, sim.

Ela sorri e tira a mochila das costas. No bolso lateral está a faca que pegou na cozinha de Alexander. A faca que usou para matar o homem. Está limpa agora, lavada no córrego. Tem mais ou menos o comprimento de sua mão, com um cabo de plástico. Ela inverte a faca de forma que a lâmina fique virada para o braço, escondida pela manga, e cutuca o braço de Alexander.

— Eu pareço fraca, então vou sozinha — diz ela. — Faço um sinal quando for seguro.

Ela anda em direção à casa, ignorando os cochichos de protesto de Alexander. Ele não vai correr atrás dela agora e colocá-la em perigo. Sonya está no espaço aberto, no campo de visão da porta azul. Vai mancando um pouco, exagerando a dor nas pernas para parecer ainda menos ameaçadora. Está a poucos metros dos degraus da entrada quando a porta azul se abre e uma mulher sai. Ela está empunhando alguma coisa familiar.

Uma arma, ela pensa, erguida na altura do olho da mulher, as mãos envolvendo o corpo do objeto. Maior que a arma trazida pelo homem da Armada para matar Sonya e Alexander, com um cabo comprido de madeira. Por um segundo isso é tudo que Sonya enxerga, e só então vê a mulher em si - alta e grisalha, vestindo um suéter bege e uma calça jeans azul. Ela tem um lápis atrás da orelha.

— Quem diabos é você? — a mulher pergunta para ela. A voz é fria como gelo.

— Eu só preciso de ajuda — diz Sonya. — Não quero causar nenhum problema.

— Então por que está segurando uma faca?

A mulher acena com a cabeça para a mão direita de Sonya. Sonya estica o braço para o lado e solta o cabo. A faca cai sobre as folhas no chão. Ela vira as mãos, mostrando as duas palmas abertas para a mulher.

— Só fiquei com medo de acabar numa situação ruim — diz Sonya.

— Pelo visto não deu certo, hein?

— Pois é, parece que não.

— Acho que não chegou a responder a minha pergunta: quem é você? — diz a mulher. — Embora o Insight reduza um pouco as opções.

Sonya sabe o que armas fazem – elas encurtam a distância entre as pessoas. Não pode virar e sair correndo agora. O halo brilhante do Insight parece esquisito ali, no meio de todas aquelas árvores. Naquele lugar, só a lua tem esse brilho.

A mulher abaixa a arma alguns centímetros. Ela tem olhos escuros e enrugados nos cantos. A boca enrugada e curvada para baixo. Alguma coisa nela parece familiar.

— Você veio da Abertura — diz a mulher.

— Estou foragida — diz Sonya. — Junto com um amigo. Estamos tentando fugir da cidade. Se eu falar para ele vir até aqui, você vai machucá-lo com essa... coisa?

— Só se ele me der motivo.

Sonya olha por cima do ombro. Não consegue ver Alexander dali, mas sabe onde o deixou. Ela grita "Sasha!" e escuta os passos sobre as folhas caídas. Ele está trazendo a mochila dela, e seus olhos se movem rápido entre Sonya, a mulher e a arma na mão da mulher, do tamanho do braço dela.

— Entendi. — A mulher levanta uma sobrancelha. — Amantes desventurados em fuga?

— Tipo isso — assume Sonya, porque, se essa mulher estiver mantendo Grace Ward prisioneira em algum lugar da casa, é melhor que ela tenha um cenário romântico em mente do que suspeite da verdade. — Tivemos que ir embora às pressas e não trouxemos suprimentos suficientes. Vimos a fumaça da casa a uma certa distância.

— Então — prossegue a mulher — a pergunta é: será que eu estou me sentindo generosa?

Sonya inclina a cabeça e aguarda. A mulher revira os olhos e faz um sinal para que eles entrem atrás dela.

A casa cheira a fumaça de madeira e pão assado. Não há exatamente uma entrada, apenas um corredor estreito forrado com painéis de madeira que fazem Sonya pensar num caixão. Do lado direito há uma sala de estar cheia de almofadas e de sofás sem encosto. As paredes são cobertas por estantes, mas só algumas delas estão cheias de livros. As outras abrigam peças antigas de aparelhos tecnológicos. É uma combinação, Sonya pensa, entre o apartamento de Knox e o prédio da Armada Analógica cheio de secadores de cabelo e toca-discos. Uma salada de coisas velhas misturadas com outras mais velhas ainda. Fios pendem das estantes feito trepadeiras. Essa mulher ia saber como consertar aquele rádio antigo.

Ela os conduz direto para a cozinha nos fundos. O pé-direito é alto, com vigas de madeira rústica por toda a extensão do teto. Os armários são de madeira também, rústicos e sem verniz. Mas as bancadas são de um branco imaculado, como num laboratório. A parede oposta é toda de janelas, com vista para a floresta, a borda de um lago e, a distância, a elevação da montanha que foi a Estrela do Norte de Sonya e Alexander.

— Tem algum lugar em que eu possa me lavar? — pergunta Alexander.

— Não até vocês me falarem seus nomes — diz ela.

Sonya hesita. Não sabe se deve dar seu nome verdadeiro ou inventar um, não sabe nada sobre as inclinações políticas dessa mulher.

— Não sou inimiga dos que estão na Abertura — diz a mulher. — E também não sou inimiga do Triunvirato.

Ela ajeita alguma coisa na arma e a põe de lado, apoiada na parede. A mandíbula de Sonya relaxa um milésimo.

— Então o meu nome é Sonya Kantor. E esse é Alexander Price.

A mulher, que agora calça luvas de forno verdes, solta um assobio baixo.

— Kantor. Ora, esse é um nome familiar — diz ela. — Eu conheci o seu pai, Sonya. Você o deixou para trás na Abertura?

— Não — responde Sonya. — Ele morreu.

— Lamento muito saber disso — diz ela. A mulher abre o forno e tira um pão dali de dentro com as duas mãos. O cheiro faz Sonya salivar. Ela coloca o pão em cima do fogão e remove as luvas, em seguida apoia o quadril na bancada. — Bom, agora é minha vez. Meu nome é Naomi. — Ela inclina a cabeça. — Eu inventei essa coisa que está no seu cérebro.

DEZESSEIS

— Você é Naomi Proctor? — pergunta Alexander.
— Não precisa soar tão surpreso — diz ela. — Isso ofende uma mulher.
— Me desculpe, é só que... você está *morta*.
Naomi olha para Sonya.
— Imagino que você carregue o rapaz por aí por causa do rostinho bonito, não do intelecto.

Sonya tenta se lembrar da imagem de Naomi Proctor no capítulo sobre a história do Insight. As memórias não são muito nítidas. Apenas uma vaga impressão de uma mulher com aspecto severo e cabelo loiro lhe vem à mente. Esta Naomi, com o cabelo grisalho tão claro que é quase branco, o nariz reto e fino, corresponde o suficiente a essa memória. O dia de sua morte também lhe volta à lembrança – não só o cortejo do caixão pela rua, mas o velório sendo transmitido nas telas do lar durante o dia inteiro. Todos sentados juntos na sala, ouvindo um discurso lúgubre proferido pelo chefe de Regulamentação do Insight, cujo nome agora lhe escapa. Cada gesto de respeito aos mortos rendia DesMoeda, então os Kantor obedeciam a todos, até os mais irrelevantes. No dia seguinte, com o olhar fora de foco analisando toda a DesMoeda que haviam acumulado, Julia disse a Sonya que ela podia comprar um doce.

— Eles fingiram a sua morte — diz Sonya — e mandaram você para o exílio?

— Não foi bem assim — responde Naomi. — Sentem. Vou pegar alguma coisa para vocês comerem.

Eles se sentam na ponta mais distante da mesa robusta que fica de frente para as janelas. Alexander segura as bordas do móvel. É um lembrete: não confie numa mulher que ameaçou você com uma arma. Não confie numa mulher que retornou dos mortos. Não confie numa mulher cuja casa é a origem do sinal emitido pelo EUI de Grace Ward.

Naomi organiza a comida como uma pessoa habituada ao papel de anfitriã; põe a água do café para ferver; corta o pão e algumas maçãs; despeja nozes em potinhos; arruma fatias de frios. Alguns minutos depois, senta-se na frente de Sonya e Alexander segurando uma caneca de café com as duas mãos, a oferta de comida entre eles. Alexander já iniciou os trabalhos; Sonya ainda hesita, inspirando o aroma do café e avaliando seu movimento seguinte.

— Então — diz ela.

— Então — começa Naomi. — Eles não me exilaram. Depois que o Regulamento 82 foi aprovado, quis ir embora, e falei que eles podiam dizer às pessoas que eu havia morrido se isso fosse ser vantajoso para eles.

— O Regulamento 82 tornou os Insights obrigatórios — intervém Alexander, após engolir uma bocada cheia de maçã e pão. — Era a sua tecnologia e estava prestes a se espalhar por todos os lugares. Por que você queria ir embora?

— Deve ter percebido que eu mesma não tenho um Insight — aponta Naomi, dando batidinhas na pele abaixo do olho direito. — Não é porque eu o desativei. Nunca tive um implantado, para começo de conversa. Sabia que, se eu acatasse essa regra em particular, estaria me submetendo à observação constante, e isso era uma coisa que eu não queria. E também não estava interessada em passar o resto da vida jogando um jogo para cada decisão que eu tomasse.

— Não entendo — diz Sonya. — Um jogo?

— O que você acha que é a DesMoeda? — pergunta Naomi. — Atravesse na faixa, ganhe dez pontos. Atravesse em outro lugar, perca dez pontos. Tome um café da manhã saudável, ganhe cinco pontos. Delicie-se com uma rosquinha açucarada, perca cinco pontos. É um jogo que atribui valor moral até às decisões mais insignificantes da sua vida. Conhece o termo "condicionamento operante"?

Sonya balança a cabeça.

— Nada mais é do que o jeito como os seres humanos aprendem — afirma Naomi. — Comportamentos específicos são moldados pelas suas consequências. Se você for uma criança e segurar uma faca pela lâmina, por exemplo, a dor resultante vai te ensinar a não tocar em lâminas de novo. Se você for um adulto e quiser que o seu filho aprenda a arrumar a própria bagunça, pode talvez oferecer uma recompensa por isso. O sistema do Insight fazia uso dessa realidade psicológica: definia os comportamentos desejáveis e moldava as pessoas oferecendo recompensas ou penalidades para elas. Na prática, ele tratava todo mundo como crianças. Moldava você do jeitinho que ele gostaria que você fosse.

Naomi pega um pedaço de pão, separa a casca e come.

— A questão é — continua ela — quem define o que é ou não desejável? Há algumas coisas sobre as quais todos concordamos; não queremos que as pessoas matem nem agridam umas às outras, gostaríamos que todos alimentassem e cuidassem de seus filhos, preferimos que ninguém urine em público. Mas comportamentos como cantarolar no metrô, comer um chocolate, chamar a atenção de alguém que não foi gentil com você... Um grupo relativamente pequeno, e relativamente homogêneo, decidiu que essas coisas também tinham valor moral. E que certas coisas eram adequadas para alguns, mas não para todos. Você, por exemplo, teria um desconto maior de DesMoeda do que, digamos, a sua irmã por levantar a voz para um estranho. Por que você acha?

Sonya olha para Alexander. Naomi Proctor parece conhecer a família de Sonya melhor do que deu a entender.

— Porque *você* não estava sendo moldada para ter influência nem poder político, como ela, mas para ser uma esposa encorajadora e uma mãe dedicada — explica Naomi. — Praticamente, cada um de vocês vivia num sistema diferente sob a Delegação, desenvolvido para cultivar qualidades específicas. Para você, paciência e passividade. Para o seu amigo... — Ela estreita os olhos para Alexander. — Meu chute seria lealdade, alta tolerância ao tédio, curiosidade reprimida.

— Eu... A gente não teria notado se estivesse perdendo mais DesMoeda por um ato específico do que as outras pessoas? — Alexander quer saber.

— Essas discrepâncias podem sempre ser justificadas pelo contexto. Ninguém tinha acesso ao algoritmo exato que quantificava o comportamento, e as diferenças por atos individuais eram relativamente pequenas — diz Naomi. — E mesmo se você percebesse, naquela época, que estava recebendo um tratamento diferente, para quem ia levar sua reclamação? — Ela sorri. — August Kantor?

— Ele tinha mesmo um sistema para o envio de sugestões — comenta Sonya, em voz baixa.

— Ah, sim. Deixe a sua reclamação aqui nesta caixinha e nós *prometemos* — Naomi põe a mão sobre o coração — que vamos avaliar assim que possível.

Sonya se recosta na cadeira. Lembra-se perfeitamente da descrição de si mesma nas palavras da Delegação. Inteligência moderada, flutuações de humor, sem muito interesse nos estudos – esses deviam ter sido os traços que determinariam seu futuro. No entanto, é complacente; confia com facilidade; não tem muita curiosidade – isso fazia dela uma pessoa adequada ao futuro que lhe era oferecido. Tinham apresentado tudo como se fosse uma recompensa: *Parabéns, querida. Você foi escolhida para uma função especial.* Fora a mãe quem lhe dera a notícia. *Você vai se casar com Aaron Price quando fizer dezoito anos.* Aaron, seu amigo de infância, os dois sendo colocados juntos em qualquer oportunidade. *Não é empolgante?* E era mesmo. Todo mundo sabia que Aaron estava destinado a se tornar alguém importante. E Sonya teria a chance de estar ao lado dele quando isso acontecesse, o que quer que fosse, o que significava que ela era importante também.

Com que idade, exatamente, eles haviam decidido quem Sonya era e quem poderia ser? Teria sido na adolescência que tinham batido o martelo sobre a utilidade dela para a sociedade?

Teria sido na infância?

Ao pensar nisso agora, ela se pergunta como a situação foi apresentada a Aaron. Será que haviam dito a ele que, por estar destinado a ser alguém importante, ele tinha descolado uma boa esposa? Sonya Kantor, bonita, inteligente o bastante para ter conversas interessantes, obediente o bastante para não causar problemas? *Parabéns, você ganhou um brinde especial.* A bile sobe pela garganta de Sonya. Ela percebe que está apertando a borda da cadeira com tanta força que a palma da mão dói.

Alexander toca o ombro dela, com suavidade. Sonya olha para ele com o rosto quente. Ele assente de leve com a cabeça.

— Então você queria ficar de fora — diz Alexander, dando seguimento no lugar de Sonya. — Mas eles não podiam permitir que você fizesse isso, né?

— Não, não podia haver exceções ao Regulamento 82 — declara Naomi, e é como se ela não conseguisse enxergar o turbilhão dentro de Sonya, não tivesse ideia da destruição que tinha deixado para trás. Toma seu café com tranquilidade. — Eles me ofereceram uma escolha: fazer o implante e entrar no jogo ou ir embora. Foram generosos comigo. Me deram uma morte heroica. Me deram esta casa linda. Organizaram o envio de comida e pedidos especiais. Sempre gostei de ficar sozinha.

— E o Triunvirato? Só continuou mandando coisas para você sem custo?

— Com certeza. — Naomi abre um sorriso discreto. — Não subestime o meu poder, garoto. Você tem ideia do tamanho da confusão que eu poderia causar se voltasse dos mortos e contasse para todo mundo que os seus Insights não foram removidos de verdade, e que poderiam ser reativados a qualquer momento? Isso já foi dito antes, claro, mas nunca por alguém com a minha credibilidade.

— Do que está falando? Como assim *reativados*? — pergunta ele, exasperado.

Naomi inclina a cabeça, olha para a cicatriz na têmpora de Alexander, de um tom mais escuro que o resto da pele.

— Essa cicatriz é só para dar um efeito. A desativação do Insight não é um procedimento cirúrgico, já que o Insight não pode ser removido sem causar danos severos ao cérebro. Você só consegue remover depois que a pessoa morre. O Triunvirato me consultou exaustivamente sobre isso. Você pode desarmar o sistema, apagar as luzes; mas o hardware continua no lugar. O Triunvirato achou que as pessoas teriam reações violentas à ideia de ter uma tecnologia adormecida enterrada no cérebro, sem possibilidade de remoção. Acharam que haveria pânico em massa. Então armaram um grande teatro com o processo de desativação; uma bela cicatriz para deixar todo mundo tranquilo. O fato é que eu poderia reativar o seu Insight agora mesmo, sr. Price. Só precisaria conectar você a um computador.

— Como foi *capaz* de fazer isso? — Sonya fica surpresa com a força da pergunta. Seus pulmões ardem, desesperados por ar. — Como foi capaz de produzir uma tecnologia que acha tão *perversa*, tão *repulsiva*, que não quis usar em si mesma?

Naomi a observa como se ela fosse uma criança. Sonya também se sente uma criança, prestes a se jogar no chão e começar a gritar.

— Não começou assim, obviamente — diz Naomi, categórica. — Eles me pediram para inventar alguma coisa mais conveniente do que o Elícito. Ninguém queria ficar carregando esse negócio o tempo todo. Tentamos os óculos, mas as pessoas também não queriam usar óculos o tempo inteiro. O implante foi um deslumbre. Elegante. Injetado dentro do olho, usando os tecidos do próprio corpo para se autorreplicar e crescer, como... — Ela dá uma risadinha. — Como um ser vivo. Não é um corpo estranho ao redor do qual o seu organismo simplesmente se desenvolveu; *é você*, composto das suas células, uma unidade perfeita de tecido e tecnologia.

Ela suspira.

— Era *nessa* tecnologia que eu estava mais interessada — revela Naomi. — Pense no que a gente poderia fazer se conseguisse unir o sintético e o orgânico com a mesma perfeição em outros lugares! Poderíamos devolver às pessoas seus membros perdidos; substituir órgãos disfuncionais por outros novos impecáveis. Poderíamos estender a vida em décadas. Gastar um coração, uma coluna vertebral, um pâncreas; arrumar outro. Seria um mundo sem os problemas de saúde que em geral nos dividem ou limitam nosso potencial. — Os olhos dela cintilam. Desde que tinham chegado, é o momento em que ela soa mais calorosa, e isso porque está falando em substituir colunas vertebrais. — É uma pena que o nosso governo não tenha sido tão ambicioso. A única coisa que eles queriam fazer com essa maravilha da ciência, esse *milagre*, era ficar espiando pela janela do quarto das pessoas.

Naomi nunca trabalhou no governo, Sonya se lembra. Era professora na universidade. Foi professora de *Knox*.

— O que eu estou tentando dizer a vocês — continua Naomi — é que nunca pretendi que o Insight se tornasse um dispositivo de segurança.

Inventei a tecnologia que me pediram para inventar porque eu tinha meus próprios objetivos, que foram ignorados em favor dos objetivos da Delegação.

Eles ficam ali sentados, Sonya acalmando a respiração; Naomi terminando o café, com as mãos ligeiramente trêmulas; Alexander olhando pela janela para a floresta ao lado da casa.

— Preciso ir ao banheiro — diz Alexander, de repente.

— Final do corredor, à direita — informa Naomi. — Não vá sair bisbilhotando.

Sonya troca um olhar com Alexander por um segundo, o bastante para registrar que Naomi Proctor parece estar escondendo alguma coisa. Ou alguém. Quanto mais tempo passam ali, mais tempo dão para o Triunvirato alcançá-los, ou para Naomi avisá-los. Sonya só não tem certeza de que essa seria uma coisa que Naomi gostaria de fazer.

Alexander desaparece pelo corredor. Naomi empurra para o lado a caneca de café – agora vazia – e dobra as mãos à sua frente. Ela não usa anéis nos dedos. Examina o rosto de Sonya com se tentasse fazer uma leitura. Sonya se pergunta se ela enxerga a mesma tela em branco que Marie ou as arestas cortantes vistas por Knox. Ela parece *conhecer* o pai de Sonya, o bastante para saber a respeito das filhas dele. O que mais ela sabe?

— Eu realmente sinto muito pelo seu pai — diz Naomi. — Ele era um homem bom. Sentia muito orgulho das duas filhas, mas tinha um carinho especial por você, eu acho. A Garota-Propaganda dele.

Uma sensação fria se espalha pelo peito de Sonya. *A Garota-Propaganda dele*, foi como Naomi a chamou. Mas Naomi Proctor morreu – ou pareceu ter morrido – quando Sonya era criança, muito antes de posar para aquele cartaz.

— De onde vocês se conheciam? — pergunta Sonya.

— Às vezes frequentávamos os mesmos círculos sociais.

— É só que — diz Sonya, franzindo a testa — seria de se esperar que ele mencionasse ter conhecido Naomi Proctor, a famosa inventora do Insight. Mas ele nunca comentou nada.

Naomi dá de ombros. Não é uma resposta. Ela pergunta:

— Ele foi morto pela insurreição?

— Ele se matou, na verdade — diz Sonya. — A minha família toda se matou. Com Solo. Preferiram isso a serem presos.

— Ah, Solo. O remédio da compaixão.

— Era assim que eles chamavam?

— A empresa que a desenvolveu, Beake & Bell, levava muito jeito para anunciar produtos aterrorizantes como se eles fossem simpáticos e amigáveis — diz Naomi, com um sorrisinho. Ela força uma voz excessivamente gentil e aguda: "Não deixe os seus entes queridos passarem mais um segundo de dor. Solo: o remédio da compaixão. Eles merecem paz."

— Verdade seja dita — diz Sonya, de modo direto —, eles pareciam mesmo estar se divertindo no final.

— Então você estava lá.

Sonya confirma com a cabeça.

— Eu me pergunto — diz Naomi — onde ele conseguiu.

— O Solo?

— É. Era uma substância altamente controlada. Não era fácil de arranjar. Cada dose era monitorada pelo governo... ou pelo menos era o que eu achava. — Naomi inclina a cabeça, estudando Sonya. — Sabe, você ainda me lembra uma garota da Delegação. Seu jeito de se sentar, de falar. Você age como se ainda estivesse sendo vigiada.

— Ainda estou. — Sonya aponta para o olho direito.

— Sim, é verdade — diz Naomi. — Mas eu ainda me pergunto, se não estivesse mais, como agiria. Quem você seria.

— Eu antes sentia que o Insight era um amigo — diz Sonya. — Como se ele estivesse cuidando de mim. Você não se sente ameaçada por um pai ou mãe que vem dar uma olhada quando você é criança, ver se você está dormindo bem, né? — Ela dá de ombros, olha pela janela. — Mas ultimamente parece... parece ser o que era para todo mundo naquela época. Como se alguém estivesse esperando eu cometer um erro. Como se estivessem esperando um motivo para vir atrás de mim.

Lá fora, um esquilo salta de um galho para outro. O galho se curva com o peso do bichinho, que vai correndo pelo tronco, incansável.

— Você vai mandá-los atrás de mim? — ela pergunta a Naomi.

— Posso até preferir o Triunvirato à Delegação — diz Naomi. — Mas eu realmente não tenho nenhum interesse em governos no geral. — Ela estica a mão por cima da mesa e toca no braço de Sonya. Ainda que o toque seja gentil, Sonya estremece e afasta o braço, levando um susto. Mesmo assim, Naomi acrescenta um comentário, com o braço esticado, a mão espalmada sobre a mesa: — Um conselho para você, minha querida. Quando sair daqui, continue andando até chegar a algum lugar em que ninguém te conheça. É o único jeito de descobrir quem você é quando ninguém está olhando.

De repente, Sonya percebe que Alexander sumiu faz bastante tempo. Ela se levanta, anda até a cozinha.

— Posso pegar uma água? — pede ela.

— Deixe que eu pego. — Naomi fica de pé. Mas Sonya já está na cozinha, entre Naomi e a arma apoiada na parede. Naomi franze a testa para ela. Sonya franze a testa de volta.

Alexander surge na porta.

— Tem um cômodo lá em cima com uma porta bem pesada e bem trancada — diz ele. — Que tal você mostrar a casa para a gente?

Sonya e Naomi se movem ao mesmo tempo. Sonya chega até a arma primeiro, segurando-a pelo cano. Naomi consegue alcançá-la e tenta arrancar a arma das mãos de Sonya, mas Sonya é jovem e forte; ela segura firme, fazendo a outra mulher girar de modo que seu ombro bate com força contra a parede. Naomi solta, segurando o ombro dolorido, e Sonya vira a arma para segurá-la do mesmo jeito que Naomi fez. Aponta a arma para Naomi, segurando-a perto do olho, com o cano bem de frente para a mulher.

— Você não sabe usar isso — diz Naomi.

— Olha, não é tão difícil descobrir — garante Sonya. — E, se nada der certo, eu posso dar uma porrada na sua cabeça com ela.

Na verdade, a facilidade é surpreendente. A forma como os dedos deslizam e se encaixam direitinho no gatilho, o peso equilibrado em suas mãos.

Ela diz:

— Viemos procurar uma garota. O EUI dela nos trouxe até aqui. O nome dela é Grace Ward.

O rosto de Naomi se contrai.

— Não conheço ninguém com esse nome.

— Não minta para mim. Você mesma falou que os Insights precisam de hardware para funcionar. O Insight dela teria parado de emitir um sinal se ela não estivesse aqui fisicamente.

— Se eu mostrar o que tem naquele quarto, vocês vão acreditar em mim? — pergunta Naomi. Ela está com as mãos levantadas, as palmas viradas para Sonya.

Sonya faz um aceno com o queixo.

— Vamos ver.

A ARMA VAI AQUECENDO NAS MÃOS DE SONYA ENQUANTO ELA SEGUE NAOMI Proctor pelo corredor estreito até a porta da frente, e então fazem uma curva e sobem a escada que leva ao segundo andar da casa. Alexander está logo atrás dela. Sonya escuta a respiração dele, que vem em sopros afiados.

A arma é mais pesada do que ela havia pensado, e mais difícil de manejar. Após um dia de caminhada – ou após alguns minutos lutando com todas as forças contra um homem muito maior do que ela –, seus músculos estão doloridos e ela tem vontade de deixar a arma de lado. Mas não faz isso. Não vai fazer.

No topo da escada, outro corredor se abre em duas direções. As paredes ali, assim como as do andar de baixo, são forradas com painéis de madeira. Não há quadros pendurados, nem tapeçarias. Não havia flores no andar inferior, nem vasos ou bonequinhos decorativos. Nenhuma indicação de quem é aquela mulher para além de um apreço por fios e cabos. Ela os conduz para a direita, e a porta em que Alexander reparou é evidente: branca, ao contrário das de madeira pelo resto da casa, com uma maçaneta robusta e uma tranca eletrônica.

Naomi digita o código de sete dígitos e depois olha para Sonya com a mão na maçaneta. Ela não parece assustada, nem envergonhada.

Seus olhos estão cheios de pena.

Ela abre a porta, e atrás dela há um cômodo claro e comprido. Tudo é branco ali dentro. Uma bancada branca acompanha o contorno das paredes, com máquinas arrumadas sobre o tampo, blocos pretos, vermelhos, cinza, do tamanho de torsos humanos, mas que Sonya não entende. Prateleiras com frascos etiquetados em uma caligrafia pontuda. Telas saem das paredes em alguns pontos, todas apagadas no momento. Na parte do fundo há prateleiras de metal cheias de suprimentos: caixas com luvas de borracha, uma variedade de provetas, frascos de vidro, pipetas, seringas, caixas com etiquetas que ela não consegue ler de onde está, uma centrífuga antiga, uma balança.

No meio do cômodo há uma mesa, retangular, com duas fileiras de cilindros de vidro em cima dela, uma distância de uns sessenta centímetros entre elas. Estão iluminadas de baixo para cima. A solução dentro deles é de um azul pálido. Suspensa na solução dentro de cada um deles, uma coisa pequena e prateada que pisca na luz.

Sonya chega mais perto. O que quer que seja, é mais ou menos do tamanho de seu polegar, com tentáculos minúsculos saindo da parte de trás, como uma água-viva. Na cabeça há um elemento arredondado e convexo, feito a córnea de um olho humano. Ela teria achado que se tratava de alguma criatura marinha, não fosse pelo círculo de luz na parte de cima do recipiente, projetado pela espécie de íris.

O mesmo círculo de luz que arde em seu olho. São Insights.

— Você seguiu um EUI até aqui — diz Naomi — porque esses Insights estão suspensos numa solução que simula um corpo humano. Eu os mantenho assim para a minha pesquisa. Ainda estou decidida a usar essa tecnologia para produzir órgãos metade sintéticos, metade orgânicos.

Um Insight, Sonya pensa consigo mesma, olhando para aquela coisa flutuando no líquido. Naomi falou que seu Insight era *ela*, injetado na infância como uma espécie de girino em seu corpo, onde ele foi se agregando aos minerais em seu sangue para se transformar num corpo maior e mais amadurecido. Esse é o estado adulto, de forma orgânica e cor sintética, como uma criança que herda traços diferentes de cada progenitor. Ele flutua como se estivesse esperando – mas talvez seja ela quem está esperando, esperando que o terror da verdade tome conta de seu corpo.

— Então você está me falando — diz ela — que um desses Insights é o de Grace.

— Sim.

O único jeito de remover um Insight do cérebro é se a pessoa estiver morta. Knox lhe falou. Naomi lhe falou.

— *Porra* — diz Sonya —, onde foi que você arranjou isso?

— Acho que você já sabe a resposta — Naomi praticamente sussurra.

Sonya levanta a arma, agora tão pesada que poderia fazê-la tropeçar e cair, e a segura na frente do olho, do jeito que viu Naomi fazer quando chegou. *Aqui é a sua Alice*, ela pensa, e tem que se controlar para não soltar uma risada. Alice é Alice Gleissner, a mulher cujo Insight se tornou o de Grace Ward, mas Alice também é a menina no País das Maravilhas, e isso foi o que ela encontrou no fundo da toca do coelho.

— Me fala — diz Sonya, olhando firme para ela por cima do cano. — Pode me falar tudo.

Naomi se endireita e contrai os lábios.

— Eu o removi do corpo de Grace Ward há pouco mais de dez anos.

Sonya assente. Não tem coragem de olhar para Alexander. Sabe que vai encontrar gentileza e empatia nos olhos dele, e não é capaz de suportar, porque aquilo não está acabado, não está acabado ainda.

Ela precisa ouvir o resto.

— Você conhecia meu pai — diz Sonya. — Você o conhecia depois de supostamente ter morrido, depois de ter saído da cidade. Você o conhecia porque ele vinha aqui, não vinha?

Os olhos de Naomi são escuros e frios, como a terra endurecida pela geada. Encaram Sonya de volta sem expressão. Não importa. As mãos de Sonya estremecem segurando a arma.

— Me fala — repete ela.

— Seu pai tirou Grace Ward da família dela e a levou de carro com ele para fora da cidade — diz Naomi. — Ele deu Solo para ela. A menina morreu no trajeto. Ele trouxe o corpo dela para mim, e eu removi o Insight. Depois ele a enterrou.

Alexander intervém:

— Tem seis Insights aqui.

— Sim — responde Naomi. — Grace foi a última que ele me trouxe, mas houve outras antes dela.

— Crianças. — Sonya engasga com a palavra. — Meu pai matava crianças.

Naomi fica olhando para ela.

Sonya avança, pressionando o cano da arma contra a testa de Naomi, forte o bastante para empurrar a cabeça dela para trás, forte o bastante para deixar uma marca.

— Sim ou não?

— Sim — diz Naomi.

Sonya abaixa a arma, fazendo mais um aceno positivo com a cabeça. Grace Ward está morta. Já está morta há mais de uma década.

Ela brande a arma feito um taco de beisebol e acerta um dos cilindros que contém um Insight, estilhaçando-o. O líquido azulado se espalha pelo tampo da mesa. Ela bate de novo, e de novo, com os braços doendo, até que todos os cilindros estejam em pedacinhos. Por trás do barulho do vidro espatifando, um gemido grave que ela sabe estar vindo dela mesma, mas que não consegue sentir.

Braços fortes envolvem seu corpo inteiro e a seguram firme. Ela deixa a arma cair com um barulho metálico. O queixo de Alexander pressiona seu ombro, e ela a abraça até que ela começa a soluçar, e continua abraçando depois disso.

DEPOIS DE UM TEMPO...

Alguma extensão de tempo que Sonya não sente...

Depois de um tempo, Naomi a leva lá para fora, atrás do chalé, por um caminho de terra, com o verde se espalhando pelos lados e preenchendo o espaço. Elas passam debaixo de um arco formado por galhos de abetos, pesados de folhagem, e chegam a uma clareira com musgo. Dispostas numa fileira organizada ela vê pedras, seis delas, lisas, cada uma do tamanho de um melão. São rajadas em cores bonitas, marrom, cinza, um tom de azul-petróleo de águas profundas.

— A de Grace? — pergunta Sonya.

— Não sei — responde Naomi.

Claro que não sabe.

— Quem são os outros? — pergunta ela.

— Mais velhos — diz Naomi. — Velhos demais agora para o Triunvirato investigar.

Naomi a deixa ali. Talvez esteja indo tentar salvar seus preciosos Insights, Sonya pensa. A imagem de Naomi Proctor usando luvas brancas, debruçada sobre o corpo ainda quente de uma criança para tirar um aparelho tecnológico da cabeça dela, faz Sonya ter vontade de vomitar.

Diante da fileira de pedras posicionadas perto demais umas das outras para serem as lápides de corpos adultos, Sonya se ajoelha. O chão está frio sob seus joelhos, e úmido, e aquele lugar é silencioso demais, agradável demais para o que está enterrado sob a superfície. Se *sagrado* realmente significa algo que não se deve tocar, então ela acredita que o lugar seja sagrado, pois é um lugar que abriga *aquilo*. Aquele horror.

E o lugar dela é ali também.

DEZESSETE

Mais tarde, Sonya está sentada à mesa da cozinha outra vez, com uma caneca de chá intocada diante de si. Ela observa uma aranha do lado de fora, atravessando a teia cuidadosamente, e pensa em quando andou de Estalo ao lado do pai, o ombro dele esbarrando no dela quando ele tirou um pente de plástico do bolso junto com um quadrado de papel-manteiga. Ela o viu perto de uma gaveta aberta na cozinha naquela manhã e não achou nada estranho, mas ele devia estar preparando o papel só para ela, só para aquele momento. Enrolou o papel no pente e segurou-o perto da boca, os cantos dos olhos enrugando com um sorriso.

Assoprou uma única nota no pente. O barulho foi *alto*, esganiçado. Todo mundo no vagão se virou para olhar. Um homem com sobrancelhas espessas do outro lado do corredor fez uma cara emburrada para ela. August tocou "Nosso vazio" – outra música da Delegação – com o pente, e ela soltou uma risadinha alta.

Ela se lembra da delicadeza dele ao colocar o Solo na palma da mão, sem dificuldade alguma para abrir a tampa do frasco. Havia uma tranquilidade nele, mesmo no fim. Mesmo ao dar veneno para as filhas tomarem.

O barbante do saquinho de chá está úmido, grudado na caneca. Ela deixa a bebida ali e anda pela sala de estar, deslizando os dedos pelos fios-trepadeiras pendurados das prateleiras, pelos plugues multicoloridos com extremidades multifacetadas. Ela sobe a escada e, no final do corredor que parece um caixão, escuta Alexander e Naomi varrendo vidro no laboratório.

— ... te contou por quê? — Alexander está falando.

— Eu estava interessada nos Insights. Em mais nada além disso. E eu precisava de alguns que ainda não estivessem totalmente desenvolvidos, então era um arranjo... mutuamente vantajoso. Ele as trazia para mim, e eu... limpava a bagunça depois.

Alexander faz um som com os lábios fechados.

— Eu só não entendo — diz ele. — Por que matá-las? Todos os outros segundos filhos ilegais foram entregues a pais adotivos. Por que não simplesmente fazer isso?

— Essas crianças eram mais velhas. Estavam com três a cinco anos quando ele as trouxe para mim.

— Que diferença isso faz?

Naomi solta um pequeno suspiro.

— Você está fazendo a pergunta errada — diz ela. — Você quer saber "por que não simplesmente adotá-las?", mas a pergunta da Delegação era "por que não simplesmente se livrar delas?". A Delegação se livrava de muita gente. Pessoas que falavam abertamente sobre as violações da Delegação, pessoas que não se importavam com as penalidades de DesMoeda. Infratores, insubordinados, revolucionários. Pessoas que eram arruaceiras, desleais. Elas simplesmente desapareciam. Podadas da sociedade para deixar o jardim mais bonito. Afinal, o controle populacional também era uma das prioridades.

— É diferente — rebate ele. — Essas não eram pessoas que tinham transgredido as regras, eram *crianças*.

— O que é uma criança senão um futuro dissidente? — diz Naomi. — Não é a minha lógica pessoal, é a da Delegação. Imagine só, por exemplo, ter idade suficiente para se lembrar de quando o governo arrancou você dos seus pais. Imagine que você se lembra do nome deles, de onde eles moravam. Você seria capaz de se ajustar à nova realidade? Seria necessário algum tipo de acompanhamento psicológico para que você não surtasse em público? Será que alguém ia ter que ficar constantemente vigiando para garantir que você não voltasse para a sua antiga casa? Quando crescesse, você se tornaria um servo leal e obediente ao seu governo?

— Não — reconhece Alexander. — Acho que não.

O vidro tilinta quando ele recomeça a varrer o chão.

Sonya se mexe, só um pouquinho, e as tábuas do piso rangem sob seus pés. Com sua presença revelada, ela anda em direção ao laboratório. A mesa no centro do cômodo agora está limpa e seca. Alexander varre os últimos cacos de vidro numa bandeja. Os Insights parecem ter sumido. Se Naomi foi capaz de recuperá-los, Sonya prefere não saber.

Naomi olha para ela. Um olhar sem emoção. Do mesmo jeito que Sonya a encara também. Elas são iguais, as duas – podem até não ser fornecedoras de drogas letais nem sequestradoras de crianças, mas são as pessoas que possibilitam, que facilitam isso.

— Naomi falou que pode desativar o seu Insight com bastante facilidade — diz Alexander. — Se você quiser.

Quando criança, ela achava que essa era uma parte de seu corpo, que tinha crescido na primeira infância assim como as mãos ou os pés. Foi aprender o que era na segunda série. A professora descreveu como se fosse uma receita: uma pitada de anestesia, uma espetada da agulha, com o aparelhinho minúsculo espremido lá dentro, só esperando para se abrir que nem um guarda-chuva dentro do cérebro de Sonya; e pronto, o Insight, seu amigo e companheiro de longa data, estava ali para apoiá-la no que fosse preciso.

E era isso mesmo. Ele lhe ensinara por que o céu era azul, como os bebês eram feitos, o que significava "babaca", como assar biscoitos. Quando Susanna tentava enganá-la, o Insight fazia questão de que ela não caísse na mentira. Ele lhe proporcionava música que pulsava e batia em sua cabeça, filmes que a faziam rir até a barriga doer. Sobrepondo história e arte em cima de tudo que ela olhava.

Mas agora ele acompanhava cada passo seu. Fora um observador passivo do ataque que sofrera na Abertura, do fim escolhido por David, sem falar nada para ninguém, de todas as overdoses, agressões e negligências que aconteceram na Abertura. Observara enquanto o pai de Sonya roubava crianças dos pais e orquestrava seu fim. O Triunvirato poderia estar de tocaia na fronteira da cidade, planejando a prisão dela.

O Insight agora é uma coisa sem coração, uma sensação ameaçadora na nuca e um lembrete constante de que, não importa onde esteja ou que dificuldades esteja passando, ela está sozinha.

— Sim — diz ela. — Pode desativar.

Sonya se senta num dos bancos do laboratório na frente das janelas. Alexander fica apoiado na bancada ali do lado, observando enquanto Naomi monta o equipamento. Presilhas adesivas conectam fios às têmporas e bochechas de Sonya, e outros ficam presos atrás da orelha. São finos como fios de cabelo, que se misturam e desaparecem dentro de uma caixinha branca. A pequena caixa branca tem alguns botões, nenhum deles com etiqueta, então Sonya não tem a menor ideia do que eles fazem. Naomi conecta a caixa a uma tela na parede com um cabo azul.

Sonya não fica observando enquanto ela digita na tela. Olha para Alexander e tenta se lembrar dele daquele jeito, exatamente no centro do halo do Insight. Ela se lembra da palma da mão deslizando pelo corpo dele, encaixada no quadril. Sente que foi algo que aconteceu anos antes, e não na noite anterior.

— Pronto — diz Naomi. Ela pega outro aparelho, parecido com a lanterninha que os médicos usam para checar os reflexos da pupila. Na ponta há um círculo, como o halo, do tamanho da cavidade ocular de Sonya. Naomi fica na frente de Sonya com o aparelho.

— Tem certeza? — pergunta ela.

Sonya faz que sim com a cabeça, e Naomi se curva, segurando o aparelho na frente do olho de Sonya. Aperta um botão na haste, e então há um pulso de luz vermelha.

O halo desaparece. Sonya toma um susto e leva a mão ao olho para esfregá-lo, do mesmo jeito que faz para se livrar da visão turva quando acorda. Mas a sensação turva não vai embora.

— A adaptação demora um tempinho, mas você vai se acostumar — explica Naomi.

Sonya pisca várias vezes. Está se sentindo leve de um lado e pesada do outro. Naomi põe as mãos no ombro de Sonya para equilibrá-la e diz numa voz baixa:

— Lembre-se do que eu falei. Vá para algum lugar onde ninguém te conheça. Descubra quem você é quando ninguém está olhando.

※※※

Sonya está sentada na varanda dos fundos. A casa fica de frente para o nordeste. O sol não conseguiu romper as nuvens naquele dia, então ela sabe que ele está se pondo pelo tom azulado que banha os troncos das árvores ao redor dela. A floresta está calma e silenciosa, um tapete de agulhas marrons e musgo que permanece imperturbado, exceto por um ou outro pássaro que pousa para ciscar o chão.

Sonya cobre o olho direito com a palma da mão, esperando que isso acalme a sensação de vazio que toma conta de sua visão. Parece que tem alguma coisa *ali*, alojada em seu olho, tornando mais difícil enxergar.

— Demorou algumas semanas para mim — comenta Alexander. A porta range quando ele a fecha atrás de si. Ele fica parado ao lado dela, de braços cruzados, observando as árvores. — Mas depois melhora. A parte mais esquisita foi sentir falta dele. Eu não esperava sentir falta dele.

— Não estou sentindo falta — diz ela. — Ele já estava perdido há dez anos, desde que parou de me responder.

Ele assente. Acabou de sair do banho. Seu cabelo, tão mais grosso do que o dela, ainda está molhado em alguns lugares – em volta das orelhas, na massa cacheada bem no topo da cabeça.

— Naomi disse que pode nos levar de carro para onde quisermos. Ela tem uma caminhonete no barracão. — Ele aponta para a extremidade do terreno, onde há uma estrutura de madeira, parcialmente camuflada pelas árvores. — Mas precisamos decidir que lugar é esse.

Ele se vira para ela, pega suas mãos. As dele estão quentes, fortes. Ela se lembra de quando tinham agarrado seu corpo, com vontade, quase frenéticas, como se ele achasse que ela jamais o deixaria tocá-la de novo, então aquela era a única chance. Envolvendo sua coxa, mergulhando em seu cabelo. Ela pensa, no mesmo tom absurdo de alguém que começa a rir num velório, que *vai* deixar que ele a toque de novo.

— Se a gente voltar para a cidade, você vai ser presa e jogada de volta na Abertura — conjectura ele. — Ou pior. Talvez seja melhor continuar em frente; tentar pedir asilo no próximo setor. Pode ser a nossa melhor chance de ter uma vida de verdade.

Ela olha para as mãos dos dois entrelaçadas. O corte do bisturi no prédio da Armada Analógica ainda está cicatrizando. As unhas dela estão roídas até o toco. As cutículas estão levantando. Ela sente no corpo os efeitos da última semana.

— Ninguém está observando — diz ela em voz baixa, não para ele, nem para ninguém.

— Naomi poderia enviar uma mensagem para os Ward — sugere ele. — Contando o que aconteceu com a filha deles. Ela não se ofereceu, mas... aposto que consigo convencê-la.

Um pássaro pousa no parapeito da varanda, gordo e marrom.

— Sonya, você não pode mudar o que aconteceu, não importa o que faça. Em vez disso, pode tentar seguir em frente. Deixar tudo isso para trás.

Ela assente. O pássaro bica a madeira, anda para a frente e para trás, depois levanta voo.

— Parece ótimo — diz ela, quase num sussurro. Aperta as mãos dele. — Mas não existem recomeços. A gente só pode fugir de alguma coisa ou enfrentá-la. Essas são as únicas opções.

Ele baixa os olhos para ela, as sobrancelhas franzidas de preocupação, e em seguida faz um gesto de concordância com a cabeça. Leva a mão ao pescoço de Sonya, usando o polegar para inclinar a cabeça dela. Ele a beija, devagar.

Levam um dia para andar da estação do Estalo em Gilman até a casa de Naomi Proctor. De carro, o trajeto leva pouco mais de uma hora. Naomi passa o tempo todo resmungando de desaprovação. Ela queria levá-los para a direção oposta.

Quando passam pela reentrância da floresta onde deixaram o corpo do homem que os atacou, Sonya sente gosto de bile. As lembranças ainda estão ali, embora agora pareçam algo que aconteceu com outra pessoa. Com a Sonya de antes, a que não sabia que Grace Ward já estava morta.

Naomi os deixa nos limites da cidade. Eles caminham em silêncio até a estação de trem e aguardam a chegada do próximo Estalo. Só há mais uma pessoa na plataforma: uma senhora que não olha duas vezes para Sonya. O farol do Insight, que atraía a atenção de todos, acabou. Talvez, ela pensa, eles finalmente parem de chamá-la de Garota-Propaganda.

O Estalo desliza até parar, silencioso como um sussurro, e eles embarcam. Sonya se inclina sobre o ombro de Alexander quando o trem começa a andar.

— Quem você acha que deixou a mensagem? — pergunta ela. — A mensagem para os Ward, quero dizer.

— Não sei. — Ele passa os dentes pelo lábio de baixo, num gesto pensativo. — Será que foi algum trote? Uma pessoa doente que leu a matéria sobre você?

— A pessoa não ia saber que ela era chamada de Alice. Só pode ser alguém que os Ward conheciam.

Ele faz um gesto afirmativo com a cabeça, mas não tem uma resposta, e nem ela. O ar pressiona os ouvidos de Sonya à medida que eles ganham velocidade.

— Tem algum lugar aonde você queira ir? — diz ele. — Antes de voltar. Só para garantir.

Ela pensa. Fecha os olhos.

— A orla. A Susa me levou até lá uma vez depois da escola. Comprou um pão doce para mim, e a gente comeu perto da mureta do aterro.

— E o cheiro não estragou a experiência? — ele pergunta, rindo. — Aquela área sempre fede a peixe morto.

— Bom, o pão doce estava um horror — lembra ela. — Mas a Susa quase não fazia nada comigo, então eu amei. — Ela suspira. — Mas acho que eu não devia me desviar do caminho agora. O Triunvirato deve estar me procurando.

— É, acho que você tem razão.

Eles ficam assistindo aos anúncios: Suco Sereno, uma bebida misturada com remédio calmante; um serviço de assinatura de livros só com títulos banidos pela Delegação; Cara Limpa, um creme que faz cicatrizes desaparecerem. A certa altura, a música e as vozes metálicas desaparecem ao fundo.

— Eu não paro de pensar em você — confessa ela, de repente.

— Oi?

— Quer dizer, eu fico lembrando de você — diz ela. — Na sua escrivaninha, com aqueles negativos.

— Ah, sim. — Ele abaixa um pouco a cabeça. — Tentei revelar alguns deles, uns anos depois da insurreição, quando os produtos químicos voltaram a ficar disponíveis. Não era mais a mesma coisa.

— Não?

Ele balança a cabeça.

— No regime da Delegação, aqueles negativos eram quase um contrabando. Numa fotografia, as pessoas acham que é só registrar o que você vê, mas todos aqueles pequenos ajustes que o fotógrafo pode fazer; onde colocar o foco, quanta exposição, se o enquadramento vai ser centralizado ou não; tudo isso afeta o que você vê e como vê. É uma linguagem, só que não precisa ser falada para ser compreendida. Então os negativos... eram como pessoas falando de um jeito que a Delegação não podia monitorar. Olhar para eles era como ouvir mensagens secretas.

Cada um é um mundo, ela havia dito para ele na ocasião. Um comentário sem nexo.

Ela assente.

— Então, depois da queda da Delegação, quando todo mundo podia dizer o que quisesse...

— Eu não precisava mais deles — conclui ele. — Podia pensar no que gostaria de dizer, e não no que eu precisava dizer. Desejar as coisas em vez de só precisar delas: isso é um privilégio. — Ele dá de ombros. — Eu te conheço... talvez você não enxergue do mesmo jeito.

Talvez ela enxergue, Sonya pensa. Mas tudo que ela vê pela frente é a necessidade. O anúncio da vodca fluorescente aparece na parede, garrafas azuis bizarras sobre um fundo preto. Um homem do outro lado do corredor dobra o jornal ao meio e o deixa no assento ao lado; ela decide que vai pegá-lo antes de descer do trem.

— Escute — diz ela. — Não venha comigo até a casa dos Ward.

— O quê? Por que não?

— Volte ao trabalho, pegue as suas coisas. Faça uma cópia de todo o material do meu Insight na última semana. E depois... vá para a casa de um amigo. Daquela mulher da praia, sei lá. — Ela olha para a ponta dos dedos, ainda vermelhas e machucadas de ter ficado arranhando o chão duro. — Alguém tentou matar a gente na saída da cidade. Não vão gostar de saber que você está de volta.

— Mas e você?

— Nós dois sabemos que eu vou ser presa muito em breve, mesmo sem o Insight. Não se preocupe comigo. Vou estar dentro da Abertura até o fim do dia.

No Trem Suspenso, Sonya ensaia o discurso. Vai recusar qualquer coisa que Eugenia Ward ofereça, nem que seja um lugar para se sentar; vai adotar um tom doce, mas sem usar eufemismos. Olhando pela janela, ela ensaia o movimento das palavras: *Grace está morta*, e se pergunta se isso seria uma exceção à regra de Knox quanto aos eufemismos, porque "morta" soa tão insensível. Uma planta que alguém esqueceu de regar está morta, um pacote velho de fermento biológico está morto, mas uma menininha – ela não deveria ser mais do que isso?

Ela sente um arrepio quando o trem passa em frente ao prédio dos Ward – a mesma vista que ela teve mais de uma década antes, quando viu Grace na janela, com o Insight de Alice Gleissner brilhando ao redor de sua íris. Os freios são acionados, e o trem para. Sonya desembarca na plataforma. Absorve o ar frio e úmido e desce os degraus até a rua.

Esperando por ela no fim da plataforma, quatro policiais em seus uniformes brancos.

Por alguma razão, esse não é um cenário que ela cogitou, a apenas um quarteirão de onde os Ward moram. Ela achou que, sem o Insight para rastrear, o Triunvirato demoraria para encontrá-la; como sabiam para onde ela estava indo ao voltar para a cidade?

— Por favor — diz ela para um dos policiais, não importa qual, pois são todos impessoais com seus capacetes brancos e Véus cintilantes. — Só preciso de dez minutos. Só preciso falar com uma pessoa.

— Prisioneira 537 da Abertura, fomos enviados para garantir o seu retorno seguro e imediato — informa um deles. A voz é aguda e etérea, mas a pessoa ligada a ela não deixa de ser intimidadora por causa disso. Ela não escuta seu número desde a primeira vez que foi colocada na Abertura.

— Eu sei — responde Sonya, franzindo a testa. — Eu sei disso, eu só... eu preciso contar a essa família o que aconteceu com a filha deles.

— Se não cooperar, vamos ser obrigados a restringi-la à força — ameaça o policial.

— Eu não estou *deixando de cooperar* — rebate ela, frustrada. Está tão perto que consegue enxergar a esquina do prédio dos Ward, o vermelho dos tijolos atenuado pelo dia nublado. — Eu só...

Um dos policiais segura seu braço, e ela se sacode para afastá-lo por instinto. Acaba sendo um erro. Nesse momento, um dos outros a agarra e gira o braço dela para trás, fazendo-a gritar. Eles a pressionam contra uma das estruturas da plataforma, arranhando seu rosto no metal áspero, e prendem os pulsos dela com um lacre plástico.

É assim que ela entra na Abertura, menos de dez minutos depois. Eles a arrancam do carro sem nenhuma gentileza, e um holofote brilhante se acende do lado de fora do portão, reagindo ao movimento. O círculo giratório da entrada da Abertura se abre para deixá-los passar, e os policiais marcham para dentro junto com ela. O grupo de prisioneiros que está bebendo no meio da rua Cinza fica em silêncio ao ver a cena.

— Você será convocada para uma audiência disciplinar — anuncia o policial mais perto dela. — Venha à guarita amanhã para se informar sobre a data e a hora.

— Uma audiência disciplinar para *quê*, exatamente? — Sonya retruca. — Eu já fui condenada à prisão perpétua.

— Garanto a você que as coisas sempre podem piorar.

O policial corta o lacre plástico, e eles saem em fila da Abertura, deixando Sonya parada ali sozinha. Ela olha para os moradores em silêncio a menos de trezentos metros dali. No escuro, são apenas um conjunto de círculos brancos, com seus Insights brilhando no crepúsculo. Ela reconhece um deles do Bloco 1.

— Eddie! — chama ela. — Graham Carter está em casa? Sabe me dizer?

O homem tem uns quarenta anos, talvez, mas o gole que toma da bebida é típico de um rapaz mais jovem. Ele dá batidinhas com o gargalo da garrafa na bochecha enquanto olha para ela, sem cobiça, sem interesse.

— Por quê? — Um sorriso rápido. — Está querendo se divertir?

Todos ao redor dele caem na gargalhada. Sonya vira as costas e começa a andar para o Bloco 1. Ele grita atrás dela:

— Tenho quase certeza de que ele está, sim!

Ela é envolvida pelo túnel. Alguém acendeu uma vela e a colocou no chão sob um dos nomes, Margaret Schulte. Já está queimando há algum tempo, o pavio cercado por uma piscina de cera avermelhada. No pátio depois do túnel, ela vê formas escuras rolando pela grama alta – ratos, saindo para a caçada noturna.

Sobe até o terceiro andar, onde há uma festa acontecendo no primeiro apartamento à esquerda. A porta está aberta, com a fumaça de cigarro e as risadas chegando até o corredor. Ao passar, ela vê um grupo de pessoas sentadas em volta de uma mesa improvisada com caixotes, jogando baralho. Vai até o 3B e bate.

Graham Carter atende à porta usando seu roupão de banho. É de um tom vinho-amarronzado, com um cordão do mesmo tecido que se descosturou dos passadores e agora está pendurado nas mãos dele.

— Srta. Kantor! — diz ele, enrolando o roupão com mais firmeza em volta do peito e amarrando o cordão com força. — O que está...

O apartamento está ainda mais entulhado do que da última vez que ela esteve ali, com pilhas de toalhas e cobertores velhos num canto, a coleção de garrafas de vidro expandida. Uma garrafa de bebida caseira está aberta sobre o balcão da cozinha, turva e amarelada, provavelmente um ingrediente do chá vespertino de Graham, que está fumegando numa mesinha lateral.

— Você falou que o meu pai era seu amigo — diz ela. — Que ele vinha ao seu escritório só para almoçar.

— Qual é a questão, querida? Eu estou bem cansado, e...

Ela anda mais para dentro do apartamento. A cama de Graham está no centro do cômodo, com um vinco no meio do colchão onde ela se dobra em forma de sofá. Sonya desliza os dedos pelo baralho em cima da mesinha de cabeceira.

— A questão é que ele nunca falou de você — diz ela. — Ele vivia contando histórias sobre todos os seus amigos, e por algum motivo você nunca foi citado.

Graham parece confuso.

— Com certeza você não está insinuando que eu *menti* sobre isso — diz ele.

— Não — responde ela. — Não estou. Existem duas possíveis explicações para ele não ter mencionado o seu nome. A primeira é que ele não conhecia você. A outra é que ele tinha vergonha de alguma coisa.

— Eu não...

— Pare com isso. — O tom de Sonya é frio. — Pare de mentir para mim. Eu já sei o que o meu pai fazia. Ele matava pessoas. Ele matava *crianças*.

— Não fale uma coisa dessas — diz Graham. O rosto e o pescoço com a pele molenga que lembra tanto o de um sapo-boi agora estão cobertos de placas vermelhas. — Seu pai era um homem bom.

— Não, ele não era. — Ela se aproxima mais. — Deixe de ser covarde.

O queixo de Graham estremece. Ela acha que ele poderia desabar feito um bolo mal assado.

— Ele vinha jogar Sueca — conta Graham, apático. Ele se senta na beirada da cama, fazendo algumas peninhas voarem do edredom. — Lembra quando eu contei para você sobre os códigos? Copas Fora eram os Insights, Buraco significava Blitz...

— Sueca queria dizer Solo — diz Sonya.

Graham confirma com um gesto de cabeça.

— Quantas vezes? — A voz dela falha ao fazer a pergunta.

Ele olha para ela do mesmo jeito que Naomi Proctor fez ao deixar Sonya entrar no laboratório. Com pena.

— Só — diz ela — me fale.

— A verdade é que eu perdi a conta — admite Graham.

É pior do que ouvir um número, ela pensa. Havia seis crianças enterradas no bosque atrás da casa de Naomi Proctor; não o suficiente para perder a conta. Isso significa que existem outros túmulos por aí. Talvez sinalizados por lápides; talvez sem nenhuma sinalização, o mato crescendo por cima deles, bem fertilizado.

— Onde você conseguia? — pergunta ela.

— Eu mesmo não tinha; o Solo é altamente controlado — explica ele. — Mas eu facilitava a conexão entre ele e alguém que trabalhava na empresa farmacêutica, a Beake & Bell. Eu não sabia o nome verdadeiro da pessoa quando fazia o contato, e nunca estive presente em nenhum dos encontros. — Ele esfrega a mão na testa, com força.

— Que ótimo — responde ela, com frieza. — Útil como sempre, sr. Carter.

Sonya se vira para ir embora. Não aguenta mais ficar ali, naquele apartamento fedendo a café velho e bebida caseira, com a fumaça da festa ao lado entrando pelas frestas das paredes. Mas a voz de Graham a interrompe.

— Mas uma vez eu ouvi uma conversa entre os dois — continua ele. — Ele chamou o homem pelo nome, e o homem brigou com ele por causa disso. Era um nome esquisito... parecia um ponto cardeal. Weston... não, não era isso...

Sonya está com a mão na maçaneta. Ela se vira de repente, com os olhos arregalados.

— Easton? — diz ela. — Tipo Easton Turner?

— Isso, era esse mesmo — responde Graham. — Easton.

DEZOITO

Ela anda para cima e para baixo na rua Verde, ignorando os gritos e comentários dos homens ali perto.

Easton Turner é uma das três pessoas mais poderosas da cidade. Alguém que chegou ao limite do que pode ganhar, e que tem tudo a perder. Sua carreira política estaria destruída se alguém descobrisse que ele dava Solo ao pai dela – e, portanto, à Delegação – para ajudá-lo a matar crianças. E, mesmo não tendo sido capaz de interromper a investigação sobre o desaparecimento de Grace Ward sem levantar suspeitas, Easton certamente não acreditava que Sonya Kantor, pirralha mimada da elite da Delegação, conseguiria fazer algum progresso. Era uma tarefa, como ela havia pensado desde o início, propositalmente impossível.

Mas ele não contava com o desespero dela. E ela *conseguira* fazer progresso, graças a Emily Knox, então ele primeiro resolveu atrapalhar o avanço dela por meio de Alexander ao enviar seu assistente para sugerir que seria melhor se Grace Ward não fosse encontrada. Depois, quando ela chegou mais perto da verdade, ele encerrou a missão por completo, achando que, presa na Abertura, ela não poderia causar nenhum estrago.

Talvez ele esteja certo quanto a isso, ela pensa. O que Sonya poderia fazer contra ele agora? Tudo que sabia viera de criminosos e mentirosos, e ela nunca sairia dali de dentro. Fora que não respondeu a uma das perguntas mais importantes: o que Easton Turner teria a ver com a Armada Analógica? Foram eles que vieram atrás dela com uma arma. Com certeza não era coincidência.

Ela fica parada em frente ao portão por um tempo. As placas sobrepostas estão bem fechadas agora. Vão abrir outra vez no dia seguinte, para o recebimento da entrega mensal de suprimentos. Um caminhão vai manobrar até o centro da Abertura, e os policiais vão descarregar a comida, fresca e enlatada; material de limpeza, itens de higiene pessoal e roupas doadas pelas pessoas da cidade; além de outros utensílios para a casa, lâmpadas, esponjas, material de escritório. Todo mês é uma confusão danada. Em geral ela se planeja com Nikhil na noite anterior para definirem juntos as prioridades. Eles trabalham melhor em dupla.

Ela volta ao Bloco 4. Está usando roupas emprestadas por Naomi Proctor. O casaco tem agulhas de pinheiro grudadas na parte externa, e os sapatos estão sujos de terra. Ela cheira ao sabonete da mulher – um aroma cítrico, de limão e lavanda.

Sonya desvia de um lençol pendurado num varal – deve ser quarta-feira, o único dia em que a sra. Pritchard permite "obstruções desagradáveis à vista". Ela sobe os degraus até o próprio apartamento e para bem na porta, a mão suspensa sobre a maçaneta.

As regras da Sueca não estão muito claras na memória. Deve ter jogado apenas algumas vezes quando criança. Em cada jogo havia uma escolha: qual seria o naipe do trunfo. Era uma escolha feita com informações limitadas, porque você não sabia que cartas o seu parceiro tinha na mão. E, depois disso, as rodadas iam se desenrolando de forma inevitável. O que ela mais se lembra é da tensão na hora de definir o trunfo, e da sensação de alívio depois que a escolha estava feita e restavam apenas as cartas na mão.

Sonya sente que ainda precisa fazer mais uma escolha antes de se entregar às circunstâncias.

Acende as luzes do apartamento e vai direto até o caixote ao lado da cama. Tira dali um bloco de anotações velho, só com umas poucas folhas sobrando, e um lápis, e se senta à mesa da cozinha onde a pequena Babi deixou seu nome gravado.

Sasha,

Preciso que você envie uma mensagem para o escritório de Easton Turner por mim. Diga que eu quero jogar uma partida de Sueca assim que ele puder.

— Sonya

Depois de um segundo, ela acrescenta:

P.S. Obrigada.

Ela dobra o bilhete e sai do apartamento, deixando as luzes acesas. No pátio, acena para Charlotte, que está tirando o lençol do varal, e a mulher grita de volta:

— Por onde andou?

— Já volto! — Sonya grita em resposta. Ela passa pelo túnel até a rua Cinza e faz a curva na rua Verde, atravessa o túnel para o Bloco 1 e segue até a guarita, onde Williams está sentado com as mãos cruzadas em cima da barriga, cochilando.

Ela dá uma batidinha no vidro. Ele acorda com um susto, depois empurra a porta com o pé para abri-la.

— A sua autorização de segurança foi revogada — diz ele. — O que diabo você fez?

— Boa noite — diz ela. Essa é a última escolha que ela tem. Depois disso, o jogo vai se desenrolar de forma inevitável. — Vim pedir um favor.

Williams cruza os braços e fica esperando.

— Você conhece Alexander Price, o cara alto e desengonçado que andou vindo aqui? — diz ela. — Eu deixei um assunto pendente lá fora. Preciso que ele termine para mim, só que eu não tenho como entrar em contato com ele. Eu estava imaginando… — Ela limpa a garganta. — Eu estava imaginando se você não pode entregar isto para mim.

Ela mostra o bilhete que escreveu, dobrado ao meio com um vinco firme. Williams suspira.

— Você sabe que eu não posso.

— Eu sei que você não deveria — diz ela. — Também sei que não tenho nada a oferecer. Mas espero que você faça mesmo assim.

Ela prende a respiração. O papel treme um pouco em suas mãos. Ele olha para ela, ponderando. Sonya sabe o que muitos guardas pediriam em troca, sendo ela uma moça da Abertura numa situação de desespero. Não o conhece bem o bastante para saber se ele se encaixa nessa categoria.

— Por favor — insiste ela. — Essa é a minha última chance. Por favor.

Os olhos dele são de um azul-cinzento, tão pálidos que parecem mais sobrenaturais do que atraentes.

— Tudo bem, tudo bem. — Ele estende a mão para pegar o bilhete. — Você por acaso sabe onde ele mora?

Na manhã seguinte, ela fica em seu apartamento. Não quer dar explicações sobre o olho direito apagado, nem sobre os hematomas nas mãos, nem sobre Grace Ward. Tem consciência de que está se apegando a algo com todas as suas forças, embora não saiba o que é, e de que mais cedo ou mais tarde vai falhar, e tudo vai desmoronar. Mas ainda não.

Ela fica dormindo e acordando num sono leve até a tarde. Depois se arrasta para fora da cama e toma um banho. Não olha para o próprio corpo, arrasado pela viagem, pela luta com o homem armado e pelo tempo que passou ajoelhada no chão duro diante do túmulo de Grace Ward.

Quando sai da ducha, ouve o ruído distante do portão da Abertura. Corre até a janela e puxa o cobertor para ver quem está entrando – ou saindo. Um veículo branco de uso pessoal, com três estrelas azuis entrelaçadas no capô, está aguardando enquanto o portão se abre. Policiais.

Podem ter vindo por ordens de Easton Turner ou para levá-la a algum tipo de julgamento, mas Sonya sabe que estão ali por causa dela. Veste a roupa com pressa, a calça grudando nas pernas que ainda não secaram direito. Ajeita o cabelo na frente do espelho e então fica parada observando o olho direito, não mais aceso pelo halo branco.

Ela sente uma pontada aguda no estômago. Não se parece mais consigo mesma.

Sonya belisca as bochechas para ficar um pouco mais corada e calça os sapatos. Desce a escada correndo e passa por Charlotte, que fica boquiaberta e chama:

— Sonya!

Chegando à rua Verde, diminui o passo para recuperar o fôlego. Todos estão se dirigindo ao portão, como fazem toda vez que alguém entra na Abertura. Ninguém presta atenção em Sonya, costurando o caminho por entre as pessoas até chegar à entrada. Um policial está parado junto do guarda – não é Williams dessa vez –, com a mão no cassetete. O capacete com Véu se vira na direção de Sonya.

— Aí está ela. Srta. Kantor, estamos tentando entrar em contato através do seu Insight.

— Bom — diz Sonya, e a voz sai mais alta do que ela pretendia, pois todo mundo faz silêncio ao redor. — Meu Insight não está mais ativado. É por isso.

— Percebi — diz o policial. — Viemos escoltá-la até o escritório do representante Turner.

Ela exagera um ar de confiança enquanto atravessa o espaço que separa o veículo branco do grupo de residentes da Abertura, todos reunidos para ver o que está acontecendo. O policial abre a porta de trás, e ela se acomoda no banco, trazendo os pés para dentro por último, como a mãe lhe ensinou. Uma dama usando sua calça com manchas de água sanitária e seu suéter cheio de bolinhas.

O portão da Abertura volta a se abrir, e o veículo manobra para atravessar a pupila que se expande, saindo antes que ela termine de se dilatar completamente. Ela olha pela janela para Renee com seu vestido simples, e o carro acelera pela rua.

A cidade parece estranha por trás do vidro, como um sonho. O carro está se movendo rápido demais para que ela repare nas rachaduras do asfalto, no lixo acumulado nos bueiros, nas pichações cobrindo as paredes com mensagens umas por cima das outras. Dali tudo parece tão elegante e sereno quanto era no governo da Delegação. Mas ela já não sente que a camada de verniz acrescenta qualquer valor às coisas.

O carro estaciona diante do prédio do Triunvirato, que fica em frente à estrutura com padronagem de diamante onde Alexander trabalhava até uns dias antes. Esse é feito de vidro polido e pedra branca lisa, as frestas entre os materiais tão bem escondidas que ele parece uma única massa sólida. Uma grande escadaria desce até a rua. A bandeira do Triunvirato – de um tom verde-azulado, com três linhas brancas e finas na horizontal – está pendurada na entrada, balançando com a lufada de vento.

O policial sobe a escada com Sonya num passo ligeiro que ela se esforça para acompanhar. Ele tenta segurá-la pelo cotovelo, mas ela sacode o braço para longe, e ele não faz outra tentativa.

A portaria é toda de vidro, assim como o exterior. O piso frio opaco tem a mesma cor da bandeira; as paredes refletem a imagem de Sonya, que se vê de todos os ângulos. Uma mulher usando um uniforme cinza elegante os faz parar perto da entrada.

— Documentos?

O policial lhe entrega o crachá de identificação de Sonya na Abertura. A mulher fica olhando para ele por muito tempo, depois olha para Sonya e devolve o crachá para ele.

— Podem ir — diz ela.

Eles percorrem alguns corredores de vidro curtos e labirínticos. Sonya às vezes confunde o próprio reflexo com a aproximação de uma pessoa estranha, pouco familiarizada com os olhos vazios. Perde a noção de para onde está indo. Eles entram num elevador e sobem dois andares, e o corredor se divide em três caminhos. Seguem a rota do meio até a porta de Easton Turner.

Ela junta as mãos nas costas para disfarçar o tremor. Mandar um policial ir buscá-la na Abertura é uma declaração: Easton Turner é poderoso e está disposto a usar esse poder contra ela. Um policial para escoltá-la poderia facilmente ser um policial enviado para interrogá-la, para desaparecer com ela.

Uma voz grita de dentro do escritório.

— Pode entrar!

O escritório é um enorme espaço sem nada para preenchê-lo, uma extensão de janelas unificadas, uma mesa larga, uma fileira organizada de arquivos, uma estante de livros pendurada do teto feito um balanço e uma cadeira para os visitantes. Um homem que ela reconhece como John Clark está de pé conversando com Easton Turner; quando ela entra, ele pega um Elícito das mãos de Easton e, ao passar por ela, a examina de cima a baixo, como se ela fosse menos do que ele esperava. O policial não entra com ela.

A camisa branca impecável de Easton está com as mangas enroladas até o cotovelo, o botão de cima aberto. Ele abre um sorriso para ela.

— Olá, Sonya — cumprimenta ele, como se os dois fossem velhos amigos. — Por favor, sente-se.

O corpo dela está tenso, mas se ele vai fingir, ela vai fingir de volta. Sonya se acomoda na cadeira em frente a ele – tornozelos cruzados, costas retas, as mãos unidas no colo.

— Representante Turner — diz ela. — Obrigada por me receber.

Ela compreende o papel de Easton em tudo aquilo, a forma como ele usou seus recursos diplomáticos para abafar a investigação sobre Grace Ward. O que a deixa confusa é a morte de Knox e o homem que a atacou na floresta – dois crimes que podem ser atribuídos à Armada Analógica, não a Easton Turner. Até onde ela sabe, a Armada não tem nada a ver com o Triunvirato – inclusive, ela ameaça a estabilidade do governo.

— Posso supor que você trouxe o seu baralho? — pergunta Easton. — Já que vamos jogar Sueca.

— Sueca é jogada com quatro pessoas — diz ela. — Gostaria de convidar suas colegas representantes para se juntarem a nós?

Ela observa a latinha com canetas em cima da mesa, mais próxima dela do que dele. Há um abridor de cartas ali dentro, com um cabo fino de metal.

— Tenho certeza de que elas estão bastante ocupadas. — Easton Turner continua sorrindo para ela. Sonya nunca o viu sem um sorriso no rosto. Sempre distribuindo apertos de mão, fazendo discursos sobre a regulamentação tecnológica, sobre o progresso controlado, sobre a abertura do comércio com os outros setores. *Não seria bom*, ela se lembra de ter lido numa entrevista com ele alguns anos antes, num jornal que acabou indo parar na Abertura, *se todos pudéssemos comer banana uma vez por mês, e não uma vez por ano?*

Naquela época, Sonya não comia uma banana desde a adolescência, mas ainda conseguia sentir a secura na boca ao engoli-la.

— Você não vai ficar um tempo? — pergunta ele, e as mãos de Sonya se movem automaticamente até o zíper, removendo o casaco. Ela fica congelada ali, com uma estranha sensação de eco no peito, como se alguém tivesse tocado um sino dentro de suas costelas.

— Achei que estava na hora de nós termos uma conversa — continua ele. — Ouvi falar das suas aventuras pela floresta. Por uma estranha coincidência, seu Insight parece estar com algum defeito, certamente graças à srta. Proctor, e por isso não pude assistir ao vivo, mas informei aos policiais para onde você iria quando retornasse.

— Naomi ajudou muito — afirma Sonya.

— Ela é uma mulher muito interessante — diz ele. — Sobre o que vocês duas falaram?

Ele parece inofensivo. Com ruguinhas em volta dos olhos. Dentes brancos e alinhados. Mas é uma aparência inofensiva que requer esforço. Ele se inclina para a frente, e, dessa distância, ela vê que seus olhos são de um castanho quente, como a luz brilhando sobre um vidro de xarope de bordo. Não é um tom comum, e isso a faz se lembrar de alguma coisa.

— Bom, ela me mostrou onde estava o túmulo de Grace Ward, para começo de conversa — informa Sonya, tão etérea quanto consegue ser, com um gosto azedo na boca. — E ela me contou um pouco mais sobre o meu pai.

— Ah, é? — diz Easton. — Por exemplo?

— Ele gostava muito de Sueca, obviamente. — Ela pega o abridor de cartas do porta-canetas e o segura de lado na palma da mão. A lâmina cega tem o nome de Easton gravado numa caligrafia delicada. — E ele jogava com você, não é?

O sorriso dele não diminui.

— Seu pai e eu nos encontramos muitas vezes, o bastante para que eu formasse uma opinião sobre quem ele era — declara ele. — É uma pena que você tenha sido privada de conhecê-lo na idade adulta. Talvez fosse um tanto elucidativo.

Ele soa como a voz computadorizada que anunciava o nome dela no apartamento de Knox, com um timbre e um ritmo predeterminados a despeito do assunto em questão. Mas a voz fica mais tensa ao dizer "elucidativo", e ela se pergunta por quê.

— Você parece ter bastante experiência com isso — diz ela.

— A maioria das pessoas tem, srta. Kantor.

Sonya assente com a cabeça, mas está pensando nos olhos dele. Um castanho quente. Igualzinho ao olho que ela vislumbrou atrás do Véu usado por Mito.

Mito, que também perguntou se ela não ia ficar um tempo.

— Sabe, eu concluí que a Armada Analógica estava por trás da morte de Emily Knox — afirma ela. — E eu sei que foi um integrante da Armada que me atacou na floresta. Eu só não tinha entendido ainda como eles estavam conectados a você. Acho que acabei de entender.

— Não sei do que está falando.

— Mito é o seu pai — diz ela.

O sorriso de Easton finalmente falha.

Ela continua:

— Você claramente não está de acordo com a filosofia da Armada. Mesmo assim, Mito empregou todos os recursos disponíveis para garantir que o nome do filho não fosse manchado pelas informações que eu poderia descobrir quando rastreasse o EUI de Grace Ward — diz ela. — Ele deve te amar muito.

Sonya sente uma pontada no peito, algo que dói. Não tem certeza de que o próprio pai, tão disposto a levar a esposa e as filhas consigo durante a insurreição, teria feito o mesmo por ela.

— Tenho certeza de que ele ama — diz Easton, por fim.

— Ele parece brilhante — comenta ela. — Apesar de meio descompensado, sabe? Imagino que seja difícil para você ser parente de alguém assim, considerando a sua escolha profissional.

— Aonde quer chegar?

— Aonde eu quero chegar? É que eu gostaria de acabar com esse joguinho que você está tentando jogar comigo. — Ela faz um gesto com a mão indicando o espaço entre eles. — Eu te procurei porque tenho informações que poderiam destruir a sua vida. Você sabia disso, por isso me trouxe aqui. Então vamos começar daí.

— É interessante você achar que poderia *destruir a minha vida* — diz ele. — De dentro da Abertura, e sem provas.

— Se eu fosse tão inofensiva, não teria conseguido um encontro cara a cara com você.

— Talvez eu a tenha trazido aqui para demonstrar como seria fácil chegar até você, se isso fosse algo que eu quisesse fazer.

Sonya se obriga a rir. Pousa o abridor de cartas sobre a mesa.

— Mas você é um político — diz ela — e sabe que não adianta ameaçar uma pessoa que não tem nada a perder; vale muito mais a pena negociar com ela.

Ele estreita os olhos ligeiramente. Sonya se pergunta como ele esperava que aquele encontro transcorresse. Ela sabe que é bonita, e, como Marie lhe lembrou, tem um tipo de expressão naturalmente em branco que faz as pessoas projetarem nela o que quiserem. Talvez ele esperasse encontrar o que leu nos registros da Delegação. Uma garota sem muito a oferecer.

Mas aquela garota – a Garota-Propaganda – nunca foi ela de verdade.

— O que você quer? — Easton finalmente pergunta.

— Sair da Abertura, obviamente — responde ela. — E que você deixe Alexander Price em paz. Ele não foi responsável por nada disso.

— E que garantia eu tenho de que não vai compartilhar nenhuma dessas informações?

— Minha palavra de honra? — Ela dá um sorrisinho. — Imagino que, se eu não cumprir o combinado, meu corpo vai ser encontrado em algum lugar. Parece uma tarefa bem simples para os seus colaboradores. Não é garantia o suficiente?

Ele franze os lábios, ajeita o colarinho da camisa.

— Você sabe que eu poderia fazer isso de qualquer forma, não sabe? — pergunta ele.

— Eu não faria isso se fosse você — responde ela. — A minha morte repentina poderia desencadear a liberação de um material que você não gostaria que viesse a público.

Não chega a ser uma mentira; ela disse "poderia". Ele que fique imaginando o que isso significa. Ele que fique imaginando com quem ela andou conversando, que estrago essas pessoas seriam capazes de causar.

A cadeira de Easton range quando ele muda de posição. Em algum lugar no fim do corredor, ou talvez no escritório bem ao lado, alguém está ouvindo ópera. O solo soprano termina exatamente quando Easton se decide.

— Parabéns, srta. Kantor. — Ele sorri como se ela tivesse acabado de chegar, com a camuflagem de volta no rosto. — Você completou sua missão, e, como prometido, será libertada da Abertura sob o Ato dos Filhos da Delegação. Sugiro que aproveite a noite para se despedir.

— Adeus, representante Turner — diz ela.

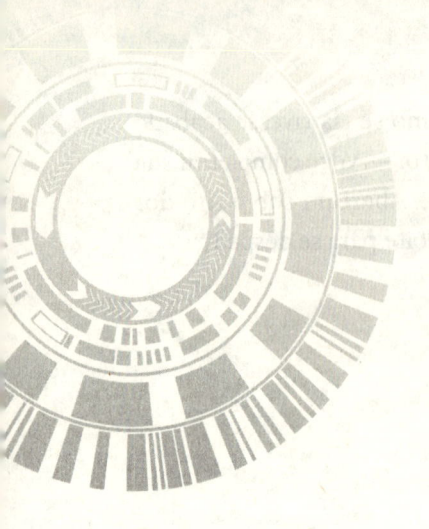

DEZENOVE

Ela não relaxa até estar de volta à Abertura. O portão se fecha às suas costas, e ela se apoia na parede exterior do Bloco 4 para recuperar o fôlego. No ponto onde as duas ruas se cruzam, Gabe, Seby, Logan e Dylan estão jogando futebol, as traves feitas com latas de sopa no chão, posicionadas a dois metros de distância nas duas extremidades do quadrado. Logan chuta a bola para Seby, levantando um pouco de terra, e Seby marca um gol. Frustrado, Gabe chuta uma das latas de sopa vazias.

Ela vira a curva para o túnel do Bloco 4 e passa pelo pátio, onde a sra. Pritchard está mais uma vez catando as ervas daninhas. A mulher levanta o rosto para Sonya e depois olha de novo, de olhos arregalados.

— Seu Insight, querida — diz ela. — Teve sucesso na sua investigação?

A garganta de Sonya fica apertada. Ela faz que sim com a cabeça.

A sra. Pritchard lhe dá um pequeno sorriso. Não se lembra da última vez que a sra. Pritchard sorrira para ela. A mulher está usando suas pérolas, escondidas sob a gola da camisa, o cabelo preso para trás com grampos num nó arrumado, mas tem sujeira debaixo das unhas bem aparadas.

— Tenha uma boa noite, Mary — diz ela, e, quando chega à escada, percebe que está com lágrimas nos olhos. Não entende por quê.

Uma lata de sopa espera por ela na bancada da cozinha. Galinha com macarrão, com a lateral amassada – uma doação do mercado. Ela fica um tempão olhando para a lata. Obviamente é um presente de Nikhil

– a única pessoa que entra em seu apartamento quando ela não está em casa. O que também deve significar um pedido de desculpas.

Ela pega o abridor e vira a lata de cabeça para baixo para abri-la, evitando o amassado. Despeja a sopa pegajosa numa panela e ri, soltando o ar. Mais cedo, tinha implorado aos policiais por mais dez minutos de liberdade. Agora tem toda a liberdade que poderia desejar, mas continua na Abertura fazendo sopa.

Quando a sopa está quente, ela a leva até a porta de Nikhil, ainda com as luvas de cozinha nas mãos. Bate na porta com o cotovelo. Ele atende usando seu segundo suéter preferido, amarelo-mostarda, com remendos nos lugares onde o tecido foi afinando ao longo dos anos. O rádio está ligado no fundo.

O lugar cheira a pão, indicando que Nikhil provavelmente recebeu Charlotte para ensiná-lo a fazer o preparo.

— Estou vendo que você recebeu minhas desculpas — diz Nikhil, fazendo um gesto de cabeça para a panela nas mãos dela.

— Vou ser libertada. Amanhã.

Os olhos dele lacrimejam um pouco, como de costume. Ele dá batidinhas num dos olhos com um lenço de pano e se afasta para deixá-la entrar. Sonya coloca a panela em cima da mesa e abre os armários da cozinha para pegar as tigelas.

— A gente devia reunir os outros, fazer uma despedida adequada — aponta Nikhil.

Sonya balança a cabeça. Põe as tigelas na mesa, volta para pegar as colheres.

— Eu tenho muita coisa para te contar — diz ela.

As mãos dela tremem ao mexer nas colheres, procurando as grandes que eles usam para sopa. O tilintar dos talheres é mais alto até do que o rádio. Nikhil põe a mão no ombro dela, um gesto que a faz pensar em Alexander – o cuidado que ele tem de não assustá-la.

— Eu odeio despedidas — acrescenta ela, e sua respiração falha.

— Então não vamos nos despedir — diz ele. — Vamos fingir que absolutamente nada vai mudar.

Ela assente e se senta à mesa no lugar de costume. Tira a tampa da panela, e Nikhil lhe entrega uma concha.

É possível que Nikhil saiba a verdade sobre o pai dela, que sempre tenha sabido. É possível que ele tenha mentido para ela centenas de vezes durante aqueles dez anos. Os últimos dias a ensinaram que não há clareza no amor, nem honestidade – que uma pessoa não se torna melhor do que é só porque você a ama.

Ela se lembra, porém, de que no ano passado o Bloco 4 tentou organizar uma festa surpresa para o aniversário dela, e a verdade parecia prestes a escapar de Nikhil sempre que os dois estavam juntos. Quando a convidou para ir até o apartamento de Charlotte para "uma dose de açúcar", ele mal conseguia conter a animação. Ele pode até estar disposto a mentir para ela, mas não é muito bom nisso.

Então ela não lhe pergunta se ele sabia o que o pai dela estava fazendo, porque não acredita que ele soubesse, mas também porque prefere não descobrir, não naquele momento, não na noite antes de sua partida, sem possibilidade de retorno. Nunca mais vai estar sentada naquele apartamento à mesa velha do sr. Nadir, cutucando a parte de trás de um rádio só porque Nikhil achou que seria uma boa ideia. Nunca mais vai correr até o terraço de manhã para ver se as sementes já brotaram, como uma criança que acorda no inverno para ver se a previsão de neve estava certa. Nem exigir que Charlotte toque as músicas de Katherine, apesar de todo mundo no Bloco 4 detestá-las; nem trocar comentários passivo-agressivos com a sra. Pritchard sobre o estado de seu cabelo; nem andar até a feira com uma cesta de folhas de hortelã, na esperança de trocá-las por uma toalha nova ou um par de tênis.

Ela fecha os olhos, subitamente incapaz de olhar para Nikhil, para aquele ângulo específico do apartamento, a luz cálida, o lenço que ele sempre tem à mão para enxugar os olhos, a mesa surrada entre eles. Ele cobre a mão dela com a sua, e aperta de leve.

— Assim como a vida que você tinha antes de vir para cá — diz ele —, esta vida também estará encerrada para você em breve, sim. É como... uma ferida cauterizada. É preciso fechá-la para impedir que ela te mate. Mas a vida é cheia disso... deixar que as coisas mudem.

Ela vira a mão, continua segurando a dele.

— Eu vou passar o resto da minha vida aqui — diz ele. Ela olha para ele, para seus olhos claros e úmidos, da cor de duas avelãs, com uma mancha em forma de mariposa em um deles. — Você não consegue nem compreender o alívio que sinto de saber que você não vai.

Ela assente. Não chora, porque odeia chorar, mas chega muito perto.

— Tome conta do jardim — diz ela.

Após o jantar, ela anda até o Bloco 3. A lua está alta e clara. Uma música com a batida pesada pulsa de algum apartamento mais distante. O centro da Abertura está vazio, as latas de sopa esquecidas ali da partida de futebol. Perto da curva do Bloco 1, ela vê alguma coisa se mexendo com o vento – só uma planta, ela percebe ao chegar mais perto. Um dente-de--leão, já sem nenhuma semente, tombando com o inverno.

Ela colheu um dente-de-leão para o velório de David. Quando ele era vivo, trazia-os para ela sempre que encontrava um – era uma planta que crescia em abundância no pátio. Às vezes ele fazia coroas para ela, ou pulseiras, abrindo os caules ao meio e trançando as partes. Ele dizia que a raridade conferia valor, e, na Abertura, até uma erva daninha era rara. *Além do mais*, ele disse uma vez, colocando um dente-de-leão atrás da orelha dela, *olha só que tom lindo de amarelo*.

Ela atravessa o túnel até o Bloco 3, e os nomes dos que se foram a cercam como fantasmas. Jack está sentado no pátio, lendo à luz de uma lanterna. O Insight é a única parte do rosto dele que Sonya consegue enxergar.

— E aí, Garota-Propaganda — diz ele, sem olhar para cima. — O que é que está rolando?

— Nada de mais — diz ela. — Gostando da leitura?

— A pessoa que doou o livro deixou anotações nas margens — diz ele. — Gosto mais de ler os comentários do que o texto em si, para ser sincero.

Ela ri e abre a porta que dá no vão da escada. Sobe até o andar de Renee e Douglas e bate na porta.

— Estou dormindo, Kevin! — grita Douglas lá de dentro do apartamento.

— Não é o Kevin! — diz Sonya.

Ela ouve uma agitação, conversas abafadas. Um ou dois minutos depois, Renee está saindo do apartamento enrolada num roupão de banho velho, calçando sandálias. Seu cabelo está embaraçado do lado em que ela estava dormindo.

— Seu olho — diz Renee.

— É.

Renee franze o rosto para ela.

— Você está indo embora — afirma ela, e Sonya confirma com um aceno de cabeça.

Renee volta para dentro do apartamento escuro e aparece logo depois com uma caixa de fósforos e um cigarro. Enfia tudo no bolso do roupão e toma a frente em direção à escada do prédio. Sobem juntas até o terraço, e cada andar por onde passam está calmo e silencioso, todos os moradores descansando antes de um dia de produtividade ilusória.

A noite tem um sabor úmido, e o cheiro suave de terra molhada está no ar, como se tivesse acabado de chover. Elas se apoiam no parapeito que cerca o terraço, ambas olhando para o portão da Abertura. Renee passa o cigarro para Sonya e risca um fósforo para ela; Sonya dá a primeira tragada. A raridade confere valor, ela pensa, e sabe que não vai mais fumar nenhum cigarro depois que sair dali, porque meia dúzia de marcas diferentes estarão à sua disposição, e não vai ter mais graça.

— Você devia ficar com o meu vestido, o amarelo — diz Sonya. — Vá buscá-lo de manhã, antes que o Bloco 4 inteiro fique sabendo que estou indo embora. Também tenho uma geladeira, está atrás do compensado.

— Obrigada pela lembrança, Garota-Propaganda. — Renee pega o cigarro da mão de Sonya com dois dedos, delicados feito pinças. — Eles te deram um nome novo?

— Ainda não — responde Sonya. — Não sei se vou me dar ao trabalho. Todo mundo conhece o meu rosto mesmo.

— Seria bom se mandassem você para outro setor, para ser um recomeço de verdade.

Sonya não pensa muito sobre os outros setores. Eram vetados durante o governo da Delegação, uma impossibilidade. Mesmo agora, as autorizações de viagem são raras.

— Sinto muito — diz ela.

— Pelo quê?

— Por ir embora, eu acho. — Agora Renee vai ser a pessoa mais jovem da Abertura.

— Não seja idiota. — Renee dá mais uma tragada no cigarro. — Estou feliz por você. — Sonya levanta uma sobrancelha. — Uma pessoa pode sentir mais de uma coisa ao mesmo tempo — diz Renee. — Posso sentir tanta inveja que tenho vontade de queimar meus olhos e me sentir feliz por você ao mesmo tempo.

Sonya pega a mão de Renee e aperta. Renee lhe devolve o cigarro. Elas fumam até chegar no filtro e não se despedem.

Rose Parker está esperando por ela em frente à Torre Ártemis, o prédio de Knox. Parece mais discreta que o normal, de calça preta e suéter branco, um único ponto de cor no lenço que usa no cabelo, com uma estampa verde de folhagem combinando com as trepadeiras da entrada do prédio. Quando vê Sonya se aproximando, ela acena e sorri, como se as duas fossem amigas.

— Uau, sem Insight — diz ela, quando Sonya chega perto o bastante para escutá-la. — O que está achando?

— Como foi para você? — Sonya põe as mãos nos bolsos. A sensação esquisita que dominou todo o lado direito de seu corpo desde que Naomi desativou o Insight já está começando a diminuir.

— Quando eu fiz, todo mundo estava fazendo — diz ela. — Então todos fingimos estar empolgadíssimos.

Durante um tempo, houve uma farsa similar na Abertura. Todos fingindo estar aliviados por terem escapado da execução, fazendo planos para uma pequena utopia composta pelos quatro blocos. *Eu que não queria estar lá fora de qualquer forma*, as pessoas falavam, como se aquela fosse uma escolha feita por elas, e não uma prisão onde tivessem sido confinadas.

— Bom — diz Sonya —, vamos lá?

Ela segue na frente até a portaria do prédio. A equipe de segurança é diferente da que estava ali da última vez. A mulher a reconhece, mesmo sem o Insight queimando em sua íris.

— Estamos aqui para prestar nossas condolências — informa Sonya.

— Para a porta? — pergunta a segurança.

— Sim — responde Sonya, levantando o queixo como se estivesse desafiando a outra a chamá-la de boba. A mulher faz um gesto indicando os elevadores.

Elas entram no elevador e, quando a porta se fecha, Rose olha para ela.

— Você tem um jeito especial de conseguir as coisas, sabia?

— Já estive aqui outra vez depois que ela morreu.

— Achei que eles não tivessem conseguido abrir a porta — comenta Rose. — Ouvi falar que os policiais deram entrada numa autorização para quebrar a parede.

O elevador sobe até o andar de Knox, fazendo os ouvidos de Sonya entupirem. Ela está desconfortável - a porta pode não abrir agora que o Insight foi desativado -, mas precisa tentar. Anda pelo corredor e fica parada em frente à porta de Knox, do jeito que tinha feito antes. O olho mágico mecânico gira uma vez, focalizando-a. O anel branco em volta dele pisca. A porta se abre.

— Visitante: Kantor, Sonya — anuncia a voz. — Autorização de segurança nível quatro.

— Não sabia que vocês tinham tanta intimidade assim — diz Rose.

— Não tínhamos. Mas fizemos um acordo.

O apartamento está do mesmo jeito que ela o viu da última vez que esteve ali, talvez só com mais poeira. Mas é diferente vê-lo pelos olhos de Rose Parker. Ela toca nas coisas, seus dedos dançando pela mesinha ao lado da porta, pela bancada da cozinha com anéis de café, pela borda da mesa de trabalho de Knox. Ela desaparece no quarto, e Sonya ouve o barulhinho das molas quando ela se senta na beirada da cama, o som das embalagens plásticas sendo remexidas no chuveiro. Rose volta, e seu olhar parece a ventoinha de um computador girando, movendo-se para todos os lados.

Sonya tira do bolso as instruções para usar o banco de dados dos EUIs e desdobra o papel. Senta-se na cadeira de trabalho de Knox e pressiona o papel sobre a mesa à sua frente, em seguida começa a digitar. Da última vez que se sentou ali, estava apavorada com o que poderia encontrar - apavorada com a possibilidade de não encontrar nada. Mas dessa vez ela sabe o que a aguarda do outro lado da tela de comando.

— Não levo muito jeito com computadores, então estava pensando se você não poderia me ajudar — diz ela. Sonya digita o nome Turner, Easton.

A tela muda, redesenhando as linhas retas das estradas e revelando que Easton Turner está num prédio de apartamentos na beira da água.

— O que é isso? — pergunta Rose, franzindo a testa para a tela. — Como conseguiu rastreá-lo?

— Pelo Insight dele — diz Sonya.

— Ele não tem um Insight. — Rose arqueia uma sobrancelha para Sonya. — Tem?

— Todos nós temos — diz Sonya, e soa estranho estar do outro lado dessa conversa. — Eles não podem ser removidos de fato. É uma... é uma longa história, e vou contar tudo, mas agora não temos tempo. Sei que esse banco de dados guardou nossos históricos de localização durante todo o tempo em que tivemos Insights. Preciso extrair todos os dados de localização de Easton Turner desde uns cinco anos antes da queda da Delegação. Você consegue fazer isso?

Rose fica olhando para a tela.

— Bom, posso tentar — diz ela. — Deixa eu me sentar.

Sonya se levanta e vai até o quarto de Emily Knox, onde os lençóis brancos ainda estão bagunçados. Há um fio longo de cabelo preto em um dos travesseiros, lentes de contato ressecadas na mesa de cabeceira. Ela vê um pedaço de papel saindo da gaveta. *Violação de privacidade, menos duzentos e cinquenta DesMoeda*, ela pensa, mas puxa o papel mesmo assim.

É uma folha A5, de papel espesso, quase um cartão. Há um padrão de linhas pretas e texto, reconhecível imediatamente como um documento emitido pelo governo, e a quantidade de informações deixa Sonya desnorteada a princípio. Mas o título, estampado em fonte versalete, diz AUTORIZAÇÃO 249A, PARA VIAGEM AO SETOR 4C. Ela pensa no papel de parede no computador de Knox, com o deserto ao nascer do sol – ou pôr do sol, ela não saberia dizer. *Sonhar não custa nada*, Knox havia dito.

— Acho que descobri! — grita Rose do outro cômodo. — O que faço agora?

Sonya enfia a autorização no bolso interno do casaco e volta para a sala de estar.

— Envie para você mesma — orienta Sonya. — E depois faça a mesma coisa para August Kantor. Mesmo período.

Os dedos de Rose hesitam sobre as teclas. Ela se vira para Sonya.

— Beleza — diz ela. — Tenho sido bem paciente até aqui, mas você realmente vai ter que me dizer o que é tudo isso.

Sonya olha pela janela. A cidade está nublada, como sempre, a água na baía é cinza e calma.

— Easton Turner trabalhava para a Beake & Bell, a farmacêutica, antes da queda da Delegação — diz ela. — Periodicamente, ele se encontrava com meu pai para lhe fornecer Solo, a droga do suicídio. Meu pai então usava essa droga para matar pessoas que eram inconvenientes para a Delegação. Em pelo menos seis ocasiões, essas pessoas eram crianças.

O que quer que Rose Parker estivesse esperando, obviamente não era aquilo. Ela fica olhando para Sonya, com os olhos arregalados.

— Grace Ward? — diz ela.

Sonya confirma com a cabeça.

— O que estou tentando fazer aqui é pegar os dados de localização de Easton Turner, e depois os dados de localização do meu pai no mesmo período, para provar que eles tiveram diversos encontros — explica ela. — A combinação de tudo isso com o material registrado pelo meu Insight nas últimas semanas, cuja cópia está com Alexander Price, deve ser suficiente para você expor Easton Turner como partícipe de assassinato.

— Não é o bastante para um processo criminal — diz Rose, em voz baixa.

— Não, mas ele não vai ser reeleito para um cargo público — retruca ela. — Tenho esperança de que você também consiga usar esses dados de localização para provar que ele vem trabalhando em conjunto com a Armada Analógica, mas não tenho tanta certeza dessa parte. Emily Knox foi à base de operações deles uns dois dias antes de morrer. Se a gente descobrir onde fica esse prédio, os dados de localização de Easton Turner talvez mostrem que ele esteve lá várias vezes. O suficiente para levantar suspeitas, pelo menos.

— Isso é... — Rose faz um gesto com a mão por cima do teclado. — Um recurso absurdamente poderoso. E apavorante também.

— É por isso que eu só quero pegar o que for necessário — continua Sonya. — Knox me disse para encerrar o caso de Grace Ward, e é isso que estou fazendo.

— E depois?

— Depois, vou apagar tudo.

— Você vai *deletar*? — pergunta Rose. — Tem ideia de quantos crimes poderia solucionar, quantas pessoas poderia ajudar com toda essa informação na ponta dos dedos?

— Ela me pediu. — A voz de Sonya é firme. — Então é o que vou fazer. O que preciso saber é se você vai escrever a matéria ou não. É um risco grande, mas preciso de alguém que aceite corrê-lo.

Rose a observa por um momento.

— Claro que sim — diz ela. — Vou te contar, me surpreende um pouco que você esteja disposta a jogar o nome do seu pai na fogueira só para queimar Easton Turner.

Ela tinha entendido errado, Sonya pensa. É o nome do pai que ela precisa queimar.

Finalmente compreende o que Alexander Price lhe disse, logo no começo da investigação: que ele havia ajudado a insurreição a destruir a casa onde cresceu. O pensamento havia lhe causado nojo naquele momento. Agora ela entende. Não é uma coisa que te deixa feliz, uma coisa que anseie por fazer, uma coisa a ser celebrada. É apenas o que precisa ser feito.

— Ele fez as escolhas dele — diz Sonya. — Mas sou eu que preciso viver com elas.

UMA HORA MAIS TARDE, ROSE PARKER VAI EMBORA DO APARTAMENTO. Tinham passado algum tempo discutindo exatamente o que ela precisava saber para implicar totalmente Easton Turner, e depois mais um tempo fazendo testes com a base dos EUIs para exportar os dados. Quando Rose finalmente estava satisfeita, amarrou o lenço com mais força na cabeça, juntou suas coisas e deixou Sonya sozinha no apartamento de Knox.

Sonya pega as instruções de Knox para deletar os dados da Delegação. Rabiscadas no topo estão as palavras PROTOCOLO PARA EXCLUSÃO

DE DADOS. As instruções foram redigidas como se Knox estivesse falando com uma criança. Condescendente até depois de morta, Sonya pensa, e começa a digitar.

Uma vez que o processo é iniciado, leva um tempo. São tantas informações que eliminá-las do sistema de Knox – por mais poderoso que ele seja – é um procedimento laborioso, e todas as máquinas na sala começam a zumbir, como se o apartamento estivesse ganhando vida. Um número no canto inferior esquerdo da tela mostra a porcentagem dos arquivos deletados.

```
1%
2%
3%
```

Sonya gira a cadeira de frente para as janelas e espera. Acaba adormecendo ali, sentada na cadeira de Knox. Quando acorda, já está no começo da tarde, e a chuva salpica as janelas. Ela se vira e percebe que na tela está escrito:

```
100%
Obrigada.
```

Sonya leva um susto ao ouvir um barulho de alguma coisa cuspindo, e, ao olhar debaixo da mesa, vê um rastro de fumaça subindo da torre do computador que fica ali. Corre até o banheiro para pegar uma toalha e umedecê-la na torneira, e quando volta, com água pingando no sapato, o computador inteiro foi engolido por uma nuvem de fumaça escura. A tela acima da mesa pisca e se apaga, e, em vez de jogar a toalha em cima do equipamento, ela dá um passo para trás e sente o cheiro de plástico queimado enquanto assiste ao sistema de Knox se autodestruindo.

Por fim a fumaça se dissipa. Ela pendura a toalha úmida no encosto da cadeira, dá uma última olhada no apartamento: o quarto vazio, a confusão dos cabos embolados, a fita de luz rosa em volta da mesa. Bota um calço na porta para mantê-la aberta – não faz sentido os policiais derrubarem a parede, já que não há mais nada de importante que possam encontrar ali.

VINTE

Já está no fim da tarde quando ela chega ao apartamento dos Ward. As cortinas estão abertas, a cozinha amarela brilhando mesmo num dia nublado. Ela fica parada no capacho surrado de boas-vindas por um bom tempo, respirando fundo e devagar. E então bate.

Trudie Ward atende. Ela está usando um suéter rosa-choque, o cabelo preso num rabo de cavalo alto.

— Ah — diz ela ao ver Sonya em pé ali. — É você outra vez. — Ela franze as sobrancelhas. — Seu Insight sumiu. Que engraçado, você não parece alguém que teve a cabeça aberta recentemente.

— Sua mãe está em casa? — pergunta Sonya.

— Foi ao mercado — diz Trudie. — Não deve demorar. — Ela espera um segundo, depois suspira, segurando a porta aberta. — Pode esperar aqui dentro, eu acho.

Sonya entra na casa. Trudie volta para a bancada da cozinha, onde uma tigela espera por ela com alguma coisa de chocolate dentro. Ela pega a espátula e a desliza pelo interior da tigela num movimento contínuo, virando a massa.

— Os policiais vieram aqui ontem te procurando — conta ela. — Eles me falaram que você tinha sumido. Imaginei que tinha fugido de vez. Para ser sincera, fiquei meio surpresa por você não ter feito isso antes.

Sonya escuta "Eles me falaram que você tinha sumido" do mesmo jeito que ouvia quando Susanna errava uma nota no violão – o som de uma corda atropelando a seguinte. A voz de Trudie é mais grave que a média, um pouco rouca. *Eles me falaram que você tinha sumido, e eu acreditei neles. Aqui é a sua Alice.*

— Foi *você* que deixou a mensagem — diz Sonya. — Você se passou pela sua irmã e deixou uma mensagem para a sua mãe?

Trudie continua misturando a massa com a espátula, e dá mais três voltas na tigela antes de deixá-la de lado. Enfia o dedo na massa, prova o chocolate, e então olha para Sonya.

— Não é isso. Eu não faria uma crueldade dessas — responde ela por fim. — Foi ela que me pediu.

— Por quê?

— Porque estávamos preocupados que você fosse demorar a vida inteira investigando — diz Trudie. — Cada dia sem encontrar Grace era mais um dia que você passava em liberdade. Pensamos que, se você ouvisse a voz dela... se achasse que ela estava em perigo...

Ela dá de ombros. Leva a tigela até uma assadeira, que já está aguardando em cima do fogão, e despeja a massa ali com uma colher. Não derrama nem um pingo.

A primeira vez que Sonya tentou assar alguma coisa foi na Abertura. Charlotte lhe ensinou a fazer um pão com farinha e aveia. Sonya esqueceu de colocar o fermento, e o pão ficou um tijolo. Ela comeu assim mesmo, de manhã com o café, porque desperdiçar farinha e aveia era quase um crime na Abertura.

A mãe nunca lhe ensinou – ela própria também não sabia. Nunca tinha as mãos sujas de farinha nem manchinhas na manga da roupa. Contratava pessoas para fazerem esse serviço quando dava jantares, e fazia um teatrinho de dona de casa com um avental na cintura, mexendo uma colher de pau num ensopado que ela não havia preparado. Para Julia Kantor, o dever da boa esposa era ser uma boa atriz. O mesmo não se pode dizer de Eugenia, que ensinou a filha a ser uma pessoa capaz.

Sonya sente a garganta apertada. A porta da frente se abre, e Eugenia tira os sapatos antes mesmo de tirar a chave da porta. Está carregando um pedaço de pão enrolado em papel e um buquê de margaridas amarrado com barbante. Vendo as flores e o bolo que Trudie está colocando no forno, Sonya se pergunta se tem alguma comemoração acontecendo. Sua garganta fica ainda mais apertada.

— Ah! — diz Eugenia ao ver Sonya. — Srta. Kantor. Bem-vinda de volta. Espero que Trudie tenha oferecido alguma coisa para você comer.

— Olá, sra. Ward — cumprimenta Sonya. Ela fala no tom mais corriqueiro que consegue, mas alguma coisa soa estranha. Eugenia se endireita, segurando o pão e as flores junto ao peito. — Eu preciso falar com você. Com vocês dois, se o sr. Ward estiver em casa.

— É claro. — Eugenia deixa o pão e o buquê sobre a bancada da cozinha. Vai até o corredor ao lado da cozinha e grita: — Roger! Vem aqui um minutinho.

Sonya continua perto da porta. Deseja estar do outro lado da floresta; deseja ter escolhido deixar tudo aquilo para trás. Sentiu tanta clareza quando estava na varanda de Naomi, mas essa clareza sumiu, suplantada pelo medo que agora corre pela espinha feito um terremoto, vibrando nos dentes.

Roger Ward, que Sonya uma vez observou montando um balanço no quintal, se arrasta até a cozinha usando um par de chinelos velhos. Parece quase o mesmo daquela época. A barba está mais grisalha, o cabelo mais ralo. Seus ombros se curvam para a frente como se ele estivesse carregando um peso muito grande. Ele olha para Sonya e a princípio não a reconhece, mas de repente a ficha cai, como a faísca que pisca no isqueiro antes que a chama se acenda.

— Sonya precisa conversar com a gente — diz Eugenia. — Venha se sentar.

Roger se senta em volta da ilha da cozinha. E Trudie também. Sonya apenas fecha os olhos, por um segundo, e balança a cabeça. Não é o gesto elegante que ensaiou. Mas não consegue fazer nada além disso.

A visão deles ali - Trudie com o dedo sujo de chocolate, Roger com seus chinelos, Eugenia com a chave ainda pendurada no dedo - é quase insuportável.

— Não quero fazer suspense — diz Sonya. *Sem eufemismos*, a voz de Knox insiste, e ela diz: — Grace está morta.

Ela escuta uma respiração brusca. Não de Eugenia - de Roger. Os olhos de Eugenia estão tranquilos. Ela não está surpresa. Talvez já soubesse.

Talvez você seja capaz de sentir quando um filho seu morre, como se um pedaço do seu corpo tivesse murchado e caído.

— Tem certeza? — pergunta Eugenia, enquanto Trudie começa a chorar. Sonya põe as duas mãos abertas sobre a barriga e faz pressão, se acalmando.

— Tenho certeza — responde Sonya. — Mas esse não é o começo da história. — Ela sente o próprio coração batendo, forte e acelerado dentro do peito. Sente a pulsação nas bochechas, mas segue em frente, concentrando-se nos olhos tranquilos de Eugenia. — A história começa comigo. Quando eu tinha dezesseis anos, estava voltando da escola no Trem Suspenso, e ele ficou parado perto do seu prédio. Eu vi Grace de pé em uma das janelas enquanto Trudie estava brincando no pátio dos fundos.

Eugenia levanta a mão, que fica suspensa na frente da boca. A cozinha está em silêncio.

Sonya se lembra de uma vez em que uma farpa entrou na sola de seu pé quando era criança, correndo descalça pelo quintal. Ela tentou ignorá-la durante um dia inteiro, mas doía demais, e foi obrigada a confessar para a mãe que precisava tirá-la. Julia tirou a farpa de dentro da pele com uma agulha esterilizada. Estava bem no fundo, teimosa, e Sonya gritou e soluçou pedindo que Julia parasse, mas ela se recusou. *Tem que tirar*, Julia disse para ela. *Tem que tirar tudo.*

— Fui para casa e contei ao meu pai, que era chefe do Comitê de Ordem — diz ela. — Foi ele que ordenou a batida no seu apartamento. Não sei todos os detalhes da história depois disso. Mas sei que, depois de levar Grace, ele deu Solo para ela. Foi uma morte indolor. Ele levou o corpo até uma casa na floresta fora dos limites da cidade, onde foi enterrado.

Roger respira de um jeito horrível, entrecortado. Trudie ainda está chorando, mas em silêncio.

Eugenia fica só olhando.

— Uma aliada valiosa da Delegação, e agora do Triunvirato, mora nesse lugar. Ela me confirmou o que aconteceu. Posso dizer a vocês como encontrar o local exato, caso queiram ver o túmulo e conversar com a mulher que mora lá.

Sonya não quer dizer que a mulher é Naomi Proctor; vai soar ridículo para eles.

Ela ensaiou tudo que falou até ali, mas nunca chegou a essa parte. A parte em que diz a eles que sente muito. A parte em que se permite amolecer. Tudo isso parece errado agora. Não há nada que pareça certo. Nada que torne aquilo mais fácil, nem mais simples, nem melhor.

— Concordei em investigar o desaparecimento da sua filha porque sabia que era a responsável por ele — continua Sonya. — Eu não... — Sua respiração falha. Em algum momento nos últimos minutos ela começou a chorar, mas não percebeu. — Não posso pedir perdão a vocês. Vim para contar a verdade. Só isso.

Então ela fica em silêncio. As mãos de Trudie e de Roger estão entrelaçadas em cima da bancada, um segurando o outro, confortando o outro. Mas Eugenia permanece parada. Seus olhos já não estão mais tão tranquilos. Ela olha para Sonya, e Sonya tem vontade de desviar, mas não faz isso. Sustenta o olhar de volta.

— Está se sentindo melhor agora? — pergunta Eugenia, num tom frio e baixo. — Agora que fez a sua grande confissão?

Seria fácil, Sonya pensa, se sentir superior a essa mulher – desprovida da juventude, com seu vestido florido desbotado, em sua cozinha amarela e feia que cheira a óleo respingado e bolo de chocolate. Mas a maneira como recebeu a notícia devastadora que Sonya veio lhe trazer torna isso impossível. Sonya jamais poderia se sentir superior a essa mulher.

— Você se acha mais nobre por ter assumido a responsabilidade? — continua Eugenia. — Fez questão de dizer, não é mesmo, do seu jeitinho especial, que não fez isso em troca da sua liberdade, não, você fez isso tudo por um motivo muito mais elevado. Você fez um esforço *tão grande* para insinuar que entende o que fez com a gente. Que manipulação elegante você trouxe à nossa casa, Sonya Kantor.

Ela levanta o queixo.

— Como foi que gastou a DesMoeda que recebeu como recompensa por ter delatado a nossa família? Um vestido novo, uma noitada? Ou guardou tudo para o futuro perfeito que a Delegação reservava para você?

Sonya, de fato, tinha gastado a DesMoeda que ganhara pela delação de Grace Ward. Tinha usado para comprar uma noite com Aaron. Sua primeira vez, a virgindade perdida fora do casamento. Uma penalidade considerável de DesMoeda.

Sonya estremece com a pergunta. Não responde.

— A minha filha está morta — diz Eugenia. — Saia já da minha casa.

Suando frio, Sonya limpa o rosto, vira as costas e vai embora. Esperava dar de cara com um mar de pessoas circulando, voltando do trabalho, mas a rua está vazia, silenciosa. Atravessa e depois continua andando, trêmula, em direção ao trem.

VINTE E UM

O ar tem um cheiro salgado e ácido. Ela sobe os degraus até a parte de cima do aterro que cerca a maior parte da orla da cidade, com cerca de um andar de altura, para protegê-la da subida do nível do mar. Algumas partes são de vidro, para que os pedestres possam ver debaixo da água. Ela passa por uma dessas janelas na subida. A espuma do mar fica retida nos cantos superiores do vidro.

O aterro está vazio naquele horário, provavelmente por causa da chuva. As gotas batem em seus ombros e na cabeça. Escorrem por trás das orelhas e se acumulam na gola. Ela fica parada com as mãos na amurada e fecha os olhos. Só escuta o barulho das ondas batendo lá embaixo. Sonya se pergunta qual era o som da cidade quando as ruas estavam cheias de carros. Quando a água não pressionava seus limites, lutando para entrar.

Não olha por cima do ombro para ver se Easton Turner mandou alguém segui-la, para garantir que ela cumpriria a promessa. Nunca foi sua intenção mantê-la; só queria sair da Abertura por tempo suficiente para conversar com os Ward, para honrar o último pedido de Knox. Para encontrar as provas necessárias para Rose.

Knox lhe disse logo no começo: *Você não entende o quanto é possível descobrir sobre uma pessoa só com base nos lugares aonde ela vai e nos horários em que faz isso.* Agora ela entende. A vida do pai se descortinou diante de seus olhos quando Rose pesquisou o nome dele, a tela pausando no último lugar de onde seu Insight emitiu um sinal:

um túmulo em algum lugar fora da cidade, onde muitas das pessoas mortas pela insurreição foram enterradas. Ela poderia ter guardado fragmentos de sua família, registrados no banco de dados dos EUIs – poderia ter descoberto os segredos da mãe, assim como os do pai, e os de Susanna também. Destrinchado a família inteira para ver o que havia ali dentro. Tinha passado tanto tempo de olhos fechados que havia algo de atraente em espiar agora, em descobrir o tamanho exato de sua tolice.

No fim das contas, ela os deixou ir embora.

A chuva se reduz a uma névoa úmida, e ela se senta em um banco para observar o movimento da água. Está começando a escurecer. Abre o zíper do casaco só o suficiente para alcançar o bolso interno, onde guardou a autorização de viagem, mas não é o que está procurando – em vez disso, tira o envelope velho e gasto que estava guardado na parte de trás. Até aquela manhã, ela o mantinha no caixote ao lado da cama. Sonya o abre e despeja um comprimido amarelo na palma da mão.

Há dez anos, tomou a decisão de não tirar a própria vida num único segundo, quando inclinou a cabeça para trás junto com os pais e a irmã, mas não abriu a boca. Porém, ao assistir à espiral deles em risadas eufóricas, pensou nisso de novo. E quando eles tombaram em cima da mesa, já totalmente sem vida, ela pensou nisso *de novo*. Ficou avaliando o comprimido na palma da mão por muito tempo antes que a insurreição chegasse arrombando a porta do chalé. Em dado momento, ela o escondeu, para o caso de precisar dele mais tarde.

Sonya o avalia agora. Não sente desespero, nem medo. Sente-se como alguém que acertou todas as contas para não deixar nenhuma pendência. Dentro de alguns dias ou algumas semanas, Rose Parker publicará a matéria que vai implodir a vida de Easton Turner, levando junto a família de Sonya. Não importava que ela ainda era criança quando o pai assassinou aquelas pessoas. Não importava se a mãe e a irmã sabiam ou não. E não importa se ela vai assumir uma nova identidade. Todo mundo na cidade conhece seu rosto. Ela sempre será a filha dele.

Mas, se tiver que ser sincera consigo mesma, não é por isso que está avaliando o Solo nesse momento. Essa honra pertence a Eugenia Ward. *Está se sentindo melhor agora que fez a sua grande confissão?*

Não, ela quer voltar e responder. *Não, eu me sinto péssima o tempo inteiro, eu me sinto pronta para ir embora.*

— Olá. — As mãos ásperas de Alexander seguram as costas do banco ao lado dela. Ele olha para Sonya: seu cabelo molhado, o casaco de lã encharcado, o comprimido amarelo na palma da mão. Em seguida olha para a água. O único gesto que entrega seus sentimentos está nas mãos, que tremem quando ele as levanta do banco. Ele dá a volta, sentando-se ao lado dela.

— Rose Parker veio me pedir as imagens do seu Insight — comenta ele. — Estava preocupada com você. Lembrei que você tinha dito que gostaria de vir até a orla. Tive que quebrar a cabeça para me lembrar de onde eles vendiam aquele pão doce.

— É o barulho — diz ela. — Gosto do barulho daqui.

— Certo. — Ele olha de novo para o comprimido, mordendo a parte de dentro do lábio. — Guardou esse tempo todo?

Ela o escondeu dos policiais dentro da mão fechada até chegarem de volta à cidade. Depois se abaixou para amarrar o sapato e enfiou o comprimido no bojo do sutiã, esperando que ninguém o encontrasse. Mas eles não estavam muito preocupados com as roupas que ela usava ao entrar na Abertura, com o que trazia. Foi assim que Mary Pritchard ficou com suas pérolas, que Nikhil guardou a foto de Nora, Aaron e Alexander que ficava em sua carteira.

Tudo que Sonya levou consigo foi seu Solo.

— Eu não sabia o que a insurreição ia fazer comigo depois que me prendessem — diz ela. — Parecia uma boa ideia ter um plano B. E depois continuou parecendo uma boa ideia ter um plano B.

— Isso — diz ele — é uma coisa horrível de se considerar para uma garota de dezessete anos.

Ela faz que sim com a cabeça.

— Então qual é a questão aqui? — pergunta ele, indicando a mão dela com um gesto de cabeça. — Vergonha?

— Eu conversei com os Ward — conta ela, olhando por cima da água para o contorno fraco das colinas no horizonte, cinza e desfocadas por causa da distância e das camadas de nuvens. — A mãe de Grace Ward me perguntou com o que gastei a DesMoeda depois de causar a morte da filha dela. Sabe com o que foi? — Ela ri, e, por alguma razão, a risada se transforma num choro soluçado. — Transei com Aaron. Ele vinha tentando me convencer de que ia valer a pena, mas eu não queria fazer a menos que recebesse algum crédito inesperado. — Ela passa a mão livre pelo cabelo, embola os dedos nas mechas finas. — Meu Deus, que baixaria. Eu não... — Ela engasga. — Não consigo suportar. Não consigo suportar o que fiz com eles. Não consigo suportar o *motivo*.

Ela fecha as duas mãos e pressiona os punhos contra as pernas.

— Sempre vou saber o que fiz, e qual foi o resultado — diz ela. — Nunca vou me livrar disso.

Alexander pousa a mão no punho dela, com gentileza, para fazê-la relaxar. Em seguida se senta mais para a frente, apoiando os cotovelos nos joelhos afastados, e fica olhando para o chão entre os pés.

— Você estava tentando buscar absolvição pelo que fez — diz ele. Esfrega a mão na nuca. — Bom, eu também.

Ele está sempre em movimento, Alexander Price, mexendo em alguma coisa no bolso, brincando com a comida à mesa de jantar, jogando uma moeda para o alto enquanto aguarda o Trem Suspenso, roendo as unhas no meio de uma conversa. Em todas as lembranças que ela tem, ele está em movimento. Ele se vira para ela agora, com os olhos na mesma altura dos seus, e finalmente fica parado.

— Eu não traí a minha família — afirma ele. — Sei que pensa que eu fiz isso, mas nem precisei; meu pai se entregou logo de cara. E eu não tinha feito muita coisa pelo movimento da resistência, sabe? Tinha me juntado a eles poucos meses antes, mas não tinha feito muito progresso, e, durante a insurreição, fiquei apavorado com a ideia de que não seria suficiente; apavorado com a ideia de que eles fossem me prender também, talvez me matar. Devia odiar aquelas pessoas depois que mamãe e Aaron morreram nos tumultos, mas eu só estava com medo deles. Então, quando me perguntaram onde poderiam encontrar o seu pai... — A garganta dele estala quando engole.

— Eu contei a eles. Não pensei no que ia acontecer com você, ou com a sua irmã, eu só...

Sonya sustenta o olhar firme no dele. Alexander balança a cabeça.

— Dez anos depois eu descobri por um amigo que o Triunvirato estava avaliando o seu caso; você estava bem na linha de corte para a libertação — conta ele. — Acharam que seria um risco muito grande libertar você, seu rosto era conhecido demais, um símbolo muito forte da Delegação. Então invadi a audiência e sugeri que, em vez disso, eles dessem alguma coisa para você fazer. Um jeito de conquistar a sua saída. Falei que tinha alguns casos sem solução que poderiam servir, e eles concordaram. Eu pensei: se conseguir tirá-la de lá, se conseguir a liberdade dela, isso vai desfazer tudo o que causei.

Ele balança a cabeça.

— Não desfaz — admite ele. — Sei disso. Sei que não tem *nada*...

Sonya estende a mão. Toca o braço de Alexander, trazendo os olhos dele de volta para os seus.

— Sasha — diz ela. — Eu já sabia disso desde a queda da Delegação.

Os olhos dele parecem tão escuros naquela luz. Um tom frio e escuro de castanho transformado em preto pelo dia nublado.

— Só algumas pessoas sabiam onde ficava aquele chalé — explica ela. — E a maioria já tinha morrido antes de a insurreição nos encontrar. Por que acha que eu senti tanto ódio quando você apareceu no meu apartamento? — Ela inclina um pouco a cabeça. — Bom, acho que havia algumas razões diferentes para isso.

— Você sabia — diz ele.

Ela confirma com a cabeça.

— Tentei continuar com esse ódio. Mas você era jovem e estava com medo. Sei o que é ser jovem e ter medo. — Ela dá de ombros. — Você não merecia. A certa altura, nem sei dizer quando foi, eu só... engoli.

Ela olha para a água outra vez. As ondas batem contra o paredão do aterro num ritmo irregular.

— Acho — diz ela — que não posso fazer os Ward engolirem o ódio deles por mim.

— Não — diz ele, suavemente. — Não pode. Nem mesmo morrendo por isso.

Ela assente. Se levanta, fica parada em frente à mureta.

Decidir viver é tão fácil quanto virar a mão para deixar o comprimido cair na água e descer até o fundo.

***

Ela está sentada no escritório da assistência social quando chega a uma decisão. A sala fica enterrada nos fundos do prédio da administração que Susanna certa vez descreveu como o lugar mais deprimente da face da Terra. O carpete debaixo dela é pontilhado de cinza e azul, gasto nas partes por onde os pés normalmente circulam. Uma escrivaninha de metal caindo aos pedaços está entre ela e Agatha Sherman, burocrata de carreira com uma mancha de tinta no canto da boca por ter mastigado a caneta. Não há janelas.

A mulher está olhando para um pedaço de papel que certifica a libertação de Sonya da Abertura – não emitido por Easton Turner dessa vez, mas pelas outras duas integrantes do Triunvirato, Petra Novak e Amy Archer.

A mesa de Agatha está coberta por bonequinhos de sapos e pererecas. Alguns de vidro transparente, outros pintados. Um deles usa uma coroa de cerâmica. Outro tem olhos que se mexem de um lado para o outro a cada segundo, como um relógio. Um terceiro é do tamanho do punho de Sonya. Ela não consegue desviar o olhar deles.

— Certo, srta. Kantor — diz Agatha Sherman. Ela esfrega o canto da boca. A tinta apenas se espalha pela bochecha. — De acordo com os termos do Ato dos Filhos da Delegação, o seu Insight será desativado... — Ela faz uma pausa, olhando para Sonya. — Imagino que isso não seja necessário, mas você tem direito a uma residência de transição e a uma nova identidade, se quiser. A maioria dos libertados da Abertura aproveitou a oportunidade para começar do zero...

— Não — responde Sonya. — Não, obrigada.

Agatha franze a testa. Ela deixa o papel de lado e junta as mãos sobre a mesa. Seu cotovelo esbarra em um dos sapos – uma espécie tropical, com a barriga azul e preta –, e ele fica torto.

— Posso dar um conselho? — diz ela. — Você é famosa demais para conseguir navegar bem com seu nome. Sugiro fortemente reconsiderar essa opção. Não existe motivo para você não se ajudar.

— Obrigada. Mas acho que não vou ficar na cidade por muito tempo e... — Sonya dá de ombros. — Para o bem ou para o mal, esse é o meu nome.

Agatha parece ligeiramente irritada. Talvez não esteja acostumada com pessoas que não acatam seus conselhos.

— Tudo bem — diz ela. — Imagino que você também não vá querer a moradia temporária, né?

— Não.

Agatha franze os lábios, depois carimba o papel com um brasão gigante do Triunvirato. Entrega-o para Sonya, que o pega, dobra, e então fica de pé. Sonya estica a mão sobre a mesa de Agatha e arruma o sapo tropical de volta na posição anterior, em seguida vai embora do escritório.

Ela passa as semanas seguintes agarrada com Alexander Price. De manhã, se arrasta até a cozinha usando um dos suéteres dele, descalça, para esquentar a água do café. À tarde, lê os livros que ele tem espalhados aqui e ali por todo o pequeno apartamento. À noite, acorda assustada e põe a mão sobre o peito dele, só para ter certeza de que ele ainda está respirando. Sonya não conhece os amigos dele; não faz contato visual com os vizinhos. Está esperando, e os dois sabem disso.

No dia em que a edição especial do *Crônica* com a matéria de Rose Parker aparece na porta, com um bilhete da própria Rose anexado, Sonya se senta à mesa da cozinha e lê o jornal de cabo a rabo. A primeira página diz EASTON TURNER CÚMPLICE NOS ASSASSINATOS DA DELEGAÇÃO, por Rose Parker. Depois, DADOS DA LOCALIZAÇÃO DE TURNER REVELAM CONEXÕES COM GRUPO EXTREMISTA. E depois, AUGUST KANTOR, CARRASCO DA DELEGAÇÃO.

Nessa noite, ela amassa o jornal no fundo da lata de lixo e vai para a sacada com Alexander para queimá-lo. Observa o papel se curvando sob as chamas e se reduzindo a cinzas. Depois, fica na ponta dos pés e dá um beijo em Alexander, uma espécie de despedida.

Quando a deixa no aeroporto, para que ela embarque num dos raros voos para fora do setor, ele lhe entrega o prato de argila que ela fez para o pai, colado de volta, a chave da casa antiga e a palheta de violão de Susanna.

EPÍLOGO

Sonya esfrega um lenço de pano na testa e o guarda no bolso antes de subir na moto. Liga o motor movido a energia solar com um chute e acelera pela estrada de terra até a rodovia principal. O sol está se pondo atrás das montanhas, distorcido a distância, mas a paisagem é toda plana onde ela está agora, permitindo enxergar por quilômetros e quilômetros em todas as direções.

A estrada é, no geral, lisa e reta. Sem umidade, Ellie costuma dizer, a estrada não precisa de manutenção. A poeira se agita perto dos tornozelos nus dela. Suas meias vão estar sujas quando ela voltar ao dormitório onde mora com todos os outros trabalhadores do Éden do Deserto. A poeira também se infiltra em todas as frestas de lá – você limpa de manhã, e ela está de volta ao entardecer. Chegando à rodovia, Sonya cobre a boca com o lenço.

As árvores de Josué que margeiam os dois lados da estrada parecem pessoas esperando numa fila. Quando tinha acabado de chegar, não conseguia parar de olhar para elas. Já está acostumada com os galhos pesados de folhas perenes, arqueados sob o peso da chuva. Está acostumada com o musgo que cresce em todos os troncos. Não tem palavras para definir os troncos nus e rígidos dessas árvores, as folhas pontiagudas e as exuberantes flores brancas. Na primeira vez que tocou uma, seu dedo sangrou. Ela se apaixonou na mesma hora.

Descubra quem você é quando ninguém está olhando, Naomi Proctor aconselhou, e foi isso que Sonya fez. Ela gosta das coisas que são difíceis de amar: o ar úmido sob o domo do Éden do Deserto, que faz o cabelo de todo mundo murchar; a poeira que se acumula nas linhas do rosto; o cheiro químico do filtro solar com que ela precisa se cobrir todos os dias para não torrar; as sardas que salpicam suas pernas e braços mesmo assim, por mais que ela tente se proteger do sol.

Gosta de encerrar o dia dolorida, com terra debaixo das unhas, de adormecer em cima do livro sobre plantas que a supervisora, Ellie, lhe deu logo na chegada. O setor determinou que Sonya fosse para lá quando ela disse que sabia consertar aparelhos antigos e cultivar coisas, suas únicas habilidades úteis. Foi recebida no lugar de modo neutro, nem com admiração nem com antipatia. Ellie gosta do fato de Sonya aprender rápido e não ser muito complacente. Os outros gostam de sua habilidade para enrolar cigarros e jogar cartas.

O sol agora está atrás de uma das montanhas, e por toda a volta o céu está laranja, tão vivo que Sonya tem que parar. Desliga o motor solar com o pé e fica ali com a motocicleta entre as pernas, no meio da estrada que ninguém chama de I-40 mais, embora as placas ainda estejam de pé, aqui e ali, tortas e sujas de terra. As montanhas estão roxas, e as nuvens que deslizam acima delas, cor-de-rosa. Sonya enfia a mão na bolsa a tiracolo e tira uma câmera, um modelo antigo que pegou emprestado com uma das outras jardineiras, Lily. Lily vai ensiná-la a revelar o filme do jeito de antigamente. As pessoas naquele lugar são assim. Querem voltar no tempo, assim como a Armada Analógica. No geral, Sonya não se incomoda.

Ela acerta as configurações, hesitando com o dedo sobre a rodinha que ajusta a abertura. Prometeu a Sasha que mandaria fotos junto com a carta seguinte. Ele concordou em encaminhar algumas delas para Nikhil. As restrições de viagem devem ser flexibilizadas em breve, ele sempre lhe diz, assim que o governo do Triunvirato se estabilizar. Ela nunca prometeu que voltaria, mas um dia, quem sabe, poderia voltar.

Sonya não leva o visor até o olho ainda. Em vez disso, fica só parada ali com a câmera nas mãos, olhando em volta.

Ela não passa de um grão de poeira naquele lugar, sem ser observada nem percebida por ninguém. Em toda parte, em todas as direções, o vazio.

Em toda parte, em todas as direções, a liberdade.

AGRADECIMENTOS

Escrevi este livro durante uma das fases mais difíceis da pandemia: cerca de seis meses depois que ela começou, sem vacina no horizonte, com o desgaste da quarentena a todo vapor. Muitas pessoas fizeram um trabalho silencioso nesse período para nos manter funcionando. Agradeço a elas, em especial.

Obrigada também a John Joseph Adams e Joanna Volpe por terem me ajudado a moldar e lapidar este livro. Um reconhecimento especial a Jordan Hill pelos seus comentários espetaculares quando eu mais precisava deles. Obrigada a Jaime Levine pelo trabalho duro e pelas sacadas.

Agradeço a todos da William Morrow: à equipe editorial; aos departamentos de design e de arte pelo esforço dedicado a esta embalagem belíssima, com destaque para Mark Robinson; aos departamentos de divulgação, marketing e vendas, em particular a Emily Fisher, Tavia Kowalchuk e Deanna Bailey; e obrigada aos heróis e heroínas nos bastidores da produção, principalmente à minha zelosa preparadora, Ana Deboo.

A Kristin Dwyer, por seu entusiasmo e criatividade. Elisabeth Sanders, por me manter na linha.

A todos da New Leaf, especialmente Meredith Barnes, Jenniea Carter, Katherine Curtis, Veronica Grijalva, Victoria Hendersen, Hilary Pecheone e Pouya Shahbazian, pelo trabalho dedicado e pela consistência, mesmo em tempos tão desafiadores.

Às escritoras e amigas Sarah Enni, Maurene Goo, Amy Lukavics, Michelle Krys, Kaitlin Ward, Kate Hart, Zan Romanoff, Jennifer Smith, Morgan Matson, Margaret Stohl, S. G. Demciri e Laurie Devore, por me darem apoio e me manterem firme, e por me ajudarem a ter ideias para este livro em inúmeras ocasiões. A Kara Thomas, por operar sua mágica misteriosa no meu rascunho bruto. A Courtney Summers, por me encorajar logo no começo a ter coragem de fazer o que este livro realmente pedia.

A Nelson, marido, amigo e primeiro leitor, motorista de viagens, fotógrafo, confidente, parceiro de quarentena, por tudo, pela coisa toda.

Aos Roth e aos Ross, pelo apoio constante, mas também por terem me aguentado quando eu tinha dezesseis anos e precisava de paciência e compreensão.

Aos Fitch, pelo mesmo motivo, exceto pela parte dos dezesseis anos.

A todos os amigos que se juntaram a mim em chamadas do Zoom e em diversas plataformas para conversar e assistir TV, e em caminhadas ao ar livre no auge do inverno ou em varandas congelantes ao longo dos últimos dois anos.

À canção do Pink Floyd "Wish You Were Here", que me ajudou a encontrar a dor de Sonya sempre que eu perdia contato com ela.

Editora Planeta Brasil | 20 ANOS

Acreditamos nos livros

Este livro foi composto em Calluna e impresso pela Geográfica para a Editora Planeta do Brasil em abril de 2023.